Marguerite Duras
Poétique de l'illusion

マルグリット・デュラス《幻想の詩学》

蘇芳のり子
SUOU Noriko

せりか書房

マルグリット・デュラス《幻想の詩学》　目次

まえがき

マルグリット・デュラスの文学作品は、読みを重ねるにつれて、その作品に意味を求めることのむつかしさを教えてくれる。そうして読む者を意味の把握とは遠い境地へと誘い、なぜ文学作品に意味を求めるのかという困難な問いに向き合わせることになる。

デュラスの文学作品は、実際意味の把握を拒むような作風によって意味の把握の世界へと誘い込む。そんなデュラス的な魅惑にとり憑かれた者は、いつの間にかデュラスの文学の世界へと取り込まれてしまう。たとえばデュラスの『愛人《ラマン》』は、そんな文学的な魅惑の〈声〉に溢れている。この本は、デュラス文学の一人の愛好者が、作中に響くそんな〈声〉の魅惑から離れることができなかった報いのようなものとしてできたといえる。

デュラスの文学作品についてのこのひとつの試みは、一九九七年にニース大学で審査されて、思いがけなくも高い評価を得て受理された、〈幻想の詩学〉の題をもつ、新制度による博士論文を基にしている。〈マルグリット・デュラス《幻想の詩学》〉という題をもつこの試みは、ニース大学で受理された博士論文には欠けていたと思われる二つの問題――デュラスの作品を扱う方法の問題と、デュラスの作品における独白性の問題――についてより明確なかたちで提示することを念頭に置いて、すこしずつ書き継いできたものである。したがってこの本は、デュラスの作品の〈声〉の魅惑に加えて、私に新たな課題を与えてくれたフランスの大学の指導者である六人の先生たちの〈声〉、とりわけ最後の口答審査の審査委員長を務めて下さったマドレーヌ・ボルゴマーノ教授の〈声〉が深く関与しているといえる。

一九九二年、インターネットという道具のまだ普及する前のこと、私がニース大学での博士課程前期課程をニースの地で過ごした時期、デュラスは文学活動を展開中だったが、デュラスの文学の受容をめぐっては厳しい状況があったように思われる。博士課程の後期課程を東京で過ごし、時折ニース大学で指導を受けることはあったが、フランスからは距離を置いていた私は、博士論文を存在論的なものとして、部分的に比較の方法を用いて書き上げた。そうして最後までフランスにおけるデュラスの文学の受容をめぐる状況とはまったく無縁のかたちで論文を仕上げることができた。そのことは、一九九二年の前期課程から二十余年経過した今にして、フランスの大学の優れた指導者たちのお陰であったと身に染みて思いかえされる。そんな優れた先生たちとの出会いは、もとより意図して叶うものではなく、偶々与えられた恵みだったと思われる。

なおこの本における和泉式部の歌の引用は、清水文雄校注『和泉式部集　和泉式部続集』（岩波文庫、一九八三年）に拠っています。引用した歌の下に括弧で示したのは、同書に付されている作品番号です。

また、この本は、多くの本、とりわけデュラスの翻訳書をはじめとする多くの翻訳書に支えられ、それを引用させていただくことによって書きあげることができたということを、感謝の思いをこめて書き記しておきたいと思います。

序　章

1　デュラス的語彙の繰り返し

マルグリット・デュラス（一九一四—一九九六年）は、二十世紀の激動の時代を背景にして、「第二次世界大戦後に作品を書きはじめた世代」（『新版フランス文学史』白水社）に属するフランスの女流作家である。デュラスは小説家として、五十余年にわたり多くの文学作品を刊行し、その間映画、演劇の分野においても、創造活動を行っている。

デュラスの文学をめぐる背景のひとつとして注目したいことは、まず作家の人生史にかかわるヴェトナムとフランスの二つの文化的経験である。デュラスは、一九一四年に仏領インドシナ（現在のヴェトナム）に誕生、一九三二—一九三三年にフランスの大学入学資格試験にヴェトナム語で合格後フランスに帰国、一九四〇年代はじめから作家活動を展開、一九九六年にパリで逝去、という経歴をもつ。(1) 作家が、二十年近く過ごしたヴェトナムと、六十余年を過ごしたフランスの二つの文化的経験をもつことは、その作品の読みにもかかわる重要な文学的背景だといえる。デュラスは『語る女たち』(一九七五年刊)のなかで過去を回想して次のように語っている。

「わたしが生きたといえるのはあそこ〔ヴェトナム〕だけね。おそらく、このフランス、この腐りきった祖国に来てから、わたしは執行猶予の身なのよ。あそこでは、儀礼もいらず、もったいぶる必要もなく、時間表なんかもなしに裸足《はだし》で生きていた。わたしは、ヴェトナムの言葉をしゃべってたのよ。わたしの最初の経験は、お兄さんたちといっしょに森へ行くことだったの。あのときの何かが変質せずに後まで残ってるはずという気もするわ」(マルグリット・デュラス、グザビエル・ゴーチェ『語る女たち』一五六頁)

グザビエル・ゴーチェとの対談のなかで語ったデュラスのこのことばは、作家の人生と創作の秘密に触れるものといえる。生まれてから二十年近くを過ごしたヴェトナム時代から『語る女たち』刊行の六十歳の頃まで「変質せずに後まで残っている」という「あのときの何か」とは何か。〈マルグリット・デュラス《幻想の詩学》〉というデュラスの作品《テクスト》の読みのひとつの試みは、「あのときの何か」と作家の語るものは何か、その「何か」はどのようなかたちで作品に跡を残しているのか、そんな内なる問いから始まった。

マルグリット・デュラスの小説——小説というよりは、デュラスのことばに拠ると「ロマン」（小説・長編小説）[2]とはいえない虚構の散文というべきかもしれないし、半世紀の間に刊行されたデュラスの本は、多様な作風をもっているが——のなかには継続的に用いられているデュラス的語彙ということのできる幾つかの語がある。文学作品における、ある語の繰り返しの用法は、一般的には文章の書き方（文体）の問題として捉えることができるが、デュラスの小説における幾つかの語彙の繰り返しの用法は、あるひとつの作品においてばかりでなく、初期の長編小説に始まり、それをついで書かれた多くの作品において継続的に見られることは興味深いことに思われる。デュラス的語彙の用法は、作風の変容にはかかわりはなく、文学におけるたんなる記述的な次元の問題を超えており、デュラスの作品世界の包蔵するデュラス的といえる何かに結びついていると思われる。

ここで試みるデュラス的語彙の探求は、辞書に拠っては知ることのできない語彙の意味と、その語彙が作品のなかでもつ機能とを、具体的に作品《テクスト》の表現に即して捉えるという方法に基づいている。その方法は文学作品における文体の問題を扱いながら、同時に記述的な次元を超えた作品の内容に触れるという読み方である。文体とは、狭義の意味としては文章の表現方法を指すが、デュラスの文学作品の読みを行うこの試みにおいては、ロラン・バルトの定義する「文体」——「何か生なものをもっている・宛先のない形式・思考の垂直で孤独な次元・社会には無関心で何の底意もない・深部を暗示する・オブジェ」(『零度のエクリチュール』)[3]——に拠っている。

デュラス的語彙が、デュラスの小説の詩的なことば、つまり〈詩のことば〉として重要な意味と機能をもつことが顕在化するのは、作風に抽象性が色濃く顕われる時期の作品においてである。デュラスの小説は作風の転換期に書かれた『モデラート・カンタービレ』(一九五八年刊)、『ヒロシマ、私の恋人』(一九六〇年刊)の頃から抽象の理路へと誘う深い陰影を帯びてくる。その陰影は、初期の長編小説に多用されていた内的独白や描写が消失し、会話が多用されるといったことに由来する〈空白〉の広がりとかかわると思われる。デュラス的語彙は、しかし転換期といわれる以前の小説においてむしろ多用されていて、初期の長編小説の読みを措いてその探求を行うことはむつかしい。デュラス的語彙の意味と機能の深化は、作風の変容に注目しながら行う作品の読みとともに明らかになるはずである。

デュラスは、最初の大きな作風の変容について、「真摯な姿勢への転換はあの『モデラート・カンタービレ』の中でわたしが語ったこと、殺されたいと願う女性、あの経験を味わった」ときに起こったのだと思うわ」(『語る女たち』六八頁)と語っている。

『モデラート・カンタービレ』は、転機をもたらした転換期の作品と呼ぶに値する。この小説からデュラス的な書き方は、飾り気のなさ、簡素の方向へと変容し、その作風はデュラス的なものとして続いていくことになる。『モデラート・カンタービレ』は、その意味において真にデュラス的なと言える最初の本である。簡潔で控え目な作品《テクスト》は、一種の古典的な完成度に達している」（Madeleine Borgomano,Moderate Cantabile de Marguerite Duras〔マドレーヌ・ボルゴマーノ『マルグリット・デュラスのモデラート・カンタービレ』〕拙訳）(4)

マドレーヌ・ボルゴマーノは『モデラート・カンタービレ』についてこう書いている。「デュラス的な」と呼ばれる何かは、しかし『モデラート・カンタービレ』以前の初期の長編小説から終始変わることなく作品のどこかにその徴を刻んでいるはずである。デュラス的語彙の継続的な使用はその徴にかかわると思われる。

デュラス的語彙は、辞書的な解説によっては把握することのむつかしい意味を含んでいる。そのことはデュラス的語彙が、現実に根ざす具体性と現実を超えた抽象性とを併せて含意することに由っている。デュラス的語彙の機能は、作風の変容を経て、より抽象の翳を濃くする作品においてその重要性を増す。

たとえば『愛人《ラマン》』のなかで用いられているデュラス的語彙〈夜 nuit〉。後期の小説『愛人《ラマン》』（一九八四年刊）は初期の小説『太平洋の防波堤』（一九五〇年刊）とともに、作家の自伝的な作品とされているが、この二つの小説の作風は異なる。『太平洋の防波堤』で語られた細部は、『愛人《ラマン》』においては消失して「想い出のない記憶」（ミシェル・フーコー「《マルグリット・デュラスについて》」）(5)のような物語として語られている。

「いくたびもの夜また夜のなかに溶けこみ見失われてしまった夜」(デュラス『愛人《ラマン》』一八六頁)

『愛人《ラマン》』の女主人公わたしは、十八歳のときヴェトナムからフランスへと還る船上で、突然鳴り響く「ショパンの音楽」を耳にする。その場面に嵌め込まれた〈夜 nuit〉は、デュラス的な〈詩のことば〉を思わせる。ここで〈夜 nuit〉は、「いくたびもの」と繋げられて長い時間の感覚を触発する。細部を消失した「夜」には、しかし「ショパンの音楽」と呼応し合うなにか決定的な出来事の跡を刻む「光り輝く時間」(『夏の雨』七〇頁)が封印されているはずである。それにまつわる具体的な日付と場所と固有名詞をも籠めて。

デュラス的語彙〈夜 nuit〉を用いた「いくたびもの夜」といういい方は、時空間によって大きく隔てられた日本の平安時代の歌人和泉式部の歌のことば〈いく夜〉を想起させる。

「すみなれし人かげもせぬわが宿に有明の月のいく夜《よ》ともなく(二九六)」

デュラスとは異なり映画を創ることなどはあり得なかった日本の平安時代の歌人の〈時間〉の歌は、映像や絵の表現のもつ抽象性を映し出している。和泉式部のこの歌(三十一文字の短詩)において、「いく夜」は、〈忘却〉の時間を経て長く続く時間の感覚を覚えさせる。そして、細部を消失した「夜」には、やはり「光り輝く時間」が封印されているにちがいない。デュラス的語彙〈夜 nuit〉に比較参照させて唐突にも引用した和泉式部の歌のことば〈夜〉は、時間の感覚の表出と、具体性を包含する抽象性においてデュラス的語彙〈夜 nuit〉に似通っている。

デュラス的語彙の含意する具体性と抽象性は、デュラスの小説そのものの包含する具体性と抽象性に対応している。デュラスの小説は、「深く現実に根をおろしている」（デュラス『語る女たち』七八頁）と同時に、現実から離脱した時空間――「幾世代にもわたる忘却」（デュラス『デュラス、映画を語る』一〇四頁）を経過した時空間にたいする志向をもっている。そのことは、人間が、現実《いま・ここ》という相対的な世界における社会的、歴史的存在であると同時に、過ぎるという絶対的な属性をもつ時間の内側の世界における存在であることにかかわると思われる。

デュラスの作品のなかでも『ヒロシマ、私の恋人』は、社会的、歴史的なものと非社会的、非歴史的な存在論的なものとが混交するかたちで語られていることを明白に顕わしているといえる。

「一九五七年の夏で、八月、場所はヒロシマである」（デュラス『ヒロシマ、私の恋人』三頁）

「一九四四年、ヌヴェールで、二十歳のとき、彼女は不名誉な罰として頭髪を刈られ、丸坊主にされたのであった。彼女の最初の恋人は、ドイツ人の男性であったのだ。彼は、第二次大戦の解放のとき、殺された」（同書、一〇頁）

「フランスのどこかで、誰かの髪が刈られている。ここでは、薬剤師の娘である。マルセイエーズの歌が夕風とともにその長い部屋までひびいてきて、その急ぎ過ぎていて馬鹿げている正義の遂行を励ましている」（同書、一五一頁）

ここに記されたふたつの日付と場所――〈一九五七年の夏八月、ヒロシマ〉・〈一九四四年、ヌヴェール〉は、社会的、歴史的なものにかかわる。前者はフランス人女性が女優として訪れたヒロシマでの日本人男性との出会いと別れを記す日付と場所、後者は、ドイツ占領からの解放を前にして、女主人公であるフランス人女性の初恋の相手であるドイツ兵が狙撃されて死んだ日付と場所である。そして、最後の断章は、ドイツ占領下の時期、敵兵であるドイツ人兵士を恋人にもったかどで、戦後に髪を刈られた「薬剤師の娘」の〈恋〉と、「マルセイエーズの歌」の遂行しようとする「正義」とを対立するものとして捉える作者の意図をうかがわせる。そうした意図は、『ヒロシマ、私の恋人』の包含する、社会的、歴史的なものにかかわっている。

作者は、日付と場所を書き記し、それの刻印する社会的、歴史的なものを明確に語っている。それと同時に次の断章の示すようにその社会的、歴史的なものは相対的なものであり、それを超えるものは、「愛のために死ななかったということ」と「永遠」の「愛」だと告げている。

「彼女の人生を特徴づけているものは、髪を刈られて辱かしめられたという事実ではない。それは、問題としている失敗、つまり、一九四四年八月二日に、ロワール河岸で、愛のために死ななかったということなのである」(デュラス『ヒロシマ、私の恋人』一七〇頁)

「ヌヴェールのときのように、あてのない愛、死にそうなほど苦しい愛である。それゆえ、それはすでに忘却の中に流刑されているのだ。それゆえ、永遠なのだ。(忘却そのものによって保護されて。)」(同書、一一頁)

『ヒロシマ、私の恋人』は、こうして社会的、歴史的な〈声〉を包括するもうひとつ別の次元の〈声〉が、フランス人女性と日本人男性の孤独を浮き彫りにして終わる。デュラスの〈愛〉の物語には、ひとつの愛の物語が、日付と場所の刻まれた社会的、歴史的な時空間から「永遠」の時空間へと送られて、「幾世代にもわたる忘却」を経て、やがて「ひとつの歌」(『ヒロシマ、私の恋人』)になるという認識が籠められている。

デュラスの文学における社会的、歴史的な〈声〉は、ミハイル・バフチンの『小説の言葉』における「社会学的文体論」を思わせもするが、その声を「社会・イデオロギー的な立場を表現している」という「社会的な、また歴史的な声たち」[6]に繋げることはもとよりできない。デュラスは、そうした〈声〉で語られる小説を「男性文学、男の小説」として捉え「詩が欠如している」と考えていた。

「ほんとうの小説は詩なのです」（デュラス『外部の世界　アウトサイドII』二八四頁）

「饒舌で、文化でこちこちに固まり、観念で重くなり、イデオロギーや、哲学や、潜在的な試行主義をつめこまれた、まさに男性文学と言えるものが存在しています。それは著作ではありません。〔……〕それらには詩が欠如しているのです」（同書、二七七頁、二七八頁）

ここに書かれたデュラスの文学論は、作家の小説の作風の変容の跡が、作家の小説における「詩」への経路と対応することを思わせる。

デュラスの文学に響く〈声〉は、何かを主張し、要求したり、解決を求める〈声〉とは遠い。『ヒロシマ、私の恋人』のト書と人物たちの〈声〉は、社会的、歴史的なものを包含するが、その〈声〉は、「存在論的」な〈声〉に包括されてゆく。その〈声〉は、「時間そのものが問題にされている」というエマニュエル・レヴィナスの『時間と他者』の言説を思わせる。

「この講演の目的は、時間は孤立した単独の主体に関わる事実ではなく、〔……〕時間はまさに主体と他者との関係そのものである、ということを明らかにすることである。この主張《テーゼ》には、社会学的なものは何も含まれていない。〔……〕時間についてのわれわれの観念《イデー》ではなく、時間そのものが問題とされているのである。〔……〕われわれがこれから取りかかろうとする分析は、人間学的《アントロポロジック》なものではなく、存在論的《オントロジック》なものになるだろう。〔……〕孤独あるいは集団性といった概念は〔……〕心理学的な概念でさえもないということを明らかにすることなのである」（エマニュエル・レヴィナス『時間と他者』三頁、四頁）

レヴィナスは、『時間と他者』において、「時間そのものが問題とされる」という視座に立って、「孤独の概念」を語っている。そうした存在論の包含する峻厳さは、デュラスの作品にも認められる。しかし、デュラスの文学において「哲学」は、詩的に練り上げられている。デュラスは、哲学的著作ではなく、文学作品――〈愛〉にかかわる日付と場所が刻まれ、生きて動く人物の〈声〉の書かれた――を通して存在の「孤独」を表出しつづけたといえる。そこには、「社会学的なもの」、「人間学的《アントロポロジック》なもの」は「何も含まれていない」というわけではなく、それらのものは「存在論的《オントロジック》なもの」に包括されるというかたちをとっていると思われる。デュラスの小説に登場する人物たちの〈声〉は、社会的、歴史的なものを包括する、存在論的なものにより重きをおく〈声〉だといえる。

「私はひとり、でも声があらゆるところで私に語りかけてくる。そこで……この溢れ出す

ような感覚をほんの少し知らせようとしているの」(デュラス、ミシェル・ポルト『マルグリット・デュラスの世界』二〇六頁)

「あれ[本のなかの声]は公共性をもった声で、誰に話しかけるわけでもないの。登場人物たちがどこにも行かず、誰にも話しかけないのと同じようにね」(デュラス、グザビエル・ゴーチェ『語る女たち』一八頁)

デュラスの文学における「公共性」とはなにか。〈公共性〉(「公共の言論の空間・公論がそこで形成される市民生活の一領域を指す」『岩波哲学・思想事典』)はデュラスの文学においてはどのようなものか。デュラスの作品の読みは、デュラスの登場人物たちの〈声〉——ある「公共性」をもち、「誰に話しかけるわけでもない」という「感覚」の〈声〉を聴き、その〈声〉を読むことだといえる。

2　比較という読みの方法

〈マルグリット・デュラス《幻想の詩学》〉というこの試みでは、主に第一章3〈つれづれの眺め〉・第二章3〈恋《こひ》〉・第三章3〈憧《あくが》れ出《い》づる魂《たま》〉で、デュラス的語彙に参照させて和泉式部の歌を引用するという比較の方法を採っている。その比較は、序章1〈デュラス的語彙の繰り返し〉において、デュラス的語彙〈夜 nuit〉に和泉式部の歌のことば〈夜〉を参照させてみたように、両者の〈詩のことば〉が、日付と場所にかかわる具体性をもち、それを包括する形で抽象性をもつこと、そして、その〈詩のことば〉が、時間感覚を表出していることに拠っている。

デュラス的語彙の意味と機能の探求において用いる比較という読みの方法は、「比較の科学」というよりは、当初意図せずして作用しはじめたものである。比較は、しかし瞬間的な想起を契機として持続的な思考の過程を経ることによってはじめて成り立つ方法ではある。比較は、そうして書く行為において意図的な方法になるといえる。

比較文学は、「文学研究の一つの視座」であり、「仮説の検証、テキストの検討方法」であるとされている（イヴ・シュヴレル『比較文学』[7]）――「比較するとは、人間精神の機能の一つのあり方で、認識の発展のためには不可欠なものだ。〔……〕他者性の認識が、次の問いへのアプローチを可能にしてくれる。すなわち、『何ゆえに』比較文学なのか、ということである。比較文学がヨーロッパで十九世紀に誕生したということは、関係のないことではない」（イヴ・シュヴレル『比較文学入門』[8]）。比較が文学作品の読みの方法を超えて、世界のあり方の変容とともに科学の認識の方法として誕生した経緯がここに語られている。

文学作品の読みにおいては、しかし比較の作用は、意図的な方法というよりは、むしろ自在なかたちで働くものともいえる。たとえばデュラスと「時代や言語体を共有する」(ロラン・バルト)[9]マルグリット・ユルスナールは、『三島あるいは空虚のヴィジョン』において自在に比較を展開しているし、『目を見開いて』のなかにも随所に比較による想起が読み取れる。ユルスナールは、『源氏物語』のなかに「時の移ろいにたいする深い感覚」を読み取っていた。ユルスナールは、『源氏物語』について次のように述べている。

「もっとも敬服する作家は誰かとたずねられるとき、すぐさま心に浮かぶのは紫式部の名前であり、同時に並外れた敬意と畏敬の念をおぼえます。それは真に大作家であり、十一世紀の日本、つまりこの国の文明が頂点に達した時代の、実に偉大な女流小説家です。要するに、彼女は日本中世のマルセル・プルーストなのです。社会的変動、愛、人間のドラマ、不可能に立ち向かう人びとの流儀などに関する感覚を備えた天才的女性です。世界じゅうのどんな文学でも、これ以上の作品はありません」(マルグリット・ユルスナール『目を見開いて』)[10]

しかし〈時代や言語体〉を超えた文学作品の比較は、文学の読みの方法として基本的には〈文体〉の比較であることに由る困難な問題を抱えているといえる。デュラス的語彙と呼ぶことのできる語彙は、幾つもあり、それを〈詩のことば〉として捉え、それに対応する語を日本の古代の詩人和泉式部の歌のことばに比較することは、実際困難なことにはちがいない。〈時代や言語体〉

を共有しない文学作品の比較は、より根源的な人間存在の問いに視点を置いて試みることにひとつの道があるといえるかもしれない。外国文学を翻訳されたかたちで読むとき、自国の文学作品をなにかしら想うということは自然なことといえる。その想いが大きく膨らみ、想像の羽根をはばたかせて境界のない大空を飛翔しようとするとき、比較文学への道が拓かれるはずである。

「好悪の問題を離れて、こと純然たる言語芸術、抒情詩として新古今の歌を眺めた場合には、その詩的結晶度の高さ、東西の古典詩の中でも稀に見る洗練の極致、幽微、幽艶な美の世界といったものには、やはり瞠目せずにはいられないこともまた事実だ。これはほぼ同時代のヨーロッパの俗語詩の詩的完成度・熟成度の低さ、詩想の単純さ、古拙としか言いようのない言語表現、稚拙さといったものを念頭に浮かべると、いっそうその感が深いのである。しかも当時の歌論を読んで見ると〔……〕詠歌という営為が、おそろしく研ぎ澄まされ、精緻に練り上げられた芸術理念に基いておこなわれていたことがわかる。それは一面確かにマラルメやヴァレリーの詩論を思わせるところがある。〔……〕

『新古今集』をどう評価するかは、なかなかむずかしい問題である。〔……〕それが本格的になされるのは、古今東西の詩に精通し、確かな審美眼をそなえた大碩学によってであろう。さようなる碩学による『比較詩学』とやらが望まれる所以である」（沓掛良彦「言語芸術とし

ての『新古今集』」『式子内親王私抄』二二六頁、二四八頁）

『新古今集』の歌（短詩）と歌論（詩論）を、『新古今集』と同時代のヨーロッパの詩、そしてフランスのマラルメやヴァレリーの詩論と比較することによって論じるという視座は、『新古今集』を、日本における「和歌変遷史や万葉との比較・対比」といったものから切り離し、より開かれた広い視野において読むことの愉しさを読者に伝えている。比較文学とは、〈時代や言語体〉を異にする文学作品を、より開かれた場所において同時に読むことを意味するといえる。

『古今集』、『新古今集』を『万葉集』と対立させて読むというあり方は、正岡子規の『歌よみに与ふる書』のなかの一節――「貫之《つらゆき》は下手な歌よみにて『古今集』はくだらぬ集に有之候」[11]を想起させる。「万葉集の歌風は『正述心緒』を発足として、次第に『寄物陳思』に向って歩んでゐるものである」（窪田空穂『和泉式部』）[12]という捉え方に拠ると『万葉集』、『古今集』、『新古今集』の三大歌集は、本歌取りという技法にも見られるように、対立するものとしてよりは連繋するものとして受容する方が興味深い。「正述心緒」から「寄物陳思」へと移ったという三大歌集における作歌態度の変容の経緯は、「『歌』そのものをいわば『物』として対象化し、歌に寄せて思いを陳べるという態度にまで徹してゆく趨勢」（大岡信『紀貫之』）[13]へと繋がってゆく。「うらうらに照れる春日に雲雀あがり情《こころ》悲しも独しおもへば（大伴家持）」の歌に言及して述べられたこの「趨勢」は、『万葉集』から約一二〇〇年、『古今集』から約一一〇〇年を経た『和泉式部集』の作者の作歌態度を考えるのに示唆的である。

和泉式部の歌は、近代の日本の浪漫派を代表する歌人与謝野晶子によって高く評価され、その評価を継ぐかたちで受容されてきたという経緯がある。

「日本文学史の上に、特に卓出したる女詩人は平安中期の和泉式部である。〔……〕和泉式部以降にもまた和泉式部に当るべき女詩人を見ないのである。〔……〕和泉式部の盛名に比べて、後世その歌の真価を味解する者の稀なのは、世人の多くが宋儒と武士道と生活苦とに禍せられて、恋愛を体験するだけの余裕を失ひ去ったからである」（与謝野寛　正宗敦夫　与謝野晶子編纂校訂『日本古典全集　和泉式部全集』〈解題〉）[14]

「世人」が「恋愛を体験するだけの余裕を失ひ去った」というこの本の編者たちの思いは、「昔人《むかしびと》は、かくいちはやきみやびをなむしける」という『伊勢物語』第一段の終わりに書かれた作者（＝語り手）の嘆きの声を想起させる。『和泉式部全集』編纂への道を開かせたのは、『伊勢物語』の一文に籠められた作者（＝語り手）の思いに似通うものではなかったかと思われる。

「和泉式部は詩人ですから、その純情を散文的に露骨に叙述してゐるのでは無く、短歌の音楽として芸術的に表現してゐるのです。殊に平安朝の知識婦人の中で、優れて繊細な詩情、熱烈な愛情を持ち、加ふるに古典の教養を土台としながら独自の言葉づかひを創造する才力に富んでゐた作者の歌ですから、万葉集や古今集のやうな、比較的簡古な表現にのみに慣れた人達には、源氏物語の詩的散文と共に此の作者の音楽的短歌は、一読して解りかねるのが当然です」（与謝野晶子「和泉式部の歌」『与謝野鉄幹／与謝野晶子』三二三頁）

日本の近代における和泉式部の歌の受容は、与謝野晶子のこうした批評からはじまったと思われる。与謝野晶子は、和泉式部の歌を、「繊細な詩情、熱烈な愛情」、「古典の教養」をもつものとして、『源氏物語』の「詩的散文」とともに評価している。

和泉式部は、平安時代の歌人である。その生没年は不明とされている。歌人としての跡は、諸勅撰和歌集と、その私家集『和泉式部集』（平安末期〜鎌倉初期か）に見ることができる。『和泉式部日記』は、「和泉式部物語」と呼ばれていたという経緯があるが、他作説と自作説があり、ただ読みを行うことしかできない。『和泉式部集・和泉式部続集』（清水文雄校訂）の詞書《ことばがき》には、「左衛門督《さえもんのかみ》（藤原公任）・播磨の聖（性空上人）・赤染（赤染衛門）・帥の宮（冷泉天皇第四皇子敦道親王）・大殿（藤原道長）・傅の殿（藤原道綱）・和泉守道貞（和泉式部の前夫）・内侍（和泉の娘）・宮（藤原彰子）・清少納言」といった多くの固有名詞が書き記されている。そうした固有名詞は和泉式部の人生史をおおまかに推察させる縁《よすが》となる。

〈時代や言語体〉を超えて試みるデュラスと和泉式部の作品の比較に際して、興味深くも示唆的な和泉式部の歌に関する批評がある。

「和泉式部という人こそ、おもしろう書《か》きかはしける。されど和泉《いづみ》は、けしからぬかたこそあれ、うちとけて文《ふみ》はしり書《か》きたるに、そのかたの才《ざえ》ある人、はかない言葉《ことば》のにほひも見《み》え侍《はべる》めり。歌はいとをかしきこと。ものおぼえ、歌《うた》のことはり、まことの歌よみざまにこそ侍らざらめれ、口《くち》にまかせたることどもに、かならずをかしき一ふしの、目《め》にとまるよみそへ侍り」（紫式部『紫式部日記』(15)）

紫式部の和泉式部評については、歌についてというより、人そのものにかかわることを評したと思われる「けしからぬかたこそあれ」（常軌をはずれていてはなはだ感心できない）といういい方が問題を投げかけたらしく、この和泉式部評に言及した批評は少なくない。明治の歌人与謝野晶子は、「作者の心のなかにある純情は決して堕落してゐないのです」と歌人を弁護して「和泉式部は詩人ですから、その純情を散文的に露骨に叙述してゐるので無く、短歌の音楽として芸術的に表現してゐるのです」（「和泉式部の歌」三三三頁）と書いている。

「和泉式部とか式子内親王とかいふ詩人は、すくなくとも恋愛詩の世界に於いて、ハイネやゲーテに匹敵し、これに優るとも劣らないほどの天才だった。〔……〕その詩情の純一にして熱烈であること、その詩境の幽玄にして限りなき象徴の意味に富んでること、及び技巧の精妙巧緻を極めてゐること等に深く感嘆してゐる。近頃西洋で言はれる純粋詩とか、音象詩とか、未来詩とか言はれるもののイデアは、結局かうした日本の古い抒情詩に盡されて居るやうに思はれる」（「女性詩人に望む」『萩原朔太郎全集第十巻』一八二頁）

「抽象性が持つ官能性という、近代西洋詩のあるもの乃至遠いギリシャ詩のみが持っているかに思われた美徳を、式部はその十一世紀初頭の作例において堪能するほど、われわれに見せてくれるのである」（寺田透『和泉式部』七三頁）

「恋愛詩人、恋の哀しみをうたった詩人として和泉式部に最も近いのは晩唐の詩人魚玄機、フランス最大の女流詩人と目されている十六世紀のルイーズ・ラベだと思う。

〔……〕

時に高度に抽象的な思惟の強靭さ、知性に支えられた自己省察と内省の深さ、詩的想像力の豊かさ、そしてことばの美しさ、そのいずれをとっても、和泉式部という女流歌人が、古今の女流詩人の中で最高の位置を占める一人であることを疑わせるものはない」（沓掛良彦『和泉式部幻想』一〇頁、一一二頁）

自在に作用する比較という方法をもって書かれたこれらの批評は、和泉式部の三十一文字の短詩が、〈時代や言語体〉を超えて、日本の詩の世界から、世界の詩の世界へと組み込まれてゆく経緯を見るようで開放感を与えてくれる。(16) 和泉式部の短詩のもつ「抽象性が持つ官能性」(寺田透)、「時に高度に抽象的な思惟の強靭さ、知性に支えられた自己省察と内省の深さ」(沓掛良彦)というい い方は、実際デュラスの小説に関する批評としてもそのまま読むことができる。ここに、挙げた批評には、いずれもいきいきとした知覚のはたらきと詩に寄せる愛好の心が感じられ、そのふたつのものが理知のことばに繋げられている。

さて、和泉式部集の語り手の〈声〉は、〈時代や言語体〉を共有する平安時代の『蜻蛉日記』のそれと比較してみるとその個性が浮き彫りになる。この二つの〈声〉の質の差は、〈時代や言語体〉を共有することが、やはり「とるに足りない」(ロラン・バルト)ということを思わせる。

「さて九月ばかりになりて、出《い》でにたるほどに、箱《はこ》のあるを手《て》まさぐりにあけて見れば、人のもとにやらんとしける文《ふみ》あり。あさましさに、見《み》てけりとだに知《し》られんとおもひて書きつく。

うたがはしほかにわたせるふみみればこゝやとだえにならんとすらん」(藤原道綱の母『蜻蛉日記』)(17)

『蜻蛉日記』のなかの女主人公の歌には、「うたがはし」の語が用いられており、女主人公の夫である男に対する疑念があらわに表出されている。語り手の〈声〉は、女の心情というよりはむしろ心理を詠出し、固有名詞をもつ一人の男を待つ女の「嘆き」を思わせる。この作品に「深い憎しみと嘆きをまじえた愛執」（清水文雄『王朝女流文学史』五六頁）を読むのは、〈愛〉そのものへの志向が見られないからではないか。

「男《をとこ》の、女のもとにやる文《ふみ》を見《み》れば、『あはれあはれ』と書《か》きたり

あはれあはれ哀れ哀れとあはれあはれあはれいかなる人をいふらん（一一八七）」

和泉式部のこの歌には〈あはれ〉（ああ・いとしい）の語が多用されていて、深い嘆きというよりは感動に近い心情が表出されている。「男《をとこ》」の自分以外の女を想う心情に同一化するようなおおらかな語り手の〈声〉――〈ああ、どんな人に、このようにいとおしいとおしいというのだろう〉――は、「恋を恋する心」（窪田空穂『和泉式部』四七頁）を「『中空』へ放出」（野村精一『和泉式部日記　和泉式部集』一八四頁）しているように聴こえる。その〈声〉は、固有名詞をもたないデュラスの『ヒロシマ、わたしの恋人』の女主人公の〈声〉――「《恋そのものを恋する》」（一六九頁）者の〈声〉を想わせる。その〈声〉は、「同情、〔……〕助けを呼ぶ声」（『愛人《ラマン》』一一四頁）

からは遠い。

比較という読みは、こうして〈時代や言語体〉を超えて自在に行うことのできるひとつの方法だということはできる。どの言語であれ語義には歴史的変遷が見られるし、世界観を異にする作家の人生観照の相違が語義には反映されている。そうした変遷・相違を認めながらも、まず辞書に記された解説・解釈を基にしてそれを超えた意味や機能を探求することは、比較という読みにおいても可能ではないか。

最後に、デュラス的語彙の意味と機能の探求の試みに際し、豊かな示唆を与えてくれる文章を採りあげたい。それは、日本の歌の歌語に関するものであるが、とりわけ和泉式部の歌語に言及した次の箇所は示唆的である。


「『歌ことば』＝和歌言語は、正に〝歌語〟その他を包摂する上位概念として設定され、一の『表現体系』を担う底のものであって、トータルに『作品世界』を解明する鍵となっているわけである。〔……〕和泉においては、『歌語』の存在を欠き、ないしはその体系性の必要はなかったにもかかわらず、正にそのうたじたいが〝歌ことば〟そのものであったことを示していたのだ、ということになる。〔……〕和泉歌の歌ことばのなかに、むしろ非歌語ともいうべき単語がある。〔……〕このような世界における歌ことばの在り方をとらえるためには、いわゆる歌語を追うことは、おそらく有効ではない。むしろ歌語・非歌語の弁別を超えたところでの〝歌ことば〟を求めることの方に、意味がありそうである。たとえば――、『あり』。この最も平凡な日常語が、〔……〕実は、和泉自身の存在性の基底を表出するという、より本質的な部分にふれた機能を持たされている『あり』なのであって、そこではもはや、詞書の現実をはるかに越えたものとなっていよう」（野村精一「歌ことばのみちびくもの」『國文学』平成二年一〇月号、五〇頁、五一頁、五二頁、五三頁）

和泉式部における「歌語・歌ことば」に関するこの文章には、文学の記述的な次元を超えた「非歌語」としての「歌ことば」論が提示されている。それは、存在論的な「歌ことば」論ということができるか。和泉式部の歌ことば「あり」に関する記述は、直截デュラス的語彙〈ある être・exister〉に関するものとして読むことができる。デュラス的語彙〈ある être・exister〉も「存在性の基底を表出するという、より本質的な部分に触れた機能を持たされている」といえる。「〝歌ことば〟」――それは、〈詩のことば〉ということもできる。

デュラスの小説におけるデュラス的語彙の意味と機能の探求に当たり、この「存在性の基底を表出する」ものとしての「歌ことば」といういい方は、デュラス的語彙の探求の道しるべとなるはずである。和泉式部集の歌と、それに関する批評を参照してデュラスの作品を読むという方法は、デュラスの文学作品の読みに新たな視点をもたらすことができるかもしれない。

デュラス的語彙と和泉式部の歌ことばを、ここで扱う三語も含めて主要なものを対応させると次のようになる。ここに挙げる語は、いずれも時間感覚の表出と時間性の問題にかかわる重要な意味と機能をもっている。

〈倦怠 ennui ――つれづれ〉・〈春 printemps ――春〉・〈つらい douloureux ――憂し〉・〈眺める regarder ――眺む〉・〈待つ attendre ――待つ〉・〈憧《あくが》れ出る partir ――憧《あくが》れ出《い》づ〉・〈見る voir ――見る〉・〈瞬間 instant ――瞬《とき》の間《ま》〉・〈忘れる oublier ――忘る〉・〈子供 enfant ――子〉・〈ある être・exister ――あり〉・〈ない absent ――あとはかもなし〉・〈涙 larme ――涙〉・〈夜 nuit ――夜〉・〈幻影 illusion ――幻〉・〈淵 trou――淵〉・〈死 mort ――死〉

デュラス的語彙の探求は、第一章で扱う〈眺める regarder〉を起点に、第二章〈待つ attendre〉、第三章〈憧《あくが》れ出る partir〉へと進む。『和泉式部集　和泉式部続集』に収められた膨大な数の歌と、歌に付された詞書《ことばがき》・題は、長い道のりを辿るであろう困難なこの試みを基底で支えてくれるはずである。

第一章　眺める regarder

1　デュラス的語彙〈眺める regarder〉

たとえば、よく眺めるということ、それは習得されるものだと私は思うのよ。
（デュラス『ヒロシマ、私の恋人』）

デュラス的語彙〈regarder〉は、初期の小説から用いられつづけた、重要な意味と機能をもつ語であり、女主人公のもの思いと直截繋がり、持続する時間における存在のし方を含意している。フランス語の〈regarder〉は、〈見る・眺める・思う・考える・関係する・向く〉の意味をもつ。デュラス的語彙〈regarder〉は、日本語の〈眺める〉のもつ「はるかに見る。見渡す。▽もと、思いにふけりながら、（外や物を）ぼんやりと見やる」（『岩波国語辞典』）の「もと」の意味である「思いにふけりながら、（外や物を）ぼんやりと見やる」に対応している。このデュラス的語彙〈regarder〉は、デュラス的語彙〈voir〉と対比的な意味をもつ語として用いられている。フランス語の〈voir〉は、〈見る・見える・見物する・目撃する・体験する・会う・思う・思い描く・認める・わかる・気づく・考える・調べる〉（他動詞）、〈見る・見える・見通す・わかる・調べる〉（自動詞）の意味をもつ。デュラス的語彙〈voir〉は、〈見る〉に置き換えることができる。

この二語のデュラス的語彙の対比において重要なことは、〈regarder〉が、明確な目的語をもたず、弛緩・放心の情態を含意し、持続の時間感覚を覚えさせるのに対して、〈voir〉が、明確な目的語をもち、緊張・切迫の情態を含意し、瞬間の時間感覚を覚えさせることである。デュラス的語彙〈眺める regarder〉が、デュラス的語彙〈見る voir〉と対比的な語法をもつことが明白になるのは、デュラスの作風に変容の跡が刻まれる時期の、たとえば『ヒロシマ、私の恋人』、『かくも長き不在』といった作品においてである。

デュラス的語彙〈眺める regarder〉は、初期の長編小説においては女主人公の描写に多用されている。女主人公たちは〈眺める〉習性をもち、〈眺める〉姿態でもの思いにふける。初期の長編小説では、そのもの思いが内的独白の形式で語られている。しかし『ヒロシマ、私の恋人』など作風の変容する時期以降、作中から内的独白が消失し、空白が広がるようになると、〈眺める regarder〉は、人物の発話のなかで用いられるようになる。そうした発話は、内的独白の名残りを留めているが、そこに用いられている〈眺める regarder〉は、次の『ヒロシマ、私の恋人』の一節におけるように、初期の長編小説以上に重要な意味と機能をもつようになる。

「彼女——そのことに、私は関心があったのよ。私はそのことについて、私なりの考えをもっているの。ねえ、たとえば、よく眺めるということ、それは習得されるものだと私は思うのよ」(デュラス『ヒロシマ、私の恋人』四〇頁)

これは、『ヒロシマ、私の恋人』の女主人公であるフランス人女性の独白的な発話の声である。ここでは〈眺める regarder〉ということは、「習得されるもの」として肯定的に捉えられている。デュラスの文学においては、〈習得する apprendre〉という行為は否定的に捉えられているが、ここで〈習得される s'apprendre〉は、〈眺める regarder〉とともに肯定的に用いられている。

デュラス的語彙〈眺める〉は、デュラスの初期の小説においてすでに重要な意味と機能をもつ語として用いられている。第一作『あつかましき人々』(一九四三年刊)のなかで〈眺める〉が用いられているのは、語り手(=作者)が、女主人公モーのもの思いと内的志向性を描出する場面においてである。このもの思いは、内的独白として語り出されている。小説の形式としての内的独白は、女主人公の心象風景を映すもの思い、そして作品世界の包含する抽象性と繋がっている。

「モーはしばしのあいだポーチへ出て、日が暮れてゆくのを眺めた。〔……〕自分のまわりの土地が、調和のとれた恒久的秩序、この世界のささやかな片隅をうろちょろするだけの人間たちよりも長い生命力をもっていると確信している秩序に属するかのように、畑、農家、村、ディオール川と階層を形成しているのを感じていた。その永遠の時間が、暑気をおび、最後に通ったものの足跡のぬくみを常にたもつ路、これから通るものの足音、通過中の体のたてる音で深められる沈黙の気配ただよう路のようにゆっくりと繰りひろげられてゆくのが感じられるのだ。

〔……〕

農夫たちの夕食時間は早い。彼らはおそらく、疲労と安堵感でものも言わずに食事しているのであろう。〔……〕そして、大地の倦怠感、命絶えることのない石や、家畜の群れや、甘く心を揺さぶる人間の倦怠感と、日暮れ時の倦怠感が寄り集まって大気の中にさまざまな香りに似たものを残してゆく」（デュラス『あつかましき人々』五五頁、五六頁、五七頁）

女主人公モーは、フランス南西部の、因襲の色濃く残るある地方で家族とともに、利害と感情のもつれ合う複雑な人間関係のなかに身を置いている。小説を覆う暗い影は、女主人公の家族の抱える「物質的次元に属する悩み」（デュラス『トラック』）[1]にかかわる。モーの兄は借金を負い、そのために父親はパリへ、母親は南西部の田舎へと家族は離散して、モーは、もつれた家族関係と自身の結婚の問題をめぐり思い悩む日々がつづいている。モーは、農村の夕暮れを一人で〈眺める〉ことによって心の均衡を保っている。この場面でモーは、〈眺める〉定位で、「うろちょろするだけの人間」・「生物たち」と、現実《いま・ここ》に存在するそれらのものが属しているはずの、「恒久的秩序」・「永遠の時間」とを同時に観ている。そして、「農夫たち」の「疲労」に、「大地の倦怠感」を重ねている。この現実《いま・ここ》のものと、永遠のものを同時に〈眺める〉モーの視座は、第一作『あつかましき人々』から変わることなく、人物や語り手の視座として終始保持されている。そのことは、〈眺める〉が、デュラス的語彙のひとつとして継続的に用いられつづけたことと相関する。

この長い内的独白の断章のなかで用いられている〈眺める〉は、女主人公の観想において重要な意味をもつ〈疲労・倦怠 lassitude〉とかかわりをもっている。この作品においては、〈疲労・倦怠 lassitude〉と〈倦怠 ennui〉が、ともに用いられているが、この作品以降では、〈倦怠 ennui〉の語が多用されるようになる。そして、〈眺める regarder〉――〈倦怠 ennui〉――〈春 printemps〉の三語の繋がりが明白なかたちで顕在化するようになる。〈疲労・倦怠 lassitude〉の語は、ここで「大地の倦怠感・甘く心を揺さぶる人間の倦怠感・日暮れ時の倦怠感」といったいい方に見るように抽象性を含意している。

第二作『静かな生活』（一九四四年刊）。『静かな生活』は、第二次大戦下、パリで刊行されている。しかし小説の舞台――フランス、ペリゴール地方、ピュグという村――には、戦争の直截的な翳はほとんど差していないかに思われる。作品を覆う暗い雰囲気はやはり貧しい一家にまつわる、「物質的次元に属する悩み」――女主人公フランシーヌの義弟ジェロームの金の蕩尽、ジェロームの負債に起因する父親の公金横領、ジェロームとフランシーヌの弟であるニコラの妻の関係に起因するジェロームとニコラの決闘、ジェロームの死、最愛の弟ニコラの自殺、といった――に由っている。

この小説は、第一部・第二部・第三部の整った構成をもっている。それにもかかわらずどこか均衡を欠くという印象をこの作品が与えるのは、第二部のほとんどが語り手でもある女主人公私の内的独白によって占められていることに因る。内的独白という形式のもつ重さは、第一作『あつかましき人々』にも感じられるが、『静かな生活』ではその重さが全編を覆っている。〈眺める〉は、この小説において女主人公が旅先で一人で過ごす第二部において多用されている。女主人公は、〈眺める〉定位でもの思いをする時間を心ゆくまでもつ。そのもの思いの内的独白において〈倦怠――眺める〉の繋がりはより明白なかたちで顕れる。ここで〈眺める〉は、現実《いま・ここ》の世界で惹き起こされる問題を相対化しようとするかのようにして、〈眺める〉定位で抽象的なもの思いにふけっては生の現実《レアリテ》を感覚する女主人公の存在のし方を浮き彫りにするという機能をもっている。

第二部において、女主人公フランシーヌは、義弟ジェロームの死と最愛の弟ニコラの死を経て、大西洋岸のTという海辺に一人きりで数週間を過ごす。その旅先における二人の弟の死にまつわる回想と、私とは何か・〈時間〉とは何か・〈倦怠〉とは何か、といった存在そのものをめぐる問いが、私の内的独白によって語り出される。〈眺める〉は、その内的独白と直截に結びついている。

海辺のホテルの一室で女主人公は、まず私とは何かの問いを抱いて、私自身を〈眺める〉ことをする。

「部屋の中にいるのは私である。彼女が問題になっていることを、もはや彼女は知らないらしい。洋服だんすの鏡のなかの自分を見る。〔……〕小さなスーツケースから三枚のシュミーズを取り出し、彼女を眺めているもうひとりの彼女の前で自然な様子をしてみせる。

私はだれだったのか？　これまで私は、だれを私と取り違えていたのか？　私の名前さえ私を安心させはしないだろう」（デュラス『静かな生活』一三四頁、一三五頁）

この内的対話には、自己を疑いながら自己を〈眺める〉女主人公の視座を見ることができる。「彼女を眺めているもうひとりの彼女」――「鏡」に映る自己の像に同一化することのできない私は、「私はだれだったのか？」・「私はどこへ行くのか知らない」と、自己を疑いながら、内的対話をつづける。〈眺める〉ことは、私という存在を根源的に問う女主人公にとって、内的充足を得るために必要不可欠な在り方だと言える。〈眺める〉ことは、ものを思うことであり、内的対話という深い知の発現そのものといえる。女主人公私は、「鏡のなかの私」に継いで、「海・鳥・死」を〈眺める〉。

「鳥を眺める。いつも同じ鳥だ。それは天空に優しく白い輪を描いている。

ホテルに帰って、私は窓から眺める。海を、死を。そのとき、海は鳥かごの中である」（同書、一五二頁、一六三頁）

私のもの思いは、〈眺める〉ことを契機に始まる。もの思いの内容は、「現実生活」とかかわりをもつことと、「現実生活」とかかわりをもたないこととが綯い交ぜになっていて脈絡がない。女主人公の内的独白として語り出されるもの思いの内容は、しかし「現実生活となんのかかわりももっていない」ことに偏り勝ちで、抽象的で観念的である。

「なにかを知っている、あるいは知らないとはどういうことなのか？　私の眼前には、ますます巨大な波として立ち上がり、ますます焼きつくすような光芒を放つあの空虚さがあるが、その空虚さに直面する私の身に起こったことを解きほぐすことに、この知識はどんな教訓を与えているのか？

全大西洋が太陽のもとで破裂し、水の各部分が空気の形をとり、周縁で成熟するのに十分な場所がある。それらを眺める私の場所もある。私は花だ。
いま私は知っている。どのように時間は現われ、接近し、到着し、一時私たちをその渦にまき込むかを。それから、つぎにやってくる別の時間のために、いまの時間を放してしまえば、その時間がどのようにくずれ落ちてゆくかを。風の大聖堂」(同書、一五九頁、一六〇頁、一九一頁)

『静かな生活』の女主人公フランシーヌの観想は、〈眺める〉ことで感覚される生の現実《レアリテ》に溢れている。彼女は、〈眺める〉という存在のし方によって内的に生きている。そして〈眺める〉という「放心状態」においてこそ生の輝きを放つといえる。

デュラスの小説中、〈眺める〉女性人物を描いたものとして、忘れることのできない作品に第三作『太平洋の防波堤』(一九五〇年刊)がある。〈眺める〉女主人公シュザンヌは、フランスの植民地インドシナで、母親の遭遇した出来事——海水の浸入のために耕作不能である払い下げ地を購入させられるという——を通して、「受け身の状態」から抜け出すことのできないインドシナの農民の姿を目の当たりにする。『太平洋の防波堤』の語り手(=作者)は、女主人公シュザンヌの視点を通して、「受け身の状態」にいるインドシナの農民と、彼らを「受け身の状態から引き出す」ことを考える女主人公の母親とを対比的に描き出す。

シュザンヌは、〈眺める〉という習性をもっている。が、彼女にとって〈眺める〉ことは、ただ受動的になにかに視線を注ぐことではあり得ない。そのことは、〈眺める〉という一見無為にも見える放心の行為が、なにかが「形成される」可能性をも含むということとかかわっている。『太平洋の防波堤』の終わり近くの次の断章は、デュラス的語彙〈眺める〉が〈観る〉の意味をもつことを語り出している。

「シュザンヌは、〔……〕今でも彼ら「インドシナ平原の子供たち」の遊ぶ姿、つまり生きる姿を眺めはするが、気がふさぐ。彼らは遊んでいる。遊ぶのをやめるのは死を迎えるときだけだ。貧窮ゆえの死。時と場所に関係なくばたばたと子供たちは死んでゆく。〔……〕おそらくいたるところで子供たちは死んでいるのだ。〔……〕ミシシッピー、アマゾンの流域。満州の寒村。スーダン。カムの平原もしかり。そしていたるところ、ここ同様の貧窮ゆえの死。〔……〕子供たちは髪の毛に虱をかかえたまま死んでゆく。

地上にあふれる陽光。そして野原にあふれる花々。過剰でないものはいったいなんなのか？

シュザンヌの車の眺めかたが、今までといくらか違ってきた。この道も、かつて眺めていた道、自分を連れ去るために、どこかの男が車をとめてくれるはずと期待をかけていた道とまったく同一ではない。彼女が待ちはじめるようになってから、この道がずっと同じままというのはありえないことだ。〔……〕この道を永遠に不変で、抽象的で、まばゆく、穢れを知らぬものと見るのは、伍長ぐらいのものだろう」（デュラス『太平洋の防波堤』三〇三頁、三〇四頁、三〇五頁）

シュザンヌは、三人の男性――一人の兄と二人の異性――のことを想いながら、いつも〈眺めていた「車」と「道」の「眺め方」が変わってきたことを意識する。「眺め方」とはここでは〈待ち方〉ともいえる。彼女は三人の男性とのかかわりを通して自分の人生が変わってゆくだろうことを思う。

シュザンヌの内的心象風景を描出する独白的なこの長い断章には、変えることの可能性と変えることの不可能性とを思う観照的態度が反映されている。人生を変えることの可能性はシュザンヌに、そして人生を変えることの不可能性は、原地人の「伍長《カポラル》」と呼ばれる人物の生に繋がるということはできる。しかしシュザンヌは、「伍長《カポラル》」の「永遠に不変で、抽象的」なものを観る態度をもち、人生を変えることの不可能性をも観据えている。シュザンヌは、〈眺める〉ことによって〈観る〉態度をみずから養っていく。

『ロル・V・シュタインの歓喜』（一九六四年刊）の女主人公もまた〈眺める〉人物である。ロル・V・シュタインという女性人物は、デュラスの人物たちのなかでもとりわけ把握することのむつかしい抽象性を帯びた人物として形象されている。

「雨が降ると、ロルの周囲では、彼女が自分の部屋の窓から晴れ間を窺っていることを知っていた。思うに彼女は、そこで、単調な雨を眺めながら、〔……〕現在の生活のどんな瞬間よりももっとすてきなあの《彼方》、S・タラに戻ってきて以来彼女が探していたあの《彼方》を見ていたにちがいない」（デュラス『ロル・V・シュタインの歓喜』四二頁）

〈眺める〉ことによって存在の均衡を保つ女主人公ロル・V・シュタインとはどのような人物か。ロルは、若い頃に舞踊会の夜、婚約者を魅惑的な一人の女性に奪われたという経験がある。その夜以来、「虚脱状態、意気消沈、悲嘆」といった情態にあったが、「捨てられた、ほかの男に狂わされた娘たちにたいして変質的な好みをもっている」といわれたジャン・ベドフォールという男性と結婚して三人の子供の母親となる。が、平穏な家庭生活を送るロルは、やがて持続する時間に倦み、「人生の果てしない反復の中に中断がはいることを願う」ようになる。ロルは〈眺める〉人物ではあるが、持続する時間を「中断」させる〈見る〉ことへの志向をももっているといえる。『破壊しに、と彼女は言う』（一九六九年刊）のなかには、〈眺める〉女主人公エリザベート・アリオーヌと、この女主人公に「文学的理由」（一四七頁）から興味を抱き、この人物を観る男性人物二人が登場する。〈眺める〉女主人公は、「誰かが彼女を眺めていることに気がつかない」でいる。が、そうした状況のなかでなにかが「形成」されてゆく。二人の男性人物は、「空《くう》」を〈眺める〉エリザベート・アリオーヌの周囲に位置して、その女性人物の〈眺める〉視線にそれぞれの視線を重ねる。この男性人物二人は、「放心状態」でいる人物を観る方法として、彼女の〈眺める〉「空《くう》」を〈眺める〉のだが、それは、彼女を観て彼女を知ろうとするひとつの〈愛〉の行為であり、その人物から彼らは〈眺める〉ことを学んでいるといえる。

「『彼女は空《くう》を眺めているのだ』とステーンは言う。『それが、彼女の眺めている唯一のものだ。しかし上手に眺める。彼女は空《くう》を上手に眺めている』『その通りだ』とマックス・トルは言う、『あの視線は……』」（デュラス『破壊しに、と彼女は言う』六九頁）

『破壊しに、と彼女は言う』という作品は、女性人物の〈眺める〉視線に自己の視線を重ねる男性人物が登場するという点で興味深い。

『夏の雨』（一九九〇年刊）にも、〈眺める〉女主人公が登場する。この人物も、ロル・V・シュタイン、エリザベート・アリオーヌと同じく子供の母親である。

「手には包丁をもっている。ジャガイモの皮をむくわけではない。川のほうの遠くの庭を眺め、新しく造られた町を眺めている」（デュラス『夏の雨』三二頁）

『夏の雨』の女主人公ハンカ・リソヴスカヤもまた〈眺める〉女性である。彼女は、七人の子供の母親である。「失業」という事態に因り彼女は〈眺める〉時間を心ゆくまでもつことができるのだが、その〈眺める〉時間によって彼女は自己の存在を保っている。この女主人公の輝かしい魅力は、〈眺める〉という「放心状態」において際立つ。彼女は、生地は不明であるが、ポーランドからの移住者である。彼女は、「ほとんど字が書けない」。そして、「広がりを限定するようなもの」はなにもない、といった風貌の持ち主である。

そうして『夏の雨』には、〈時間〉を〈眺める〉ひじ掛け椅子が描かれている。

「ある日の夕方、エルネストがパリからもどってくると、家の前の庭に、柳で編んだ庭園用のひじ掛け椅子が二脚置かれている。桜の木のむこう側の庭に沿った、ぼろぼろの生け垣の前に椅子は置かれていた。まるで通りにむかって横にそろえて並べられたその位置で、人間や自転車や時間の通過を眺める役目を負ったまま置き忘れられたみたいな風情であった」（同書、一八八頁、一八九頁）

この場面において、〈春〉も闌けゆく頃に〈眺める〉主体は、主人公エルネストではなく、二脚の「椅子」であるが、「自転車や時間の通過を眺める役目を負ったまま置き忘れられたみたいな風情であった」という描写の視点は語り手（＝作者）のもつ視点でもある。語り手は、「椅子」のもつ、二つのもの――「人間や自転車」と「時間の経過」――を同時に〈眺める〉視座をもつといえる。「椅子」の視点に沿って語られたこの一節は、エルネストの抱える苦悩へと思いを到させる。エルネストは、「罵倒する相手・殺すべき相手」を見つけることができず、「中立的次元に属する探求」、つまり「数学」の探求を選択することによって生き存《なが》らえつづける。男性人物エルネストは、そうして辛うじて存在と生存における均衡を保持する。が、女性人物たちはといえば、エルネストとは異なり、〈眺める〉定位でもの思いにふけることしかできない。しかも女性人物たちの多くは、〈言葉〉をもつことのできない〈沈黙〉の人として形象されている。

デュラスは、〈眺める〉の含意する「放心状態」について興味深いことを述べている。

「ふつう、人は何かが形成されるか、何かが解体するのを眺めるわね。そのときは充満した実体を眺めているのであって、空洞を見ているのではない。そうでしょう。『誰かが彼女を眺めていることに気がつかない』、これはね、わたしにとっては、『誰かが彼女を眺めていることに気づく』と言うのと同じぐらい形成されつつあるものなのよ。ここの放心状態がずっと大事なのよ。ふつう、自分が見られていることにはたいてい気づくもんでしょう」（デュラス、グザビエル・ゴーチェ『語る女たち』一三五頁）

ここでデュラスの言う「放心状態」は、『ヒロシマ、私の恋人』（一九六〇年刊）のなかの日本人男性の発話を想起させる。

「きみは、男たちに、一人の女を知りたいという不意な欲望を感じさせるような、そんな様子で退屈していたのさ」（デュラス『ヒロシマ、私の恋人』四五頁）

「退屈していた」とはつまり関心から解き放たれ、〈無関心〉な「放心状態」にあったということに等しく、女主人公のフランス人女性は、「放心状態」・「空虚」において一人の日本人男性を魅惑したことになる。女主人公彼女は、「平和についての一つの教化的な映画」に出演する女優として撮影のためにヒロシマの地を訪れている。そこで一人の日本人男性に出会うが、その出会いの日の翌日彼女はフランスへ帰ることになっている。「退屈」な風情によって日本人男性の視線を惹きつけた『ヒロシマ、私の恋人』の女主人公は、〈眺める〉という行為によって持続する生の時間に堪えつづけて存在する。彼女は〈眺める〉という存在のし方が、「習得される」ものだということを経験的に知っている。〈眺める〉ことは、時に出来事に身を投じる生き方をする者に必要不可欠の「放心」というひとつの行為なのだ。〈眺める〉という〈無関心〉な「放心状態」において他者を魅惑する者は、デュラスの作品においては女性人物ばかりではない。

「彼はぼんやりと、無関心に、《不在》の状態でいるのも不思議ではないだろう」（デュラス『かくも長き不在』二二四頁）

『かくも長き不在』（一九六一年刊）の女主人公を、瞬時に惹きつけた記憶喪失の浮浪者の魅力は、「無関心」・「《不在》の状態」にあった。デュラス的語彙〈眺める〉は、〈無関心 indifference〉・〈不在 absence〉・〈放心 distrait〉の語と深いかかわりをもっている。〈眺める〉ことは、現実《いま・ここ》の世界における限定・把握を免れて、現実《いま・ここ》から離脱して、限定するものの存在しないような地平を感覚することにほかならない。〈眺める〉ことは、デュラスの人物にとっては、ひとつの存在のし方であり、行為と呼ぶことのできる在り方にはちがいない。〈眺める〉という「無関心」・「放心状態」は、なにかを「形成」する可能性をもつのだから。〈眺める〉女性人物たちは、そうして夫を、子供を、周囲の人物たち――男性人物も女性人物も――を魅惑する。〈眺める〉という行為は、意識的、意志的、意図的などの側面をもたないとしても、その「放心状態」によってなにかを「形成」することのできる能動性をもつといえる。その意味で、〈眺める〉ことはひとつの行為ということができる。しかし、〈眺める〉行為は、その対象の広漠さにおいて、対象の限定される〈見る〉という行為とは異なる。

「わたしが言っているのは、伝えて教えることのできないもののことだ。解読のために体系化し記号におきかえようとしても、制度としての教育の中にとりこもうとしても、いつもするりと身をかわしていってしまうもの、人に勧めることも学んでおぼえさせることもできないものについてなのだ。無関心についてわたしは言っている」（デュラス「言いたかったのだ、あなたたちに」）[2]

作家がここで用いている「無関心 indifference」は、〈関心 interet〉〈利益・利害・利害関係〉と対比的に用いられている語であり、デュラス的語彙のひとつとして重要な意味と機能をもっている。〈眺める〉は、「無関心」な行為であり、目的・計算からは遠く、行為とはいえないような行為ではある。〈退屈・無関心〉な風情で、デュラスの人物たちが他者を惹きつける秘密は、その「無関心」に由来する。

さて、デュラスの文学世界のなかの大文字の女性人物《ヒロイン》、『インディア・ソング』の女主人公〈アンヌ＝マリー・ストレッテル〉の旧姓は、〈アンナ・マリア・ガルディ〉という。〈ガルディ〉とはイタリア語〈眺める guardi=regarde〉の意味である。彼女は滅びを想わせるヴェニスの出身である。『インディア・ソング』の舞台は、「インドのガンジス河のほとりの人口過剰のある都会」、「一九三〇年代」の両大戦間の時代、「季節は夏のモンスーン期」である。物語は、物語の外部に位置する四つの語り手の〈声〉と、物語の内部に位置する人物たちの発話とによって語られる。登場人物は、女主人公であるフランスのインド大使夫人アンヌ＝マリー・ストレッテルの他に、彼女を愛するマイケル・リチャードソン、ラホールの副領事といった男性人物、そして若い大使館員、乞食女、その他大使館のレセプションに集う人たち。場所はインドの広大な「《白人たち》のすまい」——フランス大使館のレセプション用の広間。『インディア・ソング』で語られる「恋物語」は、女主人公アンヌ＝マリー・ストレッテルの自死を告げて終わる。

「声1
ヴェニスの出身なのよ。
彼女はヴェニスから来たの……
〔……〕
声1（非常にゆっくりと）
アンナ・マリア・ガルディ……」（デュラス『インディア・ソング』四八頁）

これは、〈アンヌ＝マリー・ストレッテル〉の物語を語る、外部に位置する〈声〉の発話である。アンヌ＝マリー・ストレッテルの生地ヴェネツィア時代の名前〈アンナ・マリア・ガルディ Anna Maria Guardi〉についてマドレーヌ・ボルゴマーノは次のように書いている。

「声たちは、その場面の最後に、ヴェニスについて話しながら、アンヌ＝マリー・ストレッテルの《ヴェニス時代の名前》を口にする。《アンナ・マリア・ガルディ》(《guardi=regarde》)」(Madeleine Borgomano,Duras,p.137.〔マドレーヌ・ボルゴマーノ「デュラス」一三七頁〕拙訳)

アンヌ＝マリー・ストレッテルは、他の人物にはない抽象性を帯びた人物だといえる。Anne-Marie Stretter〈アンヌ＝マリー・ストレッテル〉の旧姓 Anna Maria Guardi〈アンナ・マリア・ガルディ〉のなかに〈眺める guardi=regarde〉の含まれていることは、この人物の「存在性の基底」にかかわる本質的なことだと考えられる。「《アンナ・マリア・ガルディ》」――その名は、「Prostitution de Calcutta カルカッタの淫売」と「Chrétienne sans Dieu 神なきキリスト教徒」(五四頁)とを包含する広漠とした女性性を含意するといえるが――その〈アンヌ＝マリー・ストレッテル〉の旧姓は、「《アンナ・マリア》」を包含する「《ガルディ》」を意味している。このことは、この人物こそ〈眺める〉女性人物の典型であることを物語っている。「性格づけの最も単純な要素は、主人公の呼び名たる固有名詞である」(『ロシア・フォルマリズム文学論集2』[3])という言い方に倣うと「存在性の基底」の最も単純な要素は、「主人公の呼び名たる固有名詞である」と言うことができる。デュラス的語彙のなかでも〈眺める〉は、デュラス的な知にかかわるもっとも重要な意味と機能をもつといえる。

2　風の認識

デュラス的語彙〈眺める〉は、女性人物たちの存在のし方を含意するが、〈眺める〉人物たちは、時に極端な性向を露呈する。たとえば『ロル・V・シュタインの歓喜』の女主人公ロル・V・シュタインは、「《不在＝語《モ・アブサンス》》」を探求するもの思いの人である。この人物の存在を徴すものは〈沈黙〉であり、彼女は、ただ〈眺める〉だけで、内なるもの思いを言葉にあらわすことはできない。ロル・V・シュタインの〈狂気〉は、この人物が言葉をもたない〈沈黙〉の女主人公であることに困っている。『ヴィオルヌの犯罪』の女主人公クレール・ランヌもまた〈狂気〉・〈沈黙〉の人物である。この人物は、同居人を殺害するという行為を犯す。彼女もまたもの思いをするだけでそれを言葉にすることはできない。

内に〈狂気〉を抱える〈沈黙〉の人物たちの内的な苦悩は、彼女たちの内包する豊かな知をことばによって表出することのできないことに困っている。――「知力が能力の頂点に達するとき、それは沈黙する。エクリチュールが作動し出すのは、そのときである」（『外部の世界　アウトサイドⅡ』二一五頁）。デュラスのこの言葉に拠ると、彼女たちは書くことのできない作家だといえる。〈風の認識〉――「風」のような「認識」――は、その女性人物たちの〈沈黙〉とかかわりがある。

デュラスはなぜ〈沈黙〉の女性人物の物語を書きつづけたのか。それは、歴史的に〈沈黙〉を強いられてきた女性たちへの思いにも由っている。強いられた〈沈黙〉の時代は、たとえば魔女狩りといった事象に見られる男権的な女性に対する抑圧を想起させる。――「そうした魔女たちは、百万人もいたそうよ。中世から、ルネッサンスのはじめまでにね。女たちは十七世紀まで焼き殺されていた」（『マルグリット・デュラスの世界』一四頁）――デュラスは、女性の「沈黙をもって文学を復元する」意図を抱いていた。女性が〈沈黙〉を強いられて強権に抑圧される時、それは全般的な危機の時代だといえる。その〈沈黙〉こそ文学の源泉だとデュラスは考える。

デュラスの小説には、〈沈黙〉の人物たちが多く描かれている。〈沈黙〉の人物のひとつの典型はといえば、やはり『ロル・V・シュタインの歓喜』の女主人公ロル・V・シュタイン、そして『ヴィオルヌの犯罪』の女主人公クレール・ランヌが挙げられる。

「私は彼女を愛しているから信じたいのだが、ロルが実人生のなかで無口なのは、束の間の閃光のなかで、その一言が存在するはずだと信じたからだった。実際にはそれが存在しないので、彼女は黙りこむ。それは《不在＝語《モ・アプサンス》》、その真ん中に穴が、ほかのすべての語がそこに埋めこまれてしまうようなそんな穴があいた《穴＝語《モ・トルー》》とも言える。それを口にすることはできないが、それを響かせることはできるだろう」（デュラス『ロル・V・シュタインの歓喜』四六頁）

ロル・V・シュタインは、「束の間の閃光のなか」に存在するはずの「一言」を探し求めている。その「一言」、つまり「《不在＝語《モ・アブサンス》》」が存在しないので〈沈黙〉をもって存在の均衡を保っている。その「一言」とはなにか。ロルの探すその「一言」は、若い頃のダンスの夜会での出来事――ロルのフィアンセが一人の女性に魅惑されロルを捨てて立ち去る瞬間の出来事――にかかわるにちがいない。ロルは立ち去る二人の人物に魅惑される。そして彼らを〈眺め〉て見送る。ここで真の出来事とは、ロルがフィアンセに捨てられたことではなく、ロルのフィアンセが一人の女性に瞬時に魅惑されたことにロルが魅惑されていることである。その夜のダンスホールでロルは転倒する。その後、ロルは、空白の時間を超え、やがて結婚をして子供にも恵まれる。しかしロルは、ダンスホールでの転倒以来その夜の出来事の記憶から逃れることができない。ロルは、魅惑されている自分の心の内奥に枯れることなく湧出するものの正体を捉えようと〈眺め〉ては、「《不在＝語《モ・アブサンス》》」を探しつづける。ロル・V・シュタインが、〈狂気〉の人どころかむしろ〈理性〉の人であると思われるのは、彼女が自己の思いをあらわすことのできる「《不在＝語《モ・アブサンス》》」を独り探求していることに拠っている。彼女は、不在の言葉を探す書かない作家なのだ。

『ヴィオルヌの犯罪』の女主人公クレール・ランヌという人物もロル・V・シュタインの抱える苦悩を負っている。この人物は、庭に出ては〈眺める〉ことによって存在の均衡を保っているが、遂に同居する家事担当者を殺害するという行為に奔る。「極端すぎる」行為に彼女を奔らせたものは、やはりロル・V・シュタインの抱える「《不在＝語《モ・アブサンス》》」の探求にかかわる。自分の考えたことを言葉にして他者に伝えるということが彼女にはできない。この人物もまた〈沈黙〉を言葉にして立ち上げるという作家デュラスの抱える苦悩を負っている。クレール・ランヌはある時期からもの思いにふけるようになる。

「庭に出てると、わたしは頭の上に鉛の蓋をかぶせられてるような気がしました。わたしの思い浮かべたいろいろな考えごとが、その蓋を通り抜けてゆくとようやく……わたしは気分が落着いたんですけど、〔……〕たいていは、いろんな考えごとが、わたしの頭上にまた舞い戻ってきて、その蓋の下でひしめき合い、そのあまりの苦しさに、何度もわたしは、その苦しさから解放されるため自殺しようと思ったこともありました。

わたしが考えたのは、幸福のこと、冬のあいだの草花のこと、ある種の草花、ある種の事柄、食事、政治、水、そう水のことだわ、冷たい湖、湖の底、湖の底にある湖、〔……〕離れ離れにされてる雑踏、いやそう言っちゃいけないんだわ、一人一人は切り離されているけれども同時にくっつき合ってる雑踏、雑踏をふやしたり分割したりすること、〔……〕その他もう、いろいろのことを考えたわ。

わたしは、自分にわかってることを伝えられるほど利口ではなく、自分にわかってることを口に出して言うことは、とてもできなかったでしょう」（デュラス『ヴィオルヌの犯罪』一八六頁、一八八頁、一八九頁）

言葉をもたず、〈眺め〉ながらもの思いにふけっては「想像力」の内なる力によって存在するクレール・ランヌ。彼女は、自己の発現として同居人――聾唖者であるためやはり言葉をもたないが、「家」の主人のように振舞う女性――を殺害するという行為を犯す。しかし彼女は自分自身をよく知る知的な人物である。――「自分にわかっていることを伝えられるほど利口ではなく、自分にわかってることを口に出して言うことは、とてもできない」。クレールのこの発話内容は、自己の認識を他者に伝えるための言葉をもたないことを語っている。この発話内容は、ロル・V・シュタインが独りで行う「《不在＝語》《モ・アプサンス》」の探求にかかわっている。

「彼女のうちでは永続きするものは一つもなく、どんなことにもせよ彼女が学ぶということはありえないことでした。〔……〕あらゆることに対して彼女は閉ざされてもいれば開放されてもいた、彼女のうちでは何一つ永続しなかったし、彼女が何一つ保存しなかったのだとも言えます。彼女という人間は、扉もついていなくて、風が吹きぬけて何もかも持って行ってしまうような場所を思わせます」（同書、一〇二頁、一〇三頁）

ここで語られたクレール・ランヌの人物像は、「学ぶということはありえない」・「閉ざされてもいれば開放されてもいた」・「風が吹きぬけて何もかも持っていってしまうような場所を思わせます」といった存在のし方によって描出されている。クレール・ランヌが、「学ぶということはありえない」とは、知の体系的な習得には〈無関心〉であること、また「閉ざされてもいれば開放されてもいた」とは、この人物が内的志向性と同時に外的志向性をもっていること、そして「風が吹きぬけて何もかも持っていってしまうような場所を思わせます」とは、「風」のように自在に動き、把握することの困難な人物であることを語っている。この箇所に用いられている「風」は、デュラスの女性人物たちの醸す様相と存在のし方を表出する意味と機能をもっている。その「風」は、〈風の認識〉――〈風〉のように把握できない認識とかかわっている。

『夏の雨』の女主人公ハンカ・リソヴスカヤもまた〈沈黙〉の人物である。彼女は七人の子供の母親ではあるが、家族の者は誰もその母親を把握することができない。この人物も〈眺める〉ことをしては「言葉にはならない認識」によって存在している。

「母親はなにも語らない女だった。〔……〕彼女は非常に清潔好きで、毎日体を洗い、〔……〕なにも言わない女だった。

母親はなにごとかにむかって進んでいる。そのことをみんなが承知していた。それが仕事であり、目には見えているがそれと同時に予見は不可能、正体不明の行為、進行中の未来なのだった。〔……〕その広がりを限定するようなものはなにも存在しなかった。〔……〕母親の生活がすでにひとつの作品であった。〔……〕あの混沌《カオス》を産み出すのはおそらくその作品だったのであろう。

母親がほとんど字を書けないということが、彼女の仕事に広大無辺の様相を与えていた」

〈デュラス『夏の雨』六二頁、六八頁、六九頁〉

『夏の雨』の母親は、ロル・V・シュタイン、クレール・ランヌ、エリザベート・アリオーヌの人物形象に増して、抽象性を帯びているといえる。なぜなら母親は、「なにも語らない」だけでなく、「ほとんど字を書けない」のだから。文字の読み書きのできない人物の醸す様相――「広大無辺の様相」こそ、この母親の存在のすべてを語っている。「生活」という「作品」によって「混沌《カオス》」を産み出す〈沈黙〉の母親像、この「字を書けない」女性像には、作家自身の抱く「言葉にたいする疑い」が抽象的にも具体的にも反映されていると思われる。

『夏の雨』にはもう一人〈沈黙〉の男性人物、母親であるハンカ・リソヴスカヤの息子エルネストが登場する。エルネストは隣家の地階で「焼け焦げの本」――「黒い皮で装丁された部厚い本で、その厚みを貫通する焼け穴が、なにかよくわからない道具、吹管か赤熱した鉄の棒みたいな強烈なものでくりぬかれていた」本を見つける。エルネストは、そのあとしばらく「緘黙症」に陥ってしまう。そしてその本とともに隣家の地階に閉じこもるようになる。そんな時エルネストは一本の木のことを思い出す。ある一本の木――「その葉叢《はむら》の下の庭は砂漠」で「光が当たらないためになにひとつ生えてこない」ような場所に植えられた木で、「季節や緯度と無関係で、いっさいから隔絶した孤立状態にあって樹齢をもっていなかった」。エルネストの妹ジャンヌは、「木の孤独とあの本の孤独に衝撃を受けたのに違いない」と「緘黙症」に陥ったエルネストのことを思う。エルネストは、その当時「十二歳ないし二十歳だったはず」であるが、その年齢は定かではなく、「焼け焦げの本」をまったく自己流に読む。本人は「読めない自分がどうやって読めたのかわからない」と家族に語る。その本は、「ある時期、ある国にいたある王の物語」だった。エルネストは、その本について知りたくて学校の先生の許に会いに行く。先生は「ユダヤの王」だという。先生はその件を機にエルネストを学校に行かせるように親を説得する。そうしてエルネストは公立小学校へ通い始める。

一冊の本と一本の木から受けた衝撃によって「緘黙症」の症状を惹き起こしたエルネストは、彼と同じく文字が読めず、台所でジャガイモの皮をむいては〈眺める〉母親と時折笑いながら対話をする。エルネストは言う。「学校ではぼくの知らないことばかり教えるからもう学校へは行かない」と。

「エルネスト、『ぼくになにかがわかったんだけど、まだうまく言えそうもないな……まだ小さすぎて、適切に言えないんだね。宇宙の創造みたいなことなんだ。〔……〕』

エルネスト、『それ〔出発点から欠けているもの〕は眼に見えるものじゃなかったんだよ。すでに知っているなにかだったんだ』

母親、『欠けてたものがなんなのか、わたしにゃわかったよ。風だったのよ』」（同書、四八頁、五〇頁）

エルネストと母親は、エルネストが学校へ行かないことを決めた直後「なにかがわかった」という、その「なにか」について話をする。母親は、その「なにか」、つまり学校へ行く前から「欠けていたもの」とは「風」であると言う。文字を読むことのできないというエルネストと母親は、言葉抜きにほとんど直観的にその「風」について理解し合う。「風」をめぐるこの二人の人物の対話は、理知的な次元における理解ではなく、直観的な共感によって成り立っている。エルネストは、〈風〉について語る。

「エルネストは、風というのは認識と呼ばれているまた別なものでもあるのだと言った。認識というのも、精神を吹きぬけるもの、高速道路に流れこむものも含めた風のことなのだと言った。〔……〕エルネストは、その絵はかけないと言う。止まることのない風みたいなものだから。つかまえることができず、止まることのない風、言葉という粉塵の風は、文字でも絵でも、表しようがない」（同書、八〇頁、八一頁）

エルネストは、「風」は「認識」と呼ばれるものの謂いだと語る。そして「認識」とは、「止まることのない風みたいなもの」、つまり把握不可能なものであり、「風のような認識」は、「文字」によっても、「絵」によってもあらわしようがないという。ロル・V・シュタインという〈狂気〉の人物は、エルネストの言う「止まることのない風」としての「認識」を言葉によってあらわすために「《不在＝語》《モ・アブサンス》」を探しているといえる。

〈風の認識〉について語った『夏の雨』のエルネストは、「数学的……機械的演繹法以外にはもうなにもないことを知る。そして「死という生」、「石の生」を送りたいという欲求を抱くが、やがて「数学」の「学者」になり、「うわべは平静、たとえて言えば中立的次元に属する探求」を選択したおかげで死なないで生き存《なが》らえてゆく。それに対して〈風の認識〉の問題に苛まれつづけるのは女性人物たちである。彼女たちは、「《不在＝語》《モ・アブサンス》」の問題、言葉ではあらわすことのできない「認識」の問題からついに解放されることはなく苦悩の生を送ることを余儀なくされる。

『夏の雨』は、そうして『旧約聖書』――「テキストの中のテキスト」(『エクリチュール』四六頁)とデュラスの語る――の「伝道の書」に書かれた〈空〉と〈風〉のことばに彩られた、エルネストの独白的な発話のことばと、母親の歌う『ネヴァ川』――「ロシア語ではなく、コーカサス地方の方言とユダヤ語の方言とがごっちゃになったもので、戦争や遺体投棄場、死体の山を迎える以前の甘美さをもった歌詞」をもつロシア民謡――を背景に終幕へと向う。

「その夜のうち、母親の哀悼調の長い『ネヴァ川』が続く間に、ヴィトリーに最初の夏の雨が降ってきた。雨は、中心街全体に、川の上に、取り壊された高速道路に、あの木の上に、子供たちのたどる小道や坂道の上に、世界の終りの痛ましき肱かけ椅子の上に、とめどない嗚咽のように力強く勢いはげしく降りしきった」(同書、二三四頁、二三五頁)

終幕に書かれたこの一節には、『夏の雨』という静かな小説に湛えられている激情が湧出している。〈風の認識〉の問題には、凍結された情念が籠められている。

〈風の認識〉にかかわり最後に登場するのは、デュラスの〈眺める〉人物たちを包括する大文字の女主人公アンヌ=マリー・ストレッテルである。この人物は、『インディア・ソング』のなかで〈眺める〉人物、そして〈倦怠〉の人物として登場する。この人物は、デュラスの女主人公のなかでただ一人その最期を自死というかたちで迎える。この人物の「存在性の基底」をあらわすのは、まずデュラス的語彙〈沈黙〉である。

「アンヌ＝マリー・ストレッテルは一千年生きてきた。〔……〕彼女の中には沈黙が二重にあるのだから。女の沈黙があり、彼女の生から来る、彼女のものである、彼女の人柄からくる沈黙がある。〔……〕私の本の中の他の女たちは、長いこと、彼女を覆っていたんじゃないかしら。ロル・V・シュタインの後ろに、アンヌ＝マリー・ストレッテルがいたんじゃないかしら。〔……〕私はずっと魅惑されたままで、そこから脱け出せない」（デュラス、ミシェル・ポルト『マルグリット・デュラスの世界』一三四頁、一三五頁）

デュラスの『インディア・ソング』は、作家自身が魅惑されたままで「脱け出せない」と語る〈沈黙〉の人物アンヌ＝マリー・ストレッテルを女主人公に書かれた戯曲形式の作品である。アンヌ＝マリー・ストレッテルは、生の内に「死の力と、日常的な力」の「二重の力」をもつ実在した人物をモデルにして描かれている（『マルグリット・デュラスの世界』）。[4] デュラスは、『愛』（一九七二年刊）という小説の後、戯曲形式をもつ文学作品を書き、映画の創造に打ち込んでゆく。その時期の代表作が、戯曲『インディア・ソング』（一九七三年刊）である。この戯曲は、映画『インディア・ソング』（一九七四年）、そして映画『荒涼としたカルカッタにおけるヴェネツィア時代の彼女の名前』（一九七六年　邦題『ヴェネツィア時代の彼女の名前』）の二つの異なる作品としてデュラス監督によって映画化されている。

文学作品『インディア・ソング』は、「演劇・映画」の副題をもつように、小説とは異なり、「全般的注意書き」、「要約」、そしてト書などに作者自身の言葉が随所に嵌め込まれている。映画『インディア・ソング』と映画『ヴェネツィア時代の彼女の名前』の二作は、同じ戯曲『インディア・ソング』を脚本として用いたものではあるが、映像は異なっている。〈風の認識〉の問題をめぐって興味深いのは、同じ戯曲を用いて連続して二本の映画をデュラス自身が監督として創ったその経緯と、二本目の『ヴェネツィア時代の彼女の名前』の映像である。

デュラス監督は、『インディア・ソング』の映画の映像を破壊して、『ヴェネツィア時代の彼女の名前』の映像を創り出した意図について次のように語っている。


「私が『インディア・ソング』のなかであらわした場所は、ただ破壊されるためだけに始まった。その場所は、すでに実際にはありそうにはなく、とても住めないといわれたが、実際よく見ると、そこはそれほど住めないというわけではなく、厳密に言えば、そこに住むことは可能だった。『荒涼としたカルカッタにおけるヴェネツィア時代の彼女の名前』においては決定的に住むことはできない。〔……〕最初の『インディア・ソング』においては、死は映画と平行していて、時に死を見ることはできる。が、完全なかたちで死は撮られてはいない。そこには薔薇《ばら》の花や写真やお香があった。しかし、穴、淵、ガラスの堆積、塵、蜘蛛の巣は撮られてはいない」（M.Duras,《Son nom de Venise dans Calcutta désert》, Marguerite Duras, p.94.〔デュラス「荒涼としたカルカッタにおけるヴェネツィア時代の彼女の名前」『マルグリット・デュラス』九四頁〕拙訳）

デュラスは、アンヌ＝マリー・ストレッテルの〈恋の物語〉を語る『インディア・ソング』を映画化するやすぐにその映画には撮ることのできなかった「死」をより全きかたちで撮ることを考え始める。そして、『インディア・ソング』の音をそのまま使用して、その映画に撮られた時空間を超えた廃屋と無人の場所を撮るという手法を編み出す。――「幾世代にもわたる忘却の時を経た時空間を映画に撮ること、それが映画作家デュラスの抱いた意図であった。

「『インディア・ソング』によって語り《ディスクール》を閉じなかったという感覚、なにか他のことを言いたいという気持ち。〔……〕インドにおけるフランス大使館のデカダンスはすでにそれ自体で、植民地主義の終焉、白人たちの絶望、ひとつの愛の憔悴、黄昏、子どものころ、わたしがあの街路を通るときに感じていた死です」（デュラス『わたしはなぜ書くのか』一〇六頁）

〈死〉・〈時間〉といったものは、たとえ映画という方法を用いたとしても全きかたちであらわすことのできないものではある。その限界をデュラスは次のように語っている。

「空虚はない。空虚は存在しないから。空虚を撮ることはできない。それは『ヴェネツィア時代の彼女の名前』のなかにさえ存在しない。〔……〕私は空になった部屋を撮る」（デュラス『デュラス、映画を語る』一一一頁）

デュラスは前作『インディア・ソング』の音をそのまま用いて、異なる映像を撮るという「映画史上前代未聞」の手法を駆使して映画『ヴェネツィア時代の彼女の名前』を創る。デュラス監督の意図することは、映像化することも、言葉にあらわすことも不可能な「空虚」を撮ることにあった。デュラスは、撮ることはできないという「空虚」に代えて「穴・淵・ガラスの堆積・塵・蜘蛛の巣」を映像化した。〈風の認識〉にかかわり興味深いことは、映画『ヴェネツィア時代の彼女の名前』に「最後の五分間」だけ、この映画を外部から観る女性たちが映画の内部に何人か登場することである。彼女たちは〈眺める〉女性たち、〈時間〉を〈眺める〉女性たちである。この女性たちは、『インディア・ソング』の〈薔薇〉の映像から長い時間を経過して〈蜘蛛の巣〉の映像へと移ろった時、『インディア・ソング』の女主人公アンヌ＝マリー・ストレッテルの「死」を観るために登場するのだ。

「『ヴェネツィア時代の彼女の名前』は、彼女［アンヌ＝マリー・ストレッテル］の死後、長い時間が経ったものよ。『ヴェネツィア時代の彼女の名前』が生まれるには、幾世代にもわたる忘却を要する」（デュラス『デュラス、映画を語る』一〇四頁）

「映画は女性たちによって観られ聴かれている。『ヴェネツィア時代の彼女の名前』のなかで最後の五分間登場する女性たちは、その映画を観にやって来る。彼女たちは、平静、受動性を保っている。それ故彼女たちは、その物語に関してなんの判断も加えることもなくそれと一体化している。彼女たちは眺め、聴き、そこにいた。〔……〕時間の始まりから彼女たちは聴き、眺め、そこにいて、これからも、映画が終わってもそこにいるだろう。彼女たちは彼女たちの姉、私たちの姉であるアンヌ＝マリー・ストレッテルの死を観に来た。彼女たちは、アンヌ＝マリー・ストレッテルを眺めるために、死を眺めるために来る。彼女たちは共通の知力をもってアンヌ＝マリー・ストレッテルの死を観にやって来る」（M.Duras,《Son nom de Venise dans Calcutta désert》, Marguerite Duras, p.96.〔デュラス「荒涼としたカルカッタにおけるヴェネツィア時代の彼女の名前」『マルグリット・デュラス』九六頁〕拙訳）

映画『インディア・ソング』の映像を破壊して創られた映画『ヴェネツィア時代の彼女の名前』は、時間の経過そのものと、時間の経過を〈眺める〉女性たちを撮った映画だということができる。この映画は、懐古趣味に結びつく廃墟の映画とは趣を異にする。これは、〈空虚〉を〈時間の経過した「空」になった部屋〉の映像と『インディア・ソング』の音声とを用いて創ったデュラス的な映画だといえる。「凪」に似て把握不可能な「時間」を観る女主人公たちは、「時間」を〈眺め〉ては存在の均衡を保持する。〈公共化された時間〉が、〈ナニカのための時間〉であるとして、しかし彼女たちは、その〈ナニカのための時間〉に巻き込まれることはなく、ただ過ぎてゆく「時間」を〈眺め〉てはもの思いをする。どのような「判断」をも下さず平静さをもって、〈眺め〉つづける。〈公共化された時間〉には、彼女たちは〈無関心〉である。彼女たちの〈声〉のもつ「公共性」は、〈公共化された時間〉とは次元を異にする。

ところで、デュラスの映画『ヴェネツィア時代の彼女の名前』の原題『荒涼としたカルカッタにおけるヴェネツィア時代の彼女の名前』には、二つの固有名詞にまつわる不在の時間が包含されている。その固有名詞と不在の時間は、女主人公アンヌ＝マリー・ストレッテルの生の〈時間順《クロノロジー》〉と、生の跡を刻んでいる。アンヌ＝マリー・ストレッテルの人生史は、一九三〇年代「両世界大戦間」の曲「インディア・ソング」を聴いていたことにまず特徴づけられる。彼女は、ヴェネツィアに生まれ、アンナ・マリア・ガルディの旧姓をもつ。フランス大使夫人としてガンジス河のほとりの人口過剰のある都会で過ごし、入水という自死の後、カルカッタのイギリス人墓地に葬られる。この映画を観るために登場する女性たちは、女主人公の人生史における〈時間順《クロノロジー》〉にも通じているはずである。

「アンヌ＝マリー・ストレッテルは、分析や問いを超越している。理解や知識や理論に関するどんな臆測も超越している。絶望、といっても、それは普遍的絶望で、それは深刻な政治的絶望と最も緊密に結びついている。そしてその絶望は、こんなふうに、静かに生きられている。〔……〕

彼女は、このうえなく彼女自身になっている。あらゆるものに、カルカッタに、貧困に、飢えに、愛に、淫売に、欲望に、最もひろく開かれていることによって、彼女は、このうえなく彼女自身になっている。〔……〕私が『淫売』と言うときは、こういう意味……淫売が彼女を受け容れる、飢えや、涙や、欲望が、彼女を受け容れるように……それは空洞になっていて、受け容れるかたちをしている」（デュラス、ミシェル・ポルト『マルグリット・デュラスの世界』一四三頁、一四四頁）

アンヌ＝マリー・ストレッテルは、人間の社会に偏在する「貧困・飢え・愛・淫売・欲望」に、最も広く開かれた人物として「一千年」の時を生きた〈沈黙〉の女性人物《ヒロイン》だといえる。作家は、自己の文学世界のなかで創造したこの人物に魅惑されている。この人物の包含する広がりと深さは、「広大無辺」の様相を呈している。

アンヌ＝マリー・ストレッテル――西洋の富裕階級に属し、東洋の海に入って自死する――の魅惑の源は、「沈黙・絶望・空洞」に由来する。この人物の醸す「危険な優雅さ」は、とりもなおさず滅びの美そのものといえるが、それは普遍的な絶望が政治的絶望と結びつくかたちで世界を覆っていた一九三〇年代の西洋の危機的な状況を直截に映し出すものにはちがいない。

デュラスの文学世界において光芒を放つアンヌ＝マリー・ストレッテルと、彼女の「死」を観るために登場する女性たちは、把握しがたい〈時間〉を〈眺める〉点において、『夏の雨』のエルネストの言う〈風の認識〉をもっともよく反映する人物像だといえる。アンヌ＝マリー・ストレッテルは、西洋の富裕階級に属する「階級の特権」をもっている。〈倦怠《アンニュイ》〉にたっぷり浸り、〈空《くう》〉を思いのままに〈眺める〉ことが、この人物には可能だった。この人物は、デュラスの人物のなかではただ一人死を選ぶことが許された西洋の女性である。しかし、その女性の「死」を観る女性たちは、彼女にたいする敬愛の念をもっている。そのことは時間を〈眺める〉というデュラス的な知とかかわっている。アンヌ＝マリー・ストレッテル、すなわち「アンナ・マリア・ガルディ」は、「死」をもって自己を顕わす、〈風〉のように把握不可能な人物の典型だといえる。〈風の認識〉、それはデュラス的な〈知〉そのものを意味している。

3　つれづれの眺め

日本語の古語〈眺む〉は、「(物思いに沈みながら) ぼんやりと物を見つめている。感情をこめて一点をじっと見つめる。〈何を見るともなくて〉物思いにふける。思い沈む。眺望する。遠くを見渡す」（『新選古語辞典』）の意味をもつ。デュラス的語彙〈眺める regarder〉は、そのまま古語〈眺む〉の意味に対応するといえる。そして、古語〈つれづれ〉は、「物事がいつまでも変わらず、長長しく続くさま。変ったこともなく、単調で、気のまぎれることのない様。心に求めるところが満たされずに、そのまま続くさま。がらんとして物さびしいさま」（『岩波古語辞典』）の意味をもつ。古語の〈つれづれ〉に対して、現代語の〈倦怠〉は、「いやになってなまけること。疲れてだるい。あきあきすること」（『広辞苑』）の意味をもつ。デュラス的語彙〈倦怠 ennui〉は、現実に飢渇を覚え、持続する時間を長いと感じる時間感覚を含意しており、その時間感覚は、現代語の〈倦怠〉よりむしろ古語の〈つれづれ〉の包括的な説明によりよく対応している。

和泉式部の歌ことば〈眺む〉は、〈つれづれの眺め〉といういい方に見るように、〈つれづれ〉と繋がりをもち、〈見る〉との対比的な語法が見られる。それは、デュラス的語彙〈眺める regarder〉が、〈倦怠〉と繋がりをもち、〈見る voir〉との対比的な語法が見られることに対応する。そして和泉式部の歌ことば〈眺む〉は、弛緩・放心・持続の感覚をつよく触発する点においてもまたデュラス的語彙〈眺める regarder〉に似通う。

「いといたう荒《あ》れたる所にながめて

語《かた》らはむ人声《こゑ》もせずしげれども蓬《よもぎ》のもとは訪《と》ふ人もなし（九一三）」

和泉式部の歌に詠出されるデュラス的な映像の世界。そこには、日付と場所と固有名詞にまつわる記憶は無と化し、「道」を失った「ひろびろとした場所」が広がっている。が、そこには〈眺める〉主体の眼差しが残されている。和泉式部のこの歌の〈眺める〉主体は、〈平静・受動性〉を保持して、デュラスの映画『ヴェネツィア時代の彼女の名前』に登場する女性たちのように、過去の時間を観《み》つめ想う。時間という〈空《くう》〉を観《み》る主体は、日付と場所にかかわる過去の時間に拘泥せず、存在する現在《いま》の時間を疑い、忘却の時間を経た未来の時間を想う。

「たらちめのいさめしものをつれづれと眺むるをだに問《と》ふ人もなし（二八七）」

この歌における〈つれづれの眺め〉は、〈つれづれ〉・〈眺む〉が、もの思いという存在のし方を含意する語であることを教えてくれる。この歌の「眺むる」は、目的語をもっていない。〈このようなとき、母は叱ったものだったのに。もの思いに耽ってはぼんやりと遠くを眺めていても、そのことを聴きただす人はいまはもう誰もいない〉——つぶやくような女性の独白の〈声〉が聴こえてきそうな歌である。語り手は、子供の頃からもの思いにふける習性のあった自己の姿を、母という親しい他者の目を通して観つめ返しながら描き出している。この歌は、「幻視的な自知を語る数多い歌」（寺田透『和泉式部』三九頁）のなかでもとりわけ「『自己客体視』の現象」（清水文雄『王朝女流文学史』八八頁）をつよく思わせる。

「年暮《としく》れて明け行く空を眺むれば残《のこ》れる月の影《かげ》ぞ恋しき（五〇〇）

ほの見《み》えて入《い》りぬる月《つき》よ天《あま》の戸《と》の明けはつるまで眺めつるかな（一一七〇）

暁《あかつき》の月見すさびに起《お》きて行《ゆ》く人のなごりに眺めしものを（一六七）」

「月」を〈眺める〉歌三首。古語の「暁」は、「〈夜が明けようとして、まだ暗いうち〉を意味することばで、〈ヨヒに女の家に通って来て泊った男が女の許を離れて自分の家へ帰る刻限〉」（『岩波古語辞典』）である。「あかつきの月」の歌に描出されている〈眺める〉女の姿は、デュラスの女性人物たちの〈眺める〉姿――『かくも長き不在』のテレーズが立ち去る男を「出て行く船を眺めるように」して〈眺める〉姿、そして『ロル・V・シュタインの歓喜』のロルが、「心がいっさいの拘束から自由になった高齢の女性が子供たちの遠ざかるのを眺めるとき」のようにして婚約者であった男とその男を魅惑した女を〈眺める〉姿を想起させる。〈眺める〉主体は、放心の体ですべてを受け入れようとする。「船」も「月」も主体の意思とはかかわりなく移動するもので、他者には〈眺める〉よりほかに術のないものである。

「明《あ》け立たてばむなしき空を眺《なが》むれどそれぞとしるき雲だにもなし（九八四）

人はゆき霧《きり》はまがきに立ちとまりさも中《なか》空に眺めつるかな（一八二）

一夜《ひとよ》見《み》し月ぞと思《おも》へど眺むれば心はゆかず目《め》は空にして（八八〇）」

〈眺む〉主体の視線は、「むなしき空」、「中空《なか》」、「空《そら》」に注がれている。「中空《なか》」は、〈空の中ほど・うわの空・どっちつかず〉（『岩波古語辞典』）の意味をもつ。この三首のどの歌も地上とは異なる天上への誘いを秘めている。〈眺む〉の目的語は、前者の歌では「むなしき空」、広漠とした空である。後者の歌では、「中空《なか》に眺めつる」とあり、視線を注ぐ場所が示されているばかりで、〈眺める〉の対象は漠然としていて捉えどころがない。

和泉式部の歌ことば〈眺む〉は、その目的語が「空《そら》・中空《なかぞら》」といった限りない広がりをもつものが多い。日本語の古語の「空《そら》」は、「天と地との間の空漠とした広がり・空間。アマ・アメ（天）が天界をさし、神神の国という意味をこめていたのに対し、何にも属さず、何ものもうちに含まない部分の意」（『岩波古語辞典』）をもつ。その「空漠とした広がり」こそ、和泉式部の歌のことば〈眺む〉の目的語にふさわしい。それはまたデュラス的語彙〈眺める〉の目的語でもある。

「『彼女［エリザベート・アリオーヌ］は空《くう》を眺めているのだ』とステーンは言う」（デュラス『破壊しに、と彼女は言う』六九頁）

ここに描出されているように、デュラスの女性人物エリザベート・アリオーヌは、〈空《くう》vide〉を上手に〈眺める〉。それに対して和泉式部の女性人物は、〈空《そら》〉を上手に〈眺める〉。フランス語の〈空《くう》vide〉は、「真空《しんくう》・空《くう》・虚空・空間・すき間・空白、空《あ》き・暇、空席、むなしさ・虚脱感」の意味をもち、〈空《そら》・天《てん》ciel〉とは意味を異にする。〈空《そら》・天《てん》ciel〉は、「空・気候・風土・神のいる天・天国・神・天・宇宙」の意味をもつ。デュラス的語彙〈空《くう》vide〉は、和泉式部の女性人物の〈眺める〉対象である〈空《そら》〉――「何にも属さず、何ものもうちに含まない」の意味をもつ――に近い。和泉式部の歌の女性人物の〈眺める〉対象は、〈空《そら》〉である。それは、エリザベート・アリオーヌの〈眺める〉対象である〈空《くう》vide〉の意味する〈虚空・空白〉に対応すると思われる。

和泉式部の歌ことば〈眺む〉は、視線の対象の広がりとその対象の把握のむつかしさ、そして〈つれづれ〉との縁においてデュラス的語彙〈眺める〉に呼応する。

「『つれづれ』は、そのような瞬間的な激動の状態を指すのでなく、［……］客観的には、緊張ののちに訪れる、身心の弛緩ないし放心の状態であるといってよい。これを主観的・反省的な立場でとらえると、『孤独感』ということになる。〔……〕初めは個人的な身心の状態を表わす語であったものが、一種の倦怠《アンニュイ》として、おしなべて多感な王朝人の胸に、ひろく浸潤してゆくのである。しかし、『孤独――孤独感』という中心の意義は、一貫して変わらなかったようである」（清水文雄『王朝女流文学史』一〇五頁、一〇六頁）

〈つれづれのながめ〉は、優れて「王朝最盛期」の歌人和泉式部の歌のことばだったということができる。〈つれづれ〉は、「孤独――孤独感」の意義をもち、平安時代の王朝人の内に「一種の倦怠《アンニュイ》」として浸潤してゆき、歌語として長く用いられ、「つれづれのながめ」は、「作品執筆の主要な契機」となっていたという。

和泉式部の歌集に大空を仰ぐ女性の姿を映し出す歌がある。次の歌の「つれづれと」は、主体の「孤独感」を表出する機能をもっていることを思わせる。

「つれづれと空ぞみらるる思ふ人天降りこむものならなくに（和泉式部歌集）

〔……〕これは『つれづれとみる』ではなく、『つれづれとみらるる』の形をとったもので、焦点の結ばれようのない視線が、天空に向かって漫然とそそがれているのである。そこには、主体の能動的な志向の代りに、主体の自然的な状態が見られるにすぎない。その点、『つれづれとながむ』の系列に入るものといってよい」（清水文雄「『つれづれ』の源流」『衣通姫の流』一三四頁）

この歌の「つれづれとみらるる」の「みらるる」は、「ながむ」の系列に入り、「焦点の結ばれようのない視線」が大空に注がれていることを意味する。この歌は、天から降りて来る何者かを待つと同時に、人界から天界へと昇ることを希求する主体の想いも表出されているようにも読める。和泉式部の歌に描出される女性は、デュラスの小説におけるそれに似て、「広大無辺」への志向をもっている。

〈つれづれ〉は「人間存在の根源に根をおろした語」（清水文雄）であるが、歴史的な語義の変遷や作家の人生観照の問題は措いて、「時代と個人を通じて一貫する『つれづれ』の意義として、『孤独――孤独感』がある」（清水文雄「『つれづれ』の源流」『衣通姫の流』一三六頁）という。〈つれづれ〉のもつ「孤独――孤独感」という意義は、フランス語の〈ennui《アンニュイ》〉の語義変遷に言及した次の文章を想起させる。

「悲しみの中に物憂さの要素が入りこんだのが知られる。悲傷がいわば無対象の倦厭に変ってゆくのは、フランス語のアンニュイの語義変遷とも一致する」（寺田透『和泉式部』

二二三頁）

これは、「いつしかと待《ま》たれしものを鶯の声聞《き》かまうき春もありけり」（九九五）の歌についての批評のことばである。この歌は、和泉式部が想いを寄せた淳道親王を亡くして一年間喪に服した後の作品とされる。この歌に〈つれづれ〉の語は用いられてはいないが、〈つれづれ〉の想いが感じられる。そのつれづれの気配が、フランス語の「アンニュイの語義変遷」を思わせたのではないか。〈つれづれ〉の語義も、あるいは〈アンニュイ〉の語義に似て、「悲傷がいわば無対象の倦厭に変わってゆく」という経緯を辿ったといえるかもしれない。

日本の古典文学において〈つれづれ〉がはじめて用いられた作品は、「現存作品としては伊勢物語と古今集［十世紀初頭］」（清水文雄）だといわれる。和泉式部は王朝期全盛時代（十一世紀前半）の歌人の一人として〈つれづれ〉の語を歌ことばとして用いた歌人だった。〈つれづれ〉は、『伊勢物語』、『古今集』を継ぎ、『徒然草』（十四世紀前半）に受け継がれるという経緯をもっている。和泉式部歌集に用いられている〈つれづれ〉は、十世紀初頭の物語・歌集に見る〈つれづれ〉と、十四世紀前半の随筆に見るそれとの中間に位置するといえる。

『伊勢物語』（四十五段）に用いられている〈つれづれ〉は、「瞬間的な激動の状態をさすのではなく、むしろ、激動の後の、空虚な時の流れにみずからをまかせた」者の「孤独な身心の状態をさすものと見られる」（清水文雄「『つれづれ』の源流」二二六頁）という。これは『伊勢物語』の、主人公おとこ――自分への愛の告白を残して死んだ女を想って悲しみに沈むおとこ――の物語を語る章段に用いられた「つれづれとこもりをりけり」の「つれづれと」の語に言及したものである。この「つれづれ」には、悲傷の翳がより深く感じられ、『徒然草』の序段に用いられている「つれづれなるままに」の「つれづれ」の語法との違いを思わせる。

「むかし、おとこ有《あり》けり。人のむすめのかしづく、いかでこのおとこに物いはむと思《おもひ》けり。うち出《い》でむことかたくやありけむ、物病《や》みになりて死《し》ぬべき時に、『かくこそ思《おもひ》しか』といひけるを、親聞《おやき》つけて、泣《な》く〳〵告《つ》げたりければ、まどひ来《き》たりけれど、死《し》にければ、つれ〴〵とこもりをりけり」（『伊勢物語』四十五段(5)）

「つれづれなるまゝに、日暮らし、硯《すずり》にむかひて、心にうつりゆくよしなし事を、そこはかとなく書きつくれば、あやしうこそものぐるほしけれ」（兼好『徒然草』序段(6)）

『伊勢物語』の主人公おとこの心情を映し出す「つれづれとこもりをりけり」の「つれづれ」には、悲傷の翳が差しているように感じられる。それに対して『徒然草』の序段の「つれづれなるままに」の「つれづれ」には、悲傷を想わせる陰影はほとんど感じられない。「つれづれ」は、いずれも「孤独」の思いを含意するとしても、その想いの色合いは異なる。文学史的には『伊勢物語』

と『徒然草』の間に位置する『和泉式部集』に用いられた〈つれづれ〉は、『伊勢物語』の〈つれづれ〉の含む悲傷の翳を留めながら『徒然草』の〈つれづれ〉の含む文学的余裕を兆しているように思われる。

「つれづれと物思《おも》ひをれば春の日のめに立《た》つ物は霞《かすみ》なりけり（一五）

春《はる》の日《ひ》をうらうらつたふ海人《あま》はしぞあなつれづれと思ひしもせじ（六）

つれづれと眺《なが》め暮《く》らせば冬の日も春の幾日《いくか》にことならぬかな（一六四）」

「つれづれ」の歌には、そこはかとない悲傷の色が漂っている。「春」の歌は、「春」の季節の惹き起こす〈つれづれ〉の情動が、〈物思ひ〉という観想へと誘うあり様をうかがわせる。ここには〈つれづれ――もの思い――春〉という繋がりを見ることができる。その繋がりは、デュラス的語彙における〈倦怠《アンニュイ》――もの思い――春〉のそれに似通う。

古語の〈眺め〉は、「物思いにふけって、じっとひと所を見ていること。歌では多く長雨の意に掛ける」（『岩波古語辞典』）とある。和泉式部の〈眺め〉の歌にも、「雨」の日の「つれづれ」の想いを詠出したものがある

「つれづれとふるやのうちにあらねども多《おほ》かるあめの下《した》ぞ住《す》みうき（一一一三）

つれづれとふれば涙の雨なるを春のものとや人の見《み》るらん（一一一四）

五月雨《さみだれ》は物思《おも》ふ事ぞまさりけるながめのうちに眺めくれつつ（六三九）」

和泉式部の歌に詠出されている「雨」の〈つれづれ〉の想いは、デュラスの女性人物の「雨」のもの思い、雨の〈眺め〉を想起させる。

「シュザンヌの車の眺めかたが、今までといくらか違ってきた。〔……〕雨が降ると、シュザンヌは家にはいり、あい変わらず道路にむかってヴェランダに腰かけ、雨がやむのを待つ」（デュラス『太平洋の防波堤』三〇四頁）

「雨が降ると、ロルの周囲では、彼女が自分の部屋の窓から晴れ間を窺っていることを知っていた。〔……〕そこで、単調な雨を眺めながら、〔……〕彼女の魂にとっては現在の生活のどんな瞬間よりももっとすてきなあの《彼方》、S・タラに戻ってきて以来彼女が探して

いたあの《彼方》を見ていたにちがいない」（デュラス『ロル・V・シュタインの歓喜』四二頁）

和泉式部歌集に見る〈眺める〉女性像、そして〈つれづれの眺め〉は、こうして〈時間や言語体〉を大きく隔てたデュラスの小説に描かれる〈眺める〉女性像を喚び起こす。〈つれづれの眺め〉――それは、文学の泉の湧き立つ磁場ともいえる。その文学的な磁場は〈時間や言語体〉を超えている。

和泉式部の歌ことば〈つれづれ〉は、詞書《ことばがき》（歌の前書き）や題（歌の主意）のなかにも用いられている。詞書《ことばがき》や題に用いられた〈つれづれ〉は、〈悲痛〉の翳を宿しながらも、知的な歌作態度を思わせる。

「いとつれづれなる夕暮《ぐれ》に、端《はし》に臥《ふ》して、前《まへ》なる前栽《せんざい》どもを、ただに見《み》るよりは、とて、物に書《か》きつけたれば、いとあやしうこそ見《み》ゆれ、さはれ人やは見《み》る、ちひさき松《まつ》に（八二五 詞書）

つれづれの尽《つ》きせぬままに、おぼゆる事を書《か》き集《あつ》めたる歌にこそ似《に》たれ、昼偲《ひるしの》ぶ、夕《ゆふ》べの眺《なが》め、宵《よひ》の思《おも》ひ、夜中《よなか》の寝覚《ねざめ》、暁《あかつき》の恋《こひ》、これを書《か》きわけたる（一〇一四 詞書）」

詞書《ことばがき》に書かれた「いとつれづれなる夕暮に」、「つれづれの尽きせぬままに」ということばには、『徒然草』の「つれづれなるままに」といういい方に含まれる文学的な創作態度が兆しているように思われる。和泉式部の歌ことば〈つれづれ〉は、『伊勢物語』のおとこの悲痛の翳を宿しながらも、『徒然草』の序段の作者の執筆の動機を述べる知的余裕をも包含しているといえる。そのことは、デュラス的語彙〈倦怠《アンニュイ》〉が、フランス語の古い語義〈悲痛・悲嘆〉の翳を宿しながらも、〈不安・退屈・倦怠・憂愁・憂鬱〉の意味をもち、同時に〈倦怠《アンニュイ》〉を題《テーマ》にもの思いするという女性人物、たとえば『静かな生活』の女主人公のもつ知的余裕をも包含することに似通っている。

さて、和泉式部の歌ことば〈眺む〉は、〈見る〉と対比的語法をもっている。そのことは、デュラス的語彙〈眺める〉が〈見る〉と対比的語法をもつことに対応している。デュラス的語彙〈見る〉については第二章の〈受動的な知〉で扱うが、まず和泉式部の歌ことば〈眺む〉と〈見る〉の語法を見たい。

「つらつら（つらつらに）見る
つれづれと（つれづれに）ながむ

〔……〕前者においては、主体が対象を明瞭に認めたうえで、その対象をより精確に把握しようとする能動的な態度が見られるのに対して、後者においては、そのような対象は初めから認められておらず、いわば無対象の不安にさらされた主体の身心の孤独な状態が見られるということである」（清水文雄「『つれづれ』の源流」『衣通姫の流』一三三頁、一三四頁）

この文章に書かれた「見る」と「ながむ」に関する語法は、和泉式部の歌ことば〈見る・眺む〉の語法として読むことができる。そして、この語法は、デュラス的語彙〈見る・眺める〉の語法にも重なっている。たとえば『かくも長き不在』の女主人公テレーズの不幸でも幸福でもある追跡は、行方不明になったままの夫である一人の男を〈見る〉という〈愛〉によって惹き起こされる。テレーズは、〈眺める〉ことはしても〈見る〉ことをしないその男の「空虚」な眼にうちひしがれ、やがてその男を失うという憂き目を見ることになる。デュラス的語彙〈見る voir〉・和泉式部の歌ことば〈見る〉には、一途に想うことの生の輝きとその輝きを失うことの幸福な不幸が含意されているといえる。

「向《むか》ひゐて見《み》るにも悲《かな》し煙《けぶ》りにし人を桶火《をけび》の灰《はひ》によそへて（九六二）

明けぬやと今《いま》こそ見《み》つれ暁の空《そら》は恋《こひ》しき人ならねども（一〇五八）」

昨日今日行《ゆ》きあふ人は多《おほ》かれど見《み》まくほしきは君一人《ひとり》かな（一〇八二）」

三首の歌における〈見る〉は、〈見る〉ことの叶わない不在の人――「煙《けぶ》りにし人」・「恋《こひ》しき人」・「見《み》まくほしき〔……〕君一人」を対象としている。そのことは〈見る〉ことの困難ということを思わせる。不在の人を〈見る〉ことへの想いの丈の籠められた和泉式部歌集には、〈見る〉ことへのつよい想いを託した歌が少なくない。そのことは、〈見る〉ことを願う心の深さを思わせる。

「雪のいたう降りたる暁《あかつき》に、人の出《い》で行《ゆ》く跡《あと》あるに、つとめていひやる
留《とど》めたる心はなくていつしかと雪の上《うへ》なる跡《あと》を見《み》しかな（一四五九）」

暁（夜が明けようとして、まだ暗いうち）に立ち去った男に宛ててその翌朝詠まれた歌である。「留《とど》めたる心」という言い方には、〈見る〉ことへの想いの深さが籠められている。「跡を見しかな」の「見し」（見た）の〈見る〉には、「留めたる心」を捉えたいという〈所有・把握〉に繋がるつよい念《おも》いが籠められているようだ。が、この歌の〈見る〉には、どこか〈眺む〉の含む放心の情が混在しているような気配もある。〈見る〉ことの断念ともいえるような。

「人の文《ふみ》のあるを見《み》て、六月ばかり

庭《には》のまま生《お》ふる草葉《くさば》を分《わ》け来《き》たる人も見《み》えぬに跡《あと》こそありけれ（八二〇）」

「人も見えぬに跡こそありけれ」のなかに用いられている「見えぬ」は、〈見えない〉の意であり、〈見ない〉の意ではない。が、「見えぬ」という言い方には、見たくても見えない、という主体の意思ではどうすることもできない苦悩が滲じみ出ている。「見えぬ」には、見えること、見ることへの悲痛な願いがうかがえる。この歌は、〈待機〉という存在のし方を思わせる次の歌と併せて読むと興味深い。

「夏

庭《には》のままゆるゆる生《お》ふる夏草を分けてばかりに来《こ》む人もがな（二二二）」

この歌に「見る」は用いられてはいないが、〈見る〉ことへのつよい希求が詠出されている。庭一面に生い茂る夏草を押し分けてくるほどの困難を冒して来る人。主体の〈見る〉ことを願う対象は、そんな人である。が、この歌に籠められた〈見る〉ことへの希求は、どこか現実《いま・ここ》のスケールを超えているといった感じを与える。この歌の「夏」の題は、〈夏〉に出現し、〈夏〉に遁走してしまう男を追跡する『かくも長き不在』のテレーズの〈恋〉の物語を想わせる。女主人公テレーズの〈見る〉対象として出現する男は、巨大な〈空虚〉な目の持主である。この男は、テレーズを〈見る〉ことのないままに姿を消してしまう。それは「夏の日の短い時間」に生起する「十六年」目の出来事である。一人の浮浪者の姿に行方不明の夫の面影を〈見た〉テレーズは、その男性からは「冷静な、遠くにいるような」視線を受けることしか叶わない。〈夏〉の待機——和泉式部のこの歌はそんな〈見る〉ことの可能性と不可能性のあわいを思わせる。

「慰《なぐさ》めて光《ひかり》の間《ま》にもあるべきを見《み》えては見《み》えぬ宵の稲妻（一〇四〇）」

「宵の稲妻」ということばに託して表出された「見えては見えぬ」という瞬間の時間感覚は、〈見る〉の含意する究極の存在感覚をあらわすといえる。この歌に表出されている存在感覚は、エマニュエル・レヴィナスの哲学的著作に嵌め込まれた詩的な言葉を想起させる。

「きらきらと瞬く光、そのきらめきがあるのは消えるからこそであり、それは、あると同時にまたないのだ」（エマニュエル・レヴィナス『実存から実存者へ』一六五頁）

レヴィナスのこのことばには、〈見る〉ことの断念と期待とが諦観として語られているように思われる。和泉式部の歌ことば〈見る〉、そしてデュラス的語彙〈見る〉には、過ぎる時間を把握したいという想念が籠められているといえる。それに対して和泉式部の歌ことば〈眺む〉、デュラス的語彙〈眺める〉は、過ぎる時間を把握することを断念しながら、ある期待を籠めて時間という無に視線をやるひとつの行為といえるかもしれない。その行為は、パスカルの「無限の能力」――「虚無に達するためには、万有に達するのと少しも劣らない能力を必要とするのである。そのいずれに達するためにも、無限の能力が必要である」（パスカル『パンセ』(7)）――を思わせる。

4　時間感覚の理知的表出

デュラスの小説には、時間感覚を表出することばが、発話・内的独白・描写といったさまざまな形式のなかで用いられている。第一章の〈眺める〉、そして第二章の〈待つ〉は持続の時間感覚、そして第三章の〈憧《あくが》れ出る〉は瞬間の時間感覚にそれぞれかかわっている。デュラスの文学作品において時間感覚を表出する〈詩のことば〉は、理知の表出として読むことができる。

「いいかい坊や、年を取るということは、長い長い時間のかかることなんだよ」（デュラス『夕

ルキニアの小馬』一二三頁）

「彼女——涯のないような、長い長い時間。（明瞭に言う。）」（デュラス『ヒロシマ、私の恋人』九三頁）

「時が経つのはすごく速くて、時速百キロぐらいの速度で、滝のように流れてゆきました」（デュラス『ヴィオルヌの犯罪』一九八頁）

ここに引用した詩的な断章は、いずれも時間感覚を表出している。人物たちのさりげない発話の〈声〉や独白の〈声〉は、他者に訴えるといった重さをすこしも感じさせない。とり立てて知的な人物として形象されてはいない人物たちのそうしたことばは、しかしデュラスの作品の包含する重要な問題《テーマ》と直截かかわっている。注目したいのは、そうしたさり気ない発話のなかに、〈……は……だ〉という理知的な語法のあることである。

デュラスの作風に変容の兆す頃の作品には、時間の経過についての独白や発話が際立って多くなる。そして時間の経過そのものと、時間感覚とが作品世界において大きな意味をもつものとして浮上してくる。『モデラート・カンタービレ』（一九五八年刊）はそんな小説の先駆けともいえる。『モデラート・カンタービレ』のなかから、時間にかかわる箇所を読んでみたい。主な登場人物は、女主人公アンヌ・デバレードとショーヴァンという男性人物の二人。小説には、工業地帯を控えた町を舞台に、この二人の人物の短い出会いの時が描かれている。町の工場で働く労働者のショーヴァンは、「何もしないための時間」を求めて、経営者の妻であるアンヌ・デバレードと町のカフェで逢瀬を重ねる。「時間」のないショーヴァンは、アンヌ・デバレードに「時間の経過」を告げる役割を担っている。

「

3

『何もしないための時間?』

『ええ、何もしないためのね』

女主人がカウンターの下で聞こえよがしに何かを動かし、二人に時間の経過を思い出させた。

『時間が少ししかありませんが』と彼は言った。

『十五分もしたら工場が終わりますからね。〔……〕海岸通りへお帰りになる前に、もう一杯飲むぐらいの時間はありそうですね』」(デュラス『モデラート・カンタービレ』四八頁、

五一頁、五三頁)

「　6

『今日で七日目ですね』とショーヴァンが言った。
『七晩目よ』なにげなく彼女は言った。〔……〕
『七晩目か』とショーヴァンが繰り返した。
『あなたはこれから海岸通りへお帰りになるんでしょう。これで八日目の晩になるわけですね』」(同書、九七頁、一〇八頁)

「　7

庭園の木蓮が、その葬儀ともいうべき開花に精を出している。

今宵木蓮は満開となるであろう。港からの帰りに彼女が摘み取った一輪をのぞいて。この忘れられた開花の上にも、常と変わらず時は流れてゆく。

胸の間の木蓮は完全に萎れている。その花は一時間のうちに夏を経過したのだ。〔……〕アンヌ・デバレードはひっきりなしに花を痛め続ける」(同書、一一五頁、一一八頁、一二八頁)

「 8

『もうあんまり時間がありませんよ』とショーヴァンが言った。

『もう一分』と彼は言った。〔……〕アンヌ・デバレードはその一分を待った。そして椅子から立ち上がろうとした」(同書、一三六頁、一四三頁)

『モデラート・カンタービレ』には、過ぎてゆく時間そのものが語られているともいえる。それ程に「時間の経過」にかかわる発話や描写が多い。ショーヴァンは、想いを寄せているアンヌ・デバレードに、短い逢瀬の度に「時間」のないことを告げる。ショーヴァンは、八日間の時間しか自分の思うようには生きることができない。

作中には「急ぐ」時間の感覚を覚えさせる箇所が多くある。が、作品そのものは、「モデラート」という題に用いられている音楽用語(速度標語の一つで、中ぐらいの速さをあらわす)によって醸されるややゆったりした感覚を基調に語られている。つまり「急ぐ」時間の感覚は、「のろのろと」した時間の感覚を基調にして表出されているといえる。そのことは、人と人との別離の時、そして花の凋落の時を超えて、なお時間は常と変わらずに経過しつづけることを予兆させる。デュラスの『モデラート・カンタービレ』は、時間感覚によって、ある文体的特徴をあらわしているということができる。

デュラスの作風の変容の跡は、時間感覚の表出と直截繫がっている。『モデラート・カンタービレ』は八日間、『ヒロシマ、私の恋人』は、二十四時間の物語である。『ヒロシマ、私の恋人』は、時間の経過の物語として、『モデラート・カンタービレ』に次ぐ作品である。この作品は、女主人公フランス人女性彼女の〈声〉と、それに応答する日本人男性彼の〈声〉、そして作者のト書の〈声〉との三つの〈声〉で構成されている。作中の後半、時間の経過と時間感覚をあらわす発話とト書が多くなる。

「第三部

彼　――今はもう、時間をつぶすことしか、一緒にすることはないんだ。きみの出発で、ぼくたちが引き離されることになるまでは。きみの飛行機が出るまでに、まだ十六時間あるよ。

〔……〕

彼女——ひどく長いわ……

第四部

二人を決定的に別れさせることになる別れが、、十六時間経ったらやってくるということを考えて、悲痛な思いにとざされていた彼らから、観客は今しがた離れてきたばかりである。

〔……〕時間は過ぎて行くが、彼らはそのことを意識していない。

〔……〕

彼は、彼女を元気づけ、彼女に回想のきっかけをあたえようとして。

〔……〕

彼女——涯のないような、長い長い時間。（明瞭に言う。）

〔……〕

彼　——そしてそのあと、ある日、きみは涯もなく長いようなその時間から、やっと出てくるんだね。

〔……〕

彼女——そう、長いの。

〔……〕
彼女——十四年が過ぎたわ。
〔……〕
彼は、現在の瞬間から身を退かせて、言う。
彼　——数年したら、ぼくはきみを忘れてしまっているかもしれないね。〔……〕

第五部

もう一度、時間が経過している。
〔……〕
終りである。夜の終りであり、その最後に、彼らは永久に別れるだろう」（デュラス『ヒロシマ、私の恋人』八三頁、八五頁、九二頁、九三頁、九八頁、一〇四頁、一〇七頁、一一一頁、一二五頁）

ここに引用したト書と発話は、時間そのものについて語り、短い時間の感覚と長い時間の感覚を表出している。『ヒロシマ、私の恋人』の〈恋〉の物語においては、時間が過ぎることそれ自体が出来事でもあるかのように時間の経過が語られる。そこには、「午後四時・十六時間・十四年・夜の終り」といった時間、年数を具体的に告げるものと、「ひどく長いわ・涯のないような長い長い時間」といった時間感覚を表出したものとが綯い交ぜになっている。女主人公彼女は、「十四年」の時間を経て、初恋の記憶を想起させる日本人男性に出会う。出会いの時の二十四時間は、女主人公にとっては長い持続の時間の後に出現した「唯一無二の出来事」としての「瞬間」にも近い時間だといえる。エマニュエル・レヴィナスは、「瞬間」の時間について次のように書いている。

「現在がこれほど先鋭であるのは、それが留保なしに、そしていってみれば慰めもなしに存在に関わり合っているからである。〔……〕瞬間のうちで本質的なものは、その〈立ち止り〉である。しかしこの停止にはある出来事が包み隠されている。〔……〕現在とは純粋な始まりなのだ。〔……〕
現在は存在であって、夢でも戯れでもありえない。瞬間とは、存在する努力であり、息切れや喘ぎのようなものである。〔……〕〈現在〉、〈私〉、〈瞬間〉、それらは唯一無二の出来事の契機なのだ」（エマニュエル・レヴィナス『実存から実存者へ』一二七頁、一二八頁、一三〇頁、一三二頁）

『ヒロシマ、私の恋人』は、レヴィナスのことばに拠ると「現在」の時間を拡大して見せた〈恋〉の物語だということもできる。「現在」の時間では「時間そのものが問題」となり、「存在」そのものが露呈する。そこに語られる「唯一無二の出来事」としての〈恋〉は、「瞬間」を契機として立ち上がるが、「瞬間」を超えて持続する可能性を当初から付与されていないかのようだ。〈愛〉は、「忘却のなかに流刑されている」という作者デュラスのことばは、レヴィナスの『時間と他者』における「時間そのもの」――「時間はまさに主体と他者との関係そのものである。〔……〕時間そのものが問題とされている」(エマニュエル・レヴィナス『時間と他者』三頁)――を想起させる。

デュラスの作品のなかには、〈狂気〉の人物といわれる女主人公がいる。たとえば、他者の愛の場面を幻影として窓越しに見るということに存在の糧を得るロル・V・シュタイン、そしていま一人は共同生活者である家事担当者を殺害するクレール・ランヌ。この二人のもつ〈狂気〉ともいえる偏った志向は、それぞれ愛するものとの別離、愛の喪失という劇的な瞬間の後に惹き起こされる転倒を経て、長くつづく持続の時間において発露する。この二人の人物を苛み、窮地に追いやるものは、「存在性の基底」にかかわる時間感覚と結びついている。

「十年の結婚生活が過ぎた。〔……〕彼女は不意に、たっぷりと、自由な時間ができ、少女時代を過ごした町やその周辺を散歩する習慣がついた。〔……〕こうした散歩がたちまちのうちに、時間的几帳面さ、秩序、睡眠といったすべてがこれまで不可欠のものとなったのとおなじように、欠くべからざるものとなった。

――いちばん辛かったことってどういうこと、ローラ？

――きまりきった時間ね。子供の世話とか、食事とか就寝とかの。

彼女［ロル］は人生の果てしない反復の中に中断がはいることを願う」（デュラス『ロル・V・シュタインの歓喜』三二頁、三四頁、九三頁、一五二頁）

ロル・V・シュタインを苛むものは、「きまりきった」持続する時間だといえる。ロルは、現実《いま・ここ》から離脱した時間と現実《いま・ここ》に密着した時間のふたつの時間を必要としており、そのふたつの時間の均衡を保ちながら存在することを願っている。「人生の果てしない反復の中に中断がはいることを願う」とは、「反復」の時間、つまり持続性の時間を基盤にして、それを保持しながらそれを「中断」する時間、つまり瞬間性の時間をもつことを願うことを語っている。彼女は〈狂気〉の人とは言えない。彼女は持続する時間の内に「中断」を刻む瞬間の時間を理性的に求めたのであるから。

『ヴィオルヌの犯罪』のクレール・ランヌもまた〈狂気〉というかたちで、〈理性〉を表出する種類《タイプ》の人物である。同居する「家事」担当者の女性を殺害するクレール・ランヌは、時間感覚においてある偏りをもつ人物として描かれている。

「Ⅰ

共同の生活をいっしょに送ってたんでしょうが、その境遇が、あまりに変わらなすぎ、あまりに長続きしすぎたせいなんです、と言っても不幸な境遇というのではなくて、固定された、出口のない境遇なんです」（デュラス『ヴィオルヌの犯罪』三三頁）

「Ⅱ

彼女のうちでは永続きするものは一つもなく、どんなことにもせよ彼女が学ぶということはありえないことでした。〔……〕彼女が何一つ保存しなかったのだとも言えます」（同書、一〇二頁）

Ⅰの町のカフェの店主ロベール・ラミーの発話は、クレールの犯した殺害事件が、「共同の生活」が「長続きしすぎた」ことに因ることを語っている、そしてⅡのクレール・ランヌの夫の発話は、クレールが、「永続きする」時間に堪えることのできない人物であったことを語っている。

「Ⅲ

わたしの生活はだらだらと続いただけで、初めのうちこそカオールの警官といっしょであんなにすばらしかったけど、なんにも起こらなかったわけです。

犯罪を犯そうと、ぜんぜん何もしていなかろうと、時間の経つのはいつも同じ具合なんですね」(同書、二二一頁、二二七頁)

Ⅲは、クレール・ランヌ自身の発話である。クレールは「カオールの警官」と呼ばれる人物に恋をして自殺を図った過去がある。彼女は、その「カオール」の記憶を忘れることはなかったが、たとえば人間に対しては、「一個の塊」としてしか興味をもたないといった風にほとんど「無関心」な態度だった。彼女は「想像力」をもって存在しているタイプの人で、「学ぶこと」には向かない。そして長く続く時間に倦んでくると、ことに「春」になると、毎日刊行される日付の刻まれた「新聞」を燃やし、「いろんなもの」をこわしてしまう習性があった。クレールにとっての深刻な問題は、持続する時間に堪えて生き存《なが》えつづけることであったといえる。

「あの家ももうおしまいです。二十二年間続いてきたけど、もうこれでおしまいです。長い長い一日だったみたいだわ——朝が来て——夜が来て——朝が来て——夜が来て、そして突然、事件が起こる。

時が経《た》つのはすごく速くて、時速百キロぐらいの速度で、滝のように流れてゆきました」

（同書、一八三頁、一九八頁）

クレールのこの発話は、彼女の内なる〈狂気〉が、彼女が何もしなくても生きていける境遇に身を置き、もの思いに存分にふけることができるようになってより露わに顕在化した症状だということを語っている。彼女には「時間」も「主人の給料」も「持ち家から月々のあがり」もあった。その「幸せ」こそが、彼女の内なる「狂気」をほしいままに露呈させたともいえる。「幸せ」な持続の時間を截断する瞬間《とき》が彼女には必要だったのではないか。彼女はその持続の時間を截断するようにして家事担当者を殺害したのではなかったか。

小説『ヴィオルヌの犯罪』は、クレール・ランヌの犯した殺害をめぐる三人の人物の発話によって構成されているが、三人の人物はそれぞれにクレールの犯罪にかかわる彼女の時間感覚をよく捉えているといえる。

デュラスの小説は、『モデラート・カンタービレ』、『ヒロシマ、私の恋人』において時間の経過そのものが作品の内容として顕在化する。〈時間感覚の理知的表出〉は、それ以降の作品において作品の内容・形式を通して継続的に見ることができる。

デュラスの小説における〈時間感覚の理知的表出〉の問題《テーマ》は、和泉式部集の〈時間〉の歌を想起させる。日本の古典として代表的な歌集――『万葉集』・『古今集』・『新古今集』――を時代順に見ると、「時間の経過」を観る語り手の視座は、『古今集』から見られるという。日本の古い歌集は、「時間」の歌の豊庫だということもできる。なかでも『和泉式部集』は、優れて〈時間感覚の理知的表出〉に精粋を見せる歌集とも言える。

「『万葉集』と『古今集』とのもう一つの大きなちがいは、時間の概念に係る。『万葉集』は想出をうたわず、現在の感情をうたう。過去を現在に重ね、昨日を透して今日を見る屈折した心理の表現は、はじめて（少くとも典型的には）『古今集』にあらわれたものである。〔……〕このような時間の経過に対する極度に鋭敏な感覚は、おそらく奈良時代には到底想像もできないものであった」（加藤周一『日本文学史序説上』一三四頁、一三五頁）

筆者（加藤周一）は、『古今集』の小野小町の歌――「花の色はうつりにけりな　いたづらに我身世にふるながめせしまに」――に「時間の経過に対する極度に鋭敏な感覚」を読み取り、それは、奈良時代の『万葉集』には到底見ることのできないものだと述べている。「時間」を〈眺める〉とは、ある「過剰的疲労」（佐藤春夫「『風流』論」[8]）を思わせる。『古今集』の歌人小野小町の「花の色は」の歌に表出されているという「時間の経過に対する極度に鋭敏な感覚」は、和泉式部の歌においては存在感覚としてより深化したかたちで表出されるようになるといえる。

「存在論的であり、流れて行く時間感覚を描いて余すところがない。別の言い方をすれば、和泉の歌は、どのような形式であろうと、どこからうたい出そうと、存在＝時間にたどりつく」（野村精一『和泉式部日記　和泉式部集』一八七頁）

「思想というものは、必ずしも哲学論文のようなこちたき論述の形式でのみ表現されるものではなかろう。器こそ小さくとも、和歌もまた思想を盛る器たり得ると思うのである」（沓掛良彦『和泉式部幻想』二三〇頁）

和泉式部の歌に、「流れて行く時間感覚」の表出を読み取り、「存在論的」な面を認める批評、そして「和歌もまた思想を盛るに器たり得る」とする批評は、和泉式部の歌がデュラスの小説に呼応することとかかわりがある。和泉式部の歌における〈時間感覚の理知的表出〉は、題の設定と、題詠によく見ることができる。題詠とは、「現実や実感を基底にもたない『虚の世界』を、言語だけの力で詩として芸術的に結晶させたもの」（沓掛良彦「言語芸術としての『新古今集』」[9]）と捉えることができる。

「宵《よひ》の思《おも》ひ
悲《かな》しきはただ宵の間《ま》の夢の世《よ》にくるしく物を思《おも》ふなりけり（一〇三九）」

「宵《よひ》の思《おも》ひ」の題詠には、「……は……なりけり」の〈理法〉をあらわすいい方が用いられている。
——「ここで想起されることは、和泉歌にしばしばあらわれる『……は……なりけり』という語法が、『古今集』以来の慣用語法の一つで、〝理法〟を示すものだという見解である。これまた、和泉式部の詩法の、実は知的な側面を示す、と言ってよいはずだ」（野村精一『和泉式部日記　和泉式部集』一八五頁）という指摘がある。和泉式部の歌には、「……なること」、「……は……なりけり」の〈理法〉の用いられたものが少なくない。そのことは、何よりもこの歌人が理知を表出することに長《た》けていたことを示している。
　この歌には、「宵の間《ま》の夢の世《よ》」という瞬間の時間感覚を触発することばが用いられている。そしてその感覚は、短いこの世の時間に存在する自己を客体化する視座によって、主体の生の持続の時間感覚に繋がれている。この歌の三十一文字の内には、瞬間と持続の両方の感覚が編み込まれているといえる。その歌の内容はといえば、〈悲しいことは、苦しくものを思うことであるよ〉とあるように〈ものを思うこと〉から逃れることのできない自己の存在のし方にかかわることである。和泉式部の〈待つ〉歌には、長い時間の感覚が、存在することの苦悩を惹き起こすことを独白する歌が多い。

和泉式部歌集のなかに書かれた歌題――「世の中にあらまほしき事・人に定めさせまほしき事・あやしき事・苦しげなる事・あはれなる事」――には、願わしい事、他者に判断を委ねたい事、不思議な事、辛い事、しみじみとした事といった、語り手の抱える内なる問題《テーマ》が顕われている。この題詠群に集中する歌は、とりわけデュラス的語彙に呼応する歌ことばの豊庫になっている。

「苦《くる》しげなる事

世《よ》の中に苦《くる》しき事は来《こ》ぬ人をさりとももとのみ待《ま》つにぞありける（三四八）」

この歌には、〈待つ〉の触発する長い時間の感覚が表出されている。この歌の内容――〈苦しいことは、来ない人をいくらなんでも、といちずに思って待つことであるよ〉は、〈待つ〉の多用されているデュラスの幾つかの作品を直截的に想起させる。たとえば『かくも長き不在』。この作品の女主人公は、行方不明の夫の帰りを〈待つ〉身の上である。彼女は、「十六年」の間〈待つ〉ことを存在のし方として生きている。「十六年」目に夫の面影を宿す記憶喪失の男性との出会いをもつが、その男性も彼女の前から姿を消す。彼女の苦しさは、来ない男性《ひと》を〈待つ〉という存在のし方に因っている。

和泉式部の歌ことば〈忘る〉は、持続する長い時間感覚を表出する点で重要な意味と機能とをもっている。〈忘る〉とは、記憶の想起、つまり記憶を封じ込めた〈穴〉から記憶を感覚的に想起することであり、和泉式部の歌ことば〈忘る〉は、記憶を〈穴〉に封じ込めたことに対する恐れをも含意している。

「忘《わす》れぬと罪《つみ》得《う》る心地《ち》するものを今日《けふ》の禊《みそぎ》に祓《はら》へすててん（六一一）
君《きみ》なくていくかいくかと思《おも》ふ間《ま》に影《かげ》だに見《み》えで日をのみぞ経《ふ》る（一〇二一）」

「彼女——ああ！　恐ろしいことだわ。私があなたのことを思いだすのが、前より少くなりはじめるのよ。

〔……〕」

彼女——……私はあなたを忘れはじめる。あれほど夢中だった愛を忘れたことで、私はふ

るえるの……」（デュラス『ヒロシマ、私の恋人』九九頁、一〇〇頁）

和泉式部の歌ことば〈忘る〉、そしてデュラス的語彙〈忘れる oublier〉は、長い時間の感覚を表出する語であるが、時間の経過とともに忘れるはずのない記憶が次第に薄らいでゆくことへの恐れを含意している。デュラス的語彙〈忘れる〉は、記憶の想起の謂いであり、「十四年」（『ヒロシマ、私の恋人』）、「十六年」（『かくも長き不在』）という時間を経過してなお記憶は蘇るという事象のあることを思わせる。「真の記憶とは忘却、空虚です」（『私はなぜ書くのか』六一頁）、デュラスはそう語っている。和泉式部の歌ことば〈忘る〉は、デュラス的語彙〈忘れる〉に対応する。

和泉式部の歌には、時間感覚の表出がそのまま存在感覚として表出され、深い諦観を思わせる歌が少なくない。そうした歌は、日付や場所を消失した抽象性を帯びている。

「幻《まぼろし》にたとへば世《よ》はた頼《たの》まれぬなければあればあれどなければ（一四〇一）」

この歌は、「頼まれぬ」の「ぬ」の文法的な二つの意味〈強意と打消〉のいずれを採るかによってふた通りの解釈――「頼まれる（頼むことができる）」と「頼まれぬ（頼むことができない）」の解釈をもつむつかしい歌である。が、結果的には「ぬ」は、この歌を文法的解釈を超えた両義性を孕む一首に仕立てる機能をもっている。この歌人の歌ことば〈あり・なし〉は、時間感覚が存在感覚と繫がることを思わせる点でもっとも重要なふたつの語だといえる。

「草の上《うへ》の露とたとへぬ時《とき》だにもこは頼《たの》まれじ幻《まぼろし》の世《よ》か（一一四九）」

この一首には、作者の時間感覚を通して表出された諦観が、たんなるあきらめというのではなく、むしろ能動性を孕む強靭さをもってあらわされているように思われる。そのしなやかな靭さこそ、歌の語り手の生命そのものといえる。

「露《つゆ》を見て草葉の上《うへ》と思《おも》ひしは時まつ程の命なりけり（三〇五）

消《き》ゆる間《ま》の限《かぎ》り所《どころ》やこれならん露とおきゐる浅茅生《ぢふ》の宿（一一六〇）

ありはてぬ命《いのち》待《ま》つ間《ま》の程ばかりいとかく物を思《おも》はずもがな（一五四九）」

この三首は、それぞれ「時まつ程の命」・「消《き》ゆる間《ま》の限《かぎ》り所《どころ》」・「ありはてぬ命《いのち》待《ま》つ間《ま》」というい方で短い時間の感覚を表出している。ここに表出された時間感覚は存在感覚そのものといえる。こうした存在感覚は、〈死〉の感覚と直截結びついている。
比較の最後に、デュラスの文学における究極の〈時間感覚〉の理知的表出と思われる断章と、それに呼応する和泉式部集の歌を読んでみたい。このふたつの詞章には、諦観そのものが感覚的にも、理知的にもあらわされている。

「わたしの人生の物語などというものは存在しない。〔……〕道もないし、路線もない。ひろびろとした場所がいくつか、そこにはだれかがいたと思わされているけれど、それはちがう、だれもいなかったのだ」（デュラス『愛人《ラマン》』一二頁）

「跡《あと》を見《み》て偲《しの》ぶもあやし夢にても何《なに》事のまたありしともなく」（七二一）

デュラスの『愛人《ラマン》』の語り手わたしの「だれもいなかった」、そして和泉式部歌集の語り手の「何事のまたありしともなく」といういい方は、現実《いま・ここ》の世界において、人として女として、そして母として生き抜いた語り手であるわたし自身の過去を回想したときの時間感覚（＝存在感覚）を直截に表出している。過ぎゆく時間を〈眺める〉という習性をもつわたしは、過去の時間が深くて広い淵に呑み込まれてしまったという感覚を覚えたのではなかったか。ここに用いられている「だれもいなかった」・「何《なに》事のまたありしともなく」は、存在したものが不在となった感覚、過去の形跡がないという感覚を覚えさせる。

デュラスの作品において時間感覚＝存在感覚は、女性人物のさりげない発話を通して表出されていることが多い。しかしその発話をよく読むと、〈……は……だ〉という理知的表現が用いられていることに気付かされる。そうした表現方法は、作者デュラスの内なる文学理論――「感覚」の〈声〉の表出――とかかわりがあると思われる。

第二章　待つ attendre

1　デュラス的語彙〈待つ attendre〉

じっと森を眺め、待ち、涙をこぼす、そうやっても何ごとも学ばなかった。
（デュラス『愛人《ラマン》』）

デュラス的語彙〈attendre〉は、〈regarder 眺める〉とともに初期の小説から用いられつづけた、重要な意味と機能をもつ語であり、持続する時間における〈待機〉というひとつの存在のし方を含意している。

フランス語の〈attendre〉は、〈待つ・期待する・用意ができている・手間取る〉（他動詞）・〈待つ・待ち焦がれる・必要とする・急を要しない〉（自動詞）の意味をもち、その語自体が持続性を含意している。デュラス的語彙〈attendre〉は、日本語の〈待つ〉――「人・物事・事態が来るのを望む。早く実現するように望む。早く来るのを望みながら、準備して時を過ごす。期待する」（『学研国語大辞典』）――の意味にそのまま対応する。デュラスの小説において〈attendre〉は、目的語を書き示さない用法が少なくない。「この作家は、〔……〕他動詞の破格的用法、文法用語でいう《他動詞の絶対的用法》をことのほか愛好する」（平岡篤頼『木立ちの中の日々』〈解説〉[1]）という指摘がある。しかし、他動詞の目的語の欠如は、文法の次元を超えた、「《不在＝語《モ・アプサンス》》」・「沈黙」にかかわる問題を包含していると思われる。

デュラス的語彙〈待つ attendre〉は、初期の長編小説において、すでに抽象的な意味と機能をもつ語として用いられている。それが明白なかたちで顕われるのは、作風に変容の兆が顕われる頃の小説――『工事現場』（一九五四年刊）、『辻公園』（一九五五年刊）、『アンデスマ氏の午後』（一九六二年刊）といった作品においてである。これらの作品では、内的独白と描写が消失し、それに替えて会話が多用されるようになる。デュラス的語彙〈待つ attendre〉の含意する抽象性は、この三作においてより顕在化する。

デュラス的語彙〈待つ attendre〉は、〈眺める regarder〉とともに、作家の文学世界の包含する〈受動性〉について考えるときに重要な語である。〈待つ〉ことは、いずれにしても受動的な行為そのものにちがいない。

「じっと森を眺め、待ち、涙をこぼす、そうやっても何ごとも学ばなかった」（デュラス『愛人《ラマン》』四三頁）

デュラス的語彙〈眺める regarder〉・〈待つ attendre〉といった語で構成されたこの一文は、『愛人《ラマン》』という小説のもつ具体性と抽象性とを同時に表出している。〈眺める regarder〉・〈待つ attendre〉・〈涙をこぼす pleurer〉・〈学ばない apprendre rien〉の四つの動詞は、いずれもデュラス的語彙である。〈眺める regarder〉・〈待つ attendre〉・〈涙をこぼす pleurer〉の三語は、〈学ばない apprendre rien〉の一語に集約されて括られるかたちをとっている。『愛人《ラマン》』のなかのこの短い一文からは、ひとりの若いフランス人女性の抽象的な影像が浮かび上がってくる。その影像のもつ現実性《レアリテ》は、現実《いま・ここ》を超えた不可思議な世界へと誘う魅惑を秘めている。

デュラス的語彙〈待つ〉は、第一作『あつかましき人々』（一九四三年刊）、第二作『静かな生活』（一九四四年刊）のなかですでに用いられている。

「彼女は、やらなければならない事柄にあい変わらず心を奪われ、そのくせきっぱりとずうずうしくそれをやってのけるのだという決心はつかず、できる限り時間つぶしをしていたのだ。根気よく成り行きに支配されながら、自分の心を占領し、その暗示的な力を漠然と及

ぼしている考えが、ひとりでに実現されるのを待っていたのだ」(デュラス『あつかましき人々』二六七頁、二六八頁)

「明らかに、私はT……に来て以来、なにかの出来事を待っている。多分、私がなにも待つ必要はないと知るときに生まれるであろう静寂を」(『静かな生活』二〇一頁)

初期の二作品に用いられている〈待つ〉は、女主人公の内的な観想を語る場面で用いられている。ここでは〈待つ〉の目的語は書かれてはいるが、それは「考えが実現されるの」、「なにかの出来事」・「静寂」といった抽象的なものである。この二作の女主人公は、彼女たちを取り巻く外部の複雑な人間関係とは距離を置き、内的なもの想いにふける習性をもっている。この断章におけるる女主人公の描写には、〈待つ〉の含意する受動的な存在のし方が明白なかたちで顕われている。デュラスの第三作『太平洋の防波堤』(一九五〇年刊)のなかにも〈眺め〉て〈待つ〉女主人公が登場する。〈待つ〉女性像を映しだす次のような断章がある。

「シュザンヌの車の眺め方が、今までといくらか違ってきた。この道も、かつて眺めていた道、自分を連れ去るために、どこかの男が車をとめてくれるはずと期待をかけていた道とまったく同一ではない。彼女が待ちはじめるようになってから、この道がずっと同じままと

いうのはありえないことだ」(デュラス『太平洋の防波堤』三〇四頁、三〇五頁)

『太平洋の防波堤』の終りの女主人公シュザンヌのこの描写には、〈眺める〉・〈待つ〉が用いられている。〈眺め〉て〈待つ〉女主人公シュザンヌの内には、「車の眺め方」や「道」を〈眺める〉目に変化が生まれる。シュザンヌの〈待つ〉という在り方には変わりはないが、彼女の「道」を〈眺める〉し方の変化は、〈待つ〉態度にも何かしら変化を及ぼしているにちがいない。

初期の三作――『あつかましき人々』、『静かな生活』、『太平洋の防波堤』における〈待つ〉の含む抽象的な意味と機能は、長編小説四作目『ジブラルタルの水夫』(一九五二年)に用いられている〈待つ〉においてより明白になる。この作品で〈待つ〉は多用されてはいないが、重要な意味と機能をもっている。この作品に登場する主要人物二人――ジブラルタルの水夫を追跡する女主人公アンナと、その追跡に同行するぼく――は、〈待つ〉人物だといえる。二人の人物は、〈待つ〉ことをめぐり対話する。

「『あなたは何を待ってるのかしら』
『ぼくにも わからんよ。みんな 何を 待ってるんだろうね?』
『ジブラルタルの水夫よ』と彼女は笑いながらいった」(デュラス『ジブラルタルの水夫』一三〇頁)

「『もう彼じゃないのよ』と彼女はいった。『いまのあたしが待っているのは』『人間はいつも何かを待っているんだよ。あんまり長く待ちすぎると、気持が変って、もっと早く手に入るものを待つようになる。』」（同書、二一一頁）

〈待つ〉ことをめぐるこの対話の断章において、他動詞〈待つ〉は、二種類の対象をもっている。まず「何かを待っている」という言い方における〈待つ〉の対象は、それを手に入れるのには長い時間がかかる何か抽象的なもの、それに対し「早く手に入るものを待つようになる」における〈待つ〉の対象は、相対的に手に入れやすい何か具体的なものに思われる。

デュラスの小説『工事現場』（一九五四年刊）には初期の長編小説にはない抽象的な深い陰影が差している。その陰影の濃さに呼応するかのように、この作品で多用されているデュラス的語彙〈待つ〉・〈待機〉には、抽象性がより深く含意されるようになる。『工事現場』は一風変わった〈恋〉の物語であり、女主人公彼女の〈待つ〉ものの内実は実際不可解である。

『工事現場』には二人の人物が登場する。この小説のもつ抽象性は、まず二人の人物が固有名詞をもたず、彼女・彼と呼ばれることにあらわれている。小説の背景となる主な場所は、〈森〉の近くに位置する〈工事現場〉とその付近の〈ホテル〉。時は、〈夏〉のヴァカンスの頃。抽象性を帯びた時空間を背景にしてひとつの内的な出来事としての〈恋〉が生起する。この小説は、作家が「心理主義に属している」と否定的に語る初期の長編小説『タルキニアの小馬』（一九五三年刊）に次ぐものであるが、この作品からは「心理主義」は消失している。

『工事現場』は、彼女と彼の「工事現場」近くにおける不思議な出会いの場面から始まる。〈工事場〉は、「荒涼としてたしかにすこし独特な空虚さをたたえて」いる。そこでは「石塀」の建設が行なわれていて、そこを通りかかった彼女に「不快・動揺」を覚えさせるが、彼女はその「工事場」に魅せられる。そこに居合わせた彼は、そんな彼女を盗み見る。自分が見られていることに気づかない彼女に彼は自分の姿を見せたいと思う。〈待つ・期待・待機〉は、工事現場での二人の出会いが、「彼の人生にかかわる一事件となる方向」に向かうその時点から重ねて用いられている。二人の人物は、「工事現場」近くの同じ「ホテル」にそれぞれ滞在している。

「男は待った。彼はたしかにまだ、相手には気づかれてはいなかった。ふたりは、めいめい工事場の両端に立っていた。

この「彼女がホテルを出るという」心配はまた、ある意味では、ひとつの期待であったかもしれない。〔……〕この期待は矛盾していて、もしそれが満たされたら、男は二度と彼女に会える機会がほとんどなくなったろう。

彼は小道で彼女を待つようになった。

彼女は、沈黙というがらんとしたフロアで待つのだったが、それを彼は、〔……〕じっと観察しているだけなのだった。

もう彼女を、小道で待たなくなった。

彼女はもう、ほほえみかけようとはしなくなった。そのときから、彼女は待った」（デュラス『工事現場』一二三八頁、一二四三頁、二八〇頁、二八一頁）

彼女と彼は、こうして「待機」の最後の時へと向かって行く。ここで注目されるのは、まず彼を主語とする〈待つ〉が、明確な目的語「彼女」をもつのに対し、彼女を主語とする〈待つ〉は、目的語をもっていないことである。そして、「彼は」もう彼女を、小道で待たなくなった」の一節のすぐ後に、「彼女は、沈黙というがらんとしたフロアで待つのだったが」・「そのときから彼女は待った」とつづくことである。――彼の〈待つ〉ものは彼女である。その彼が彼女を〈待つ〉のをやめると、彼女は〈待つ〉ことをはじめるのである。彼女は、しかし何を〈待つ〉のか。彼女を主語とする〈待つ〉には目的語がない。

彼は、やがて〈恋〉と呼ばれる心的情態――「大海原のような持続にむかって開かれていた」・「死のなかに、ないし他の人間のなかに自己の生を喪失する」――に没入してゆく。彼は、彼の彼女にたいする「どっちつかずの視線」を通して、彼女の深奥に侵入しはじめる。彼女は、彼のその情態をそのまま感受している。そうして彼と彼女における内的な出来事は進行してゆく。彼は、ただひたすら〈恋〉――「幻影の赤い森」――の想念の内に没入し、彼女を〈待つ〉という段階を終える。そして彼女は、彼のそうした情態に呼応するかのようにしてなにか対象の定かでないものを〈待つ〉ようになったと思われる。

やがて彼女と彼は、同時に「待機」の「最後」の近づくのを知る。

「いまはいよいよ、終局を迎え、ふたりの待機は最後に近づいていた。そのことを彼らは、ふたりとも承知していた。ただ彼らが知らなかったことは、それがどんなふうに終わるかということ、自分たちがそこから、どういうふうに、どこで、そしていつ抜け出すかということだった。〔……〕彼は自分を美しいと思った。目の下には、待機の紫色の大きなくまがはっきり見てとれた。

その待機が終わりを告げたのは、まる四日たってからのことにすぎない。

彼は、ふたりの待機が終わりを告げたことを悟った」（同書、二八三頁、二八四頁）

「ふたりの待機」とはいったい何を意味するのか。小説の終わりまで読んでも具体的にはよくわからない。しかしふたりの内側に湛えられた想念が、ある行為として表出されずにはおかない限界にまで達したということに、〈待機の終わり〉はかかわるにちがいない。

小説の終わり、折しも「村祭り」の日のこと、彼女と彼は、ホテルで顔を合わせる。彼は、国道へ出て歩き出す。「村祭り」の会場を過ぎる頃、彼女の足音を耳にする。彼は歩き、彼女はそのあとを追いつづける。やがて彼は、彼女が、「まさしく、彼が彼女を連れて行こうときめていた脇道の入口に、立ちどまっていた」のを見る。彼は彼女の誘導する方向へと引き返す。そこは、「湖のそばの、葦の茂みでほぼ完全にかくされている入り江」だった。葦の原っぱの真中に「二種類のほかの植物」が花をつけているのを彼は見る。

「黄色いほうの花は、〔……〕その茎は堅く、もう一方の花とちがって、湖からの微風を受けてもびくともせず、まるで無気味なほどの明晰《めいせき》さでもそなえていて、自分たちをおびやかすこのあまい水、このやさしさの湖、自分たちが生まれてきたこの水をたたえた腹腔《ふくこう》の、けだるくなるような誘惑に断じて負けまいと、気を配っているかのようだった。そのかたわらで、もっと数が少ないが、しなやかで、茎が繊毛におおわれていて自由自在にたわむ紫色の花が、微風のちょっとしたそよぎにも身をしなわせて、その下で女性的にたわんでいた。
〔……〕
葦《あし》の原っぱを出たところで、彼は、彼女が入り江の向こう側に立って、自分のほうへすすんでくる彼を見つめている姿を見た」（同書、二八八頁、二八九頁）

彼が彼女に導かれて見たものは、湖の入り江にひっそりと咲く「二種類の」花の情景だった。湖の「二種類」の花の寄りそうようにして咲く場面には、デュラスの文学における、男性性と女性性との融合の姿が一幅の絵のように語り出されている。

デュラス的な〈恋〉を絵として描くとするなら、この断章の最後の湖の場面に描出されるふたつの花——男性性を想わせる〈堅く、明晰な、黄色の花〉と女性性を想わせる〈しなやかで、自由自在にたわむ紫色の花〉——の寄り添う姿をそのままに写してみることができそうだ。その絵は、「偉大なる精神は両性具有です」（『私はなぜ書くのか』一三二頁）と語るデュラスの理想を想わせる。『工事現場』は、「《恋そのもの》」をより抽象的に描いた作品といえる。「《恋そのもの》」とは何か。〈恋〉の語り手（＝作者）は、次のように語る。

「明瞭な観念、明瞭な意味の世界を捨てて、彼は日ましにゆっくりと、幻影の赤い森のなかふかくふかく踏みこんでゆくのだった。

〔……〕

恋に値すると彼の想定するその純真さのゆえに、そのドラマは、あらゆる他のドラマにたいして圧倒的な優先権を保持しているばかりでなく、さらに彼の目には、表白されたものにたいして、もっとも表白されることのすくなかったものがもつあの優位をも獲得していた」

（同書、二六一頁、二七四頁）

語り手（＝作者）は、彼の視点に立って、〈恋〉に陥った女主人公の内側で次第に高まってゆく緊張を語り出してゆく。この小説で用いられている〈待つ・期待・待機〉の語は、漸次高まってゆく緊張が極点に達するときに訪れるであろう終局に繋がっている。が、終局とはなにか。二人の人物がどうなるかという〈恋〉の物語の終局は、読者の判断に委ねられている。

『アンデスマ氏の午後』（一九六二年刊）にも〈待つ〉が多用されている。この作品においても人物たちの〈待つ〉対象が問題になる。〈待つ〉の目的語は、具体的に提示されてはいるが、その具体的なものを超えたなにか抽象的なものの存在を思わせる。『アンデスマ氏の午後』の主人公アンデスマ氏は、〈待つ〉人物である。アンデスマ氏は、夏の日の午後、一人の男性人物ミシェル・アルクの訪れを待っている。しかしアンデスマ氏の〈待つ〉当の人物は、約束の時間になっても姿を見せない。その人物の代わりにミシェル・アルクの娘、次いでその妻がアンデスマ氏の前に姿を現す。

『アンデスマ氏の午後』は、第一章・第二章で構成されている。第一章――アンデスマ氏は、「七十八歳」になり、「死を待つ決心がつく年齢」に達している。彼は、娘ヴァレリーのために森に囲まれた家とそれに隣接する土地とを購入する。地中海と村とを見晴るかす丘に立つその家を訪れたアンデスマ氏は、庭にテラスをつくるために、請負人のミシェル・アルクを待っている。しかし約束の時刻「午後四時十五分前」を過ぎても待ち人は現れない。そこにミシェル・アルクの娘がアンデスマ氏の前に姿を見せる。その少女は、アンデスマ氏に娘のヴァレリーの「金髪の匂い」の記憶を呼び起こさせる。少女はアンデスマ氏が約束どおりに待っていることを告げるために、父ミシェル・アルクの許へと帰る。第一章から〈待つ〉を用いた断章を読んでみたい。

「アンデスマ氏はときどき籐椅子のなかで位置をずらせたり、少し揺さぶったりした。彼はそうして待つことに耐えた。

彼［ミシェル・アルク］はもう一時間以上もおくれているのだろう。よもや彼がこんな目に合わせるとは思わなかった。老人を待たせるとは。

彼はまたしてもミシェル・アルクを、そしてさらに子供の帰りを、予想され期待された帰りを待ちはじめる。こうした幕間のあいだに、アンデスマ氏は死の恐怖を知ろうとしている。

『夕方までに来そうにないミシェル・アルクをなぜ待っているんだ？』

彼はまたしても大声で口にした。

アンデスマ氏はひとりぼっちになったのに気づく。ただひとりで、時間表のない男を待っている。森のなかで。

時間は過ぎて行き、アンデスマ氏はふたたび待つことに慣れる。

太陽はまだ高かった。待つといったからには、夕方まで待とう。あの少女が老人のことなんか忘れたのを、彼は知っている。

待つこと以外にどうしたらいいのだ？　ヴァレリーの自動車を待つこと」（デュラス『アンデス氏の午後』一三頁、一二〇頁、三四頁、三九頁、五〇頁、五四頁、五九頁）

アンデスマ氏は、〈待つ〉合間に「死の恐怖」を知ろうとする。そして「けだるさ」に身を委ねては眠りに落ちこむ。第一章には村でダンスに興じる人たちの声と歌が時折響く。

「恋人よリラの花が咲くとき　永久《とわ》にリラの花が咲くとき」（同書、四五頁）

〈花〉と〈恋人〉のモチーフが現われるとき、小説空間には青春の光が差す。〈リラの花〉の歌は、アンデスマ氏の想念の内に流れているのか、実際アンデスマ氏の耳に聞こえているのか、定かではない。

第二章。アンデスマ氏は眠りから覚めると自分の待つミシェル・アルクではなく、その妻の訪問を受ける。五人の子供の母親であるその女性は、「控え目な性質」らしく見え、「視線」には「無表情な強さ」を湛えている。アンデスマ氏はその女性と語り合い、共にミシェル・アルクの訪れを待つ。小説は、アンデスマ氏とミシェル・アルクの妻との独白的対話の醸す深い余韻を残して終る。この第二章にも〈待つ〉〈待機〉の語が多用されている。

「『きっと』とアンデスマ氏はいった、『こんなに待たされた疲労から回復するには、何日もかかるだろう。』

彼女はアンデスマ氏の正面に立っていた。

『あなたがお待ちになってらっしゃる請負師の』と彼女はもう一度繰り返した、『わたしは家内です。』

『これ以上待ってもむだではないでしょうか?〔……〕わたしはなにごとにも確信が持てないのです。』」(同書、六四頁、六七頁、一一八頁)

ミシェル・アルクの妻は、夫が「予定の時間よりもう少しおくれること」を告げるためにアンデスマ氏の許を訪れたのだが、二人の交わす対話の声は、そのことを措いて次第に深い陰翳を帯びてゆく。アルクの妻は、第一章に登場した彼女の娘と同じく「澄んだ」目をしている。が、彼女の目は「なにも見つめないことに疲れ果てた目」だ。その表情には「きびしい非難の気持ち」がうかがえる。この固有名詞をもたない「アルクの妻」と呼ばれる地味な女性は、固有名詞をもたないということにおいてまず性格づけされている。しかしアルクの妻は、デュラス的な知をもつ一人の女性であることを語り手は告げる。

「彼女の言葉は心の中での長い対話の存在を感じさせる」(同書、七六頁)

デュラス的語彙〈知 intelligence〉の秘密をこの一節は語り出している。固有名詞をもたないこの女性人物は、「澄んだとても大きな目」・「控え目な性質」、そうして「心の中での長い対話の存在」といったものによって知的、抽象的に性格づけられている。デュラス的語彙〈待つ〉は、「心の中での長い対話」によって内的に培われた〈知〉を含意するといえる。〈待つ〉という忍耐を要する受動的行為は、デュラス的な〈知〉と同時に、ミシェル・アルクの妻に見るような長い時間に堪えて生き存《ながら》えるための存在のし方をあらわすといえる。

アンデスマ氏は、〈待つ〉午後のひと時、ミシェル・アルクの妻が自分の傍らにいてくれることを望む。アンデスマ氏とアルクの妻の対話は、アンデスマ氏のもち出した、娘ヴァレリーの美しいブロンドの髪の話題に入る頃からその陰翳を深めてゆく。そして、アンデスマ氏の〈待つ〉当の人物ミシェル・アルクが、約束の時刻に現われないわけが、彼がアンデスマ氏の美しいブロンドの娘ヴァレリーに魅惑され、「時間表」を失っていることに因ることがアルクの妻によって明かされる。アルクの妻は、自分の夫を魅惑したヴァレリーの存在を認めるために一年かかったことを告白する。彼女は、「ある出来事」が進行中であることをアンデスマ氏に告げる。

「『いつかわたしはこの現在の記憶をすっかり忘れて目覚めるのでしょう。』
〔……〕
『あなたがヴァレリーをどんなに愛していらっしゃっても、彼女の幸福から身を引くようになさるべきですわ。わたしたち二人は、できるかぎり完全に身を引かなくてはなりません。』」（同書、一二三頁、一二九頁）

ミシェル・アルクの妻の発話には、喪失の悲しみというよりは、むしろ喪失の誇りが滲み出ている。ミシェル・アルクの妻のことばの潜める一種の知力とは、愛する人を喪失する瞬間を静かに〈待つ〉ことにほかならず、ひとつの喪失を超えてなお生き存《なが》えることを思う力にほかならない。『アンデスマ氏の午後』は、最後に「ひとつの終わり」を超えてなおアンデスマ氏とアルクの妻が生き存《なが》えることを予測させて終わる。アンデスマ氏は愛する娘を、そしてミシェル・アルクの妻は愛する夫を、ともに〈待つ〉ことにより、「ひとつの終わり」が始まりであるような時間に逢着することになったといえる。彼らの〈待つ〉ものは何であったといえるか。それは死にも相当する愛の喪失と同時に得た「ひとつの終わり」として始まる持続する時間にほかならない。目的語を欠くデュラス的語彙〈待つ〉の語法は、文法という記述的次元を超えた問題を包含すると思われる。

デュラスの小説における〈待つ〉人物たちのあり方は、人間のひとつの存在のし方を思わせる。デュラス的語彙〈待つ・待機〉の意味と機能は、デュラスの作品世界の包含する存在にかかわる〈知 intelligence〉の意味と機能のそれに直截的に繋がっている。この作品において瞬間性が刻まれるのは、小説の最後、つまり人物たちの〈待つ〉ものの内実が具体的な何かであると同時に、それを超えた何かであることが浮かび上ってくる時点においてである。

2 受動的な知

デュラス的語彙〈待つ〉は、語の意味そのものが受動性と時間の持続性を含意している。――「じっと森を眺め、待ち、涙をこぼす、そうやっても何ごとも学ばなかった」。『愛人《ラマン》』のこの一節は、〈受動性〉を含意するデュラス的語彙〈眺める〉・〈待つ〉・〈涙をこぼす〉・〈学ばない〉によって構成されているが、この四つの語彙は、デュラスの文学における〈受動的な知〉を、女主人公の存在のし方としてあらわす意味と機能をもっている。

デュラス的な〈受動的な知〉は、映画『ヴェネツィア時代の彼女の名前』のなかで、最後の五分間登場する女性たちの在り方にもっともよく見ることができる。――「彼女たちは、平静、受動性を保っている。それ故彼女たちは、その物語に関してなんの判断も加えることもなくそれと一体化している。彼女たちは眺め、聴き、そこにいた」――彼女たちの観るものは、アンヌ＝マリー・ストレッテルの〈死〉であり、把握不可能な、過ぎてゆく〈時間〉である。デュラス的な〈受動的な知〉は、経過する時間を受容する存在のし方に由来すると思われる。

デュラスの作品において〈受動的な知〉は、愛した人物が遠ざかるのを、「船」や「子供」が遠ざかるのを〈眺める〉ようにして〈眺める〉女性像にまず読み取ることができる。『かくも長き不在』の女主人公テレーズ・ラングロアは「三十八歳」、「美しい・魅力的・控え目」な人物である。彼女はパリのとある街で自分の経営するカフェの前を通りかかった一人の浮浪者を見かける。その人物は第二次大戦の終結を前にして行方不明になった、テレーズの夫アルベール・ラングロアの面影を宿している。テレーズは瞬時に心を奪われてその男の追跡を始める。

「テレーズはどこにいるのかわからない。〔……〕彼女は柵の角のところで浮浪者が近づくのを待っている。彼が彼女の近くまで来る。

彼には彼女が目に入らない。〔……〕彼女は待っている。〔……〕彼が近づくと、彼女は彼の方にこのむき出した顔をあげる。彼は彼女のそばを通る。ぼんやりと視線を彼女の方に下げる。彼は眺めるが何も見なかったのと同じである。

〔……〕

さっきと同じように、彼女は髪を上にあげる。男は彼女を《十分に》眺める。彼が何も気づかないことがわかる。〔……〕彼女は非常にゆっくり歩く。彼女は遠ざかり、そしてもう一度彼の方にふり向き、立ちどまる。ちょうど出て行く船を眺めるかのように、彼女は、彼の方を長いあいだ、〔……〕眺めている。（そして彼女は結局そこで思う存分彼を眺めつくす。）それから彼が見えなくなっても、彼女は河っぷちの手すりにひじをつき、そこにじっとしたまま、なにもせずに夢想にふける。想像を越えた問題に落ち込んだまま。

彼女は手すりの上、石の上の自分の手を眺める」（デュラス『かくも長き不在』一九二頁、一九三頁）

「彼は、眺めるが、何も見なかった」

『かくも長き不在』のなかのこの一節は、デュラス的語彙の〈眺める〉と〈見る〉の対比的語法を明確に語りだしている。女主人公テレーズは、夫の面影に重ねて彼を〈見る〉が、その男性の視線を惹くことはできない。ただ彼の視線を受けることを〈待つ〉ことしかできない。記憶を喪失した男性——定住する場所を持たない浮浪者——は、テレーズを〈眺める〉だけで〈見る〉ことを忘れてしまったようだ。

「ちょうど出て行く船を眺めるかのように、彼女は、彼の方を長いあいだ、〔……〕眺めている」

〈眺める〉女主人公は、自己の転倒を惹き起こすような出来事の渦中に身を置きながら、〈眺める〉という放心の姿態で立ち去る彼を見送る。語り手（＝作者）は、そうした女主人公の在り方に、〈眺める〉という行為のもつ〈受動的な知〉を刻もうとしたと思われる。

『かくも長き不在』において、女主人公テレーズは、突然出現した浮浪者の追跡をする。浮浪者が自分の夫であるかどうかを確認するために、彼女は彼を〈見る〉ことを断念できない。そして彼女は、最後に遁走する浮浪者を留めることはできず、彼を失うことになる。彼女は〈眺める〉ことで過ごした「十六年」の時間の後にようやく〈見る〉時間をもつことになったのだが、そこに発現する彼女の能動性は否定的な結果を招くことになる。そして彼女はふたたび〈眺める〉時間をもつことになる。心の内で〈見る〉時間を待機しながら。

テレーズが夫の面影を宿す男の追跡をする先に引用した場面で興味深いのは、デュラス的語彙〈眺める〉と〈見る〉が重ねて用いられていることである。この断章で、〈voir 見る〉は、否定形「目に入らない il ne la voit pas」・「見なかった c'est sans voir」・「見えなくなる elle ne le voit plus」のかたちで三回――〈彼〉を主体として二回、〈彼女〉を主体として一回――用いられている。それに対して〈regarder 眺める〉は、六回――〈彼〉を主体として二回、〈彼女〉を主体として四回――用いられている。興味深いのは、能動性と瞬間性とを含意する〈見る〉が、否定形のかたちでしか用いられていないことである。それに対して、受動性と持続性とを含意する〈眺める〉は、すべて肯定形のかたちで用いられている。否定形でしか用いられていない〈見る〉、肯定形で用いられている〈眺める〉の二語の語法には、〈見る〉ことをせず、〈眺める〉ことしかしない彼を〈眺める〉ことしかできない、彼女の深い悲しみが反映されている。

デュラス的語彙〈眺める〉と〈見る〉を重ねて用いたこの場面は、このふたつの語彙が対比的な意味を含意することを明白なかたちで示している。そして、デュラス的な〈知〉は、〈眺める〉の含意する受動性においてのみ成り立っているわけではなく、〈見る〉の含意する能動性との均衡を保つかたちで構成されていることを語っている。〈眺める〉の含意する受動性は、時間の持続性に繋がり、〈見る〉の含意する能動性は、瞬間性に繋がっている。

『かくも長き不在』の〈眺める〉テレーズの描写は、『ロル・V・シュタインの歓喜』の女主人公ロル・V・シュタインの〈眺める〉描写を想わせる。

「ロルは彼ら［アンヌ＝マリー・ストレッテルとロルの婚約者であるマイケル・リチャードソン］を見つめていた［Lol les avait regarder］が、心がいっさいの拘束から自由になった高齢の女性が子供たちの遠ざかるのを眺めるときみたいで、まるで彼らを愛しているかに見えた」（デュラス『ロル・V・シュタインの歓喜』一四頁）

これは『ロル・V・シュタインの歓喜』の女主人公が、自分の婚約者である男性を、アンヌ＝マリー・ストレッテルという女性に奪われるという出来事に直面したときの描写である。この場面において〈眺める〉には、出来事の渦中にあって平静を保ち、その出来事に巻き込まれないようにする女主人公のひとつの〈知〉が籠められている。

テレーズやロル・V・シュタインの〈眺める〉という受動的な行為は、「高齢の女性」にしてはじめて可能だと語り手は述べている。その行為は、〈眺める〉主体に放心という弛緩をもたらし、〈眺める〉対象に対する諦観としての〈愛〉をあらわすといえる。ロルは、年若くしてそんな〈愛〉のあらわし方のできる知的な人物である。デュラスにおける〈受動的な知〉は、「高齢の女性」にしてはじめて可能な〈知〉ではあるが、ロル・V・シュタインにおけるように年若くしてすでにそんな〈知〉を身につけることもまた可能だということを教えてくれる。

デュラスの女主人公たちの負う不幸な幸福は、〈見る〉ことへの希求が叶わず、結果として〈眺める〉ことから〈受動的な知〉を育むことに由っている。デュラス的語彙〈見る〉の含意する予兆としての否定性は、エマニュエル・レヴィナスの『時間と他者』の「所有」をめぐる言説を想起させる。

「他者を所有し、把握し、認識し得るなどというのであれば、それは他者というものではないのだ。所有すること、認識すること、把握することは、力の同義語である」(エマニュエル・レヴィナス『時間と他者』九二頁)

〈見る〉ことの欲求は、レヴィナスのいう「所有・把握・認識」への志向とかかわっている。デュラス的語彙〈見る〉は、レヴィナスの言う「他者」を「所有・把握・認識」したいという欲求と結びついている点において否定的能動性を含意するといえる。

デュラス的な〈知〉は、女主人公たちの受動的な存在のし方を通してまず読み取ることができる。しかし、その〈知〉は、受動性においてのみ成り立つわけではなく、能動性との連繫をもっている。デュラス的語彙〈見る〉は、〈眺める〉が持続的な観想に繋がるのに対して、瞬間的な直観の作用に繋がる重要な機能と意味をもっている。

「その男はすばらしい才能をもった作家だった。〔……〕わたしがこうしてやむにやまれず彼の話をするのは、彼が〔……〕女を見る才能、たった一瞥でその欲望の本質にいたるまで相手を見通す才能をもっていたからだ」（デュラス『愛と死、そして生活』一五一頁）

「男を見たとき、ロルにはすぐに誰かわかった。何週間か前彼女の家の前を通った男だった。その日彼はひとりだった。〔……〕彼から出てくるのは、マイケル・リチャードソンのあの最初の視線、舞踏会以前にロルが出会ったことのあるあの視線なのだ」（デュラス『ロル・V・シュタインの歓喜』五〇頁）

このふたつの断章における〈見る〉は、ひとつの「才能」を意味する。その直観の作用ともいうべき「才能」は、「思考」に堪えることのできないデュラスの人物たちの存在の根源にかかわるものである。この魅惑的な「才能」は、しかし持続に堪えることはできない。

デュラスの文学における〈受動的な知〉は、〈眺める・待つ〉の含意する、人生の長い持続の時間に堪えるためのひとつの力をもたらすといえる。しかし、〈見る〉の含意する能動性は、直観的な作用の発露そのものとしてデュラスの文学の魅惑の鍵を握るものともいえる。デュラス的な〈受動的な知〉は、内的なものであり、〈愛〉をめぐって顕われる。が、その〈愛〉は、「心の中での長い対話」によって培われたものであり、そこにはある「認識」が包含されている。〈愛〉とは何か。それは、「愛を待つための場」を保持して〈ある愛〉を想念において生きることである。そんな〈愛〉の認識は、〈受動的な知〉そのものだといえる。

「愛すると申しても、対象がはっきりしているわけではなく、誰を、どのように、どれほどの期間愛するのかはわかりません。愛するため、〔……〕自分のうちに、まさかの時にそなえる待機の場、ある愛、まだ誰を愛するのかは不明でも、そのための、ひたすらそのための、愛を待つための場を保持することが眼目なのです。私が言いたかったのは、あなたがその期待となっていることでした」（デュラス『エミリー・L』一六二頁）

エミリー・Lという人物は、アメリカの詩人エミリー・ディキンスンをモデルに形象されている。この手紙には、エミリー・Lが「愛」を抱いている若い管理人と呼ばれる人物にたいする彼女の想いが語られている。ここに用いられている〈待つ〉は、「ある愛」という、固有名詞と日付と場所とをもっていない抽象的な「愛」を目的語とする。「エミリー・Lの胸中に抱く〈愛〉は、「期待」としての〈愛〉だといえる。『ローマ』という作品のなかには、「愛」の「認識」について語った次のような箇所がある。

「たとえ打ち砕かれようとも、愛がまだ無傷のまま残っている、一瞬ごとの苦しみと化しても、それでも無傷のまま厳然と存在し、日ましに激しさをましてゆく、という認識でもって生きてゆく。

そして彼女は、その認識のために死ぬのです」（デュラス「ローマ」『エクリール』一五四頁）

これは、映画作家である彼女と、同宿するホテルの客である彼との対話の断章である。ここで語られる「愛」についての「認識」は、デュラス的な「愛」の物語の読みに示唆的である。「恋愛では死なないことを知っている」（『ヒロシマ、私の恋人』）女主人公たちは、「愛」のために死ぬことはなく生きてゆく。そして死を迎えるそのときに、かつて愛した男性にたいする「愛」が「日ましに激しさをましてゆく」という「認識」をもって死ぬ。そうした「愛」の「認識」は、たとえば『愛人《ラマン》』の終わりの断章にも見ることができる。

「男は妻を連れてパリに来た。男は女に電話した。〔……〕男は女に言った、〔……〕死ぬまであなたを愛するだろう」（デュラス『愛人《ラマン》』一九一頁）

〈期待としての愛〉、そして〈愛の認識〉には、諦観としての〈受動的な知〉を読み取ることができる。その〈知〉は、ひとつの愛を失ってなお生き存《なが》らえるための〈知〉だといえる。デュラス的な〈受動的な知〉は、こうして、なによりも〈愛〉の物語における内的志向性をもつものとして顕われる。しかしそれは、外部の世界に繋がれるとき、外的志向性をもつものとしても顕われる。〈受動的な知〉の包含する外的志向性は、デュラスにおいては、小説以外の書き物を通して明白なかたちで読むことができる。デュラスは「内なるもの」と「外なるもの」の連繋を次のように語っている。

「苦しいこと、それはまさにわたしたちの内なる影に穴を、穴を開けなければならないことのなかにある。本質的に『内なるもの』を『外なるもの』に変換することによって、内なる影の根源的な力がページ全体に広がるように、穴を開けなければならない」（デュラス『私はなぜ書くのか』六八頁）

デュラスの文学における内的志向性は、外的志向性と連繋している。「内なるもの」の欠如した「外なるもの」は、デュラスの感興をそそらないのだ。一般的に「外なるもの」を語り合う対話・討議といったものからは、デュラスの作品のもつ内的対話を経た深い〈声〉を聴くことはできない。デュラスとグザビエル・ゴーチェの対話の〈声〉を通して、「外なるもの」に繋がる〈受動性〉

について考えてみたい。その〈声〉は、「『内なるもの』を『外なるもの』に変換する」ために「穴」を開けた結果「広がる」という「力」を感受させる。

「受動性というのは大きな力よ。もしも受動性を……あらゆる愚行、あらゆる政府……あらゆる男たちに対抗させたら、世界がどうなるか想像してみて。

あの……沈黙、あの受動性、きわめて日常的な労働が内にかかえているもの。

あの受動性、〔……〕有機的な拒否と言ってもいいけど、ああいう拒否は生のうちでしか効力を発揮できない。

わたしたちのうちに、一人一人の力でどうしようもない何かがあるのよ。

どんな人間も生産回路にまきこまれているし、しかもそれを承知している。

人間を自分自身の主人であるとするあの哲学を、あなたはなんと呼ぶの？〔……〕自分自身によって決定される人間という錯覚。

受動性よ、〔……〕だけど、それはわきまえのある受動性よ。現実をわきまえた受動的人間。〔……〕階級社会が現在の形態で提供している問題に答えるものとして、女性的政治が可能になる場合、その端緒となるような受動性のことを言ってるんだけど、それは自分の状態を完全に通暁した受動性のことよ」（デュラス、グザビエル・ゴーチェ『語る女たち』八三頁、八七頁、一四二頁、一六三頁、一六七頁、一六八頁、一七〇頁）

デュラスの語る「わきまえのある受動性・現実をわきまえた受動的人間・自分の状態を完全に通暁した受動性」とはなにか。デュラスのいう「受動性」を身につけるためにはどうしたらよいか。デュラスの語る「受動性」という〈知〉は、「習得される」――〈習得する〉ではなく――ものである。その〈知〉は、「体系的な知」の習得とは遠いもの、つまり〈無関心〉と繋がっているのだから。

デュラスにおける〈受動的な知〉は、同時代の作家サルトルの語る「選択」と「責任」に関する言説を想起させる。

「人間はみずからについて責任をもつという場合、それは、人間は厳密な意味の彼個人について責任をもつということではなく、全人類にたいして責任をもつという意味である。

〔……〕各人はみずからを選ぶことによって、全人類を選択するということをも意味している。〔……〕人間は、なすべき選択としてあらわれる」（サルトル『実存主義とは何か』[2]）

サルトルの「人間」の「責任」と「選択」をめぐるこの言説に対するデュラスの応答は、次のデュラスのことばに明確に書かれている。

「この世でたったひとりの存在に、制御不可能の使命感を抱くのは女性的なことである」（デュラス『愛と死、そして生活』六七頁）

「人は同時に一人しか決して愛せない。同時に二人なんて決してあるはずがない。

わたしはキリスト教徒的責任感はもっていない。

わたしは聖書を、マルクス、キルケゴールを少しばかり、パスカル、スピノザを読んでいた。サルトルは読まなかった」（デュラス『外部の世界アウトサイドII』一二九頁、三四頁、一二四四頁）

ここに引用した断章は、デュラスの文学における〈受動的な知〉が外部の世界に繋がる回路をもつにせよ、まず「個人」にかかわるものであることを語っている。デュラスは、『ヒロシマ、私の恋人』の〈筋書《シノプシス》〉のなかに次のようなことを書き記している。

「いつも、彼ら自身の物語の方が、たとえそれがどんなに短くても、ヒロシマより重さを占めるだろう」（デュラス『ヒロシマ、私の恋人』六頁）

このことばは、デュラスの人物たちの〈声〉のもつ「公共性」は、個人の内的な物語に淵源するものであることを語っている。デュラスは、「幸福とは個人の観念であり、個人的であり、個人主義的な観念なのだ」（『外部の世界アウトサイドII』二五二頁）と考えていた。

さて、先に引用したサルトルの文章に用いられている「選択」ということばをめぐり興味深いことがある。それは、デュラスの『ロル・V・シュタインの歓喜』に「選ぶ」ということばが用いられていることである。この小説の女主人公ロル・V・シュタインにおいては、「選択」は、「人生」においても〈愛〉においても困難なものであり、唯一可能であったのは、ロル・V・シュタインの物語の語り手を〈選ぶ〉ことだけであった。この女主人公は、〈眺める〉人物、そして〈沈黙〉の人物であり、〈思考〉したことをあらわすことばをもっていない。興味ぶかいのはその〈沈黙〉の人物ロルの発話のなかに、〈選ぶ choisir〉の語の用いられていることである。

「あたしは自分の人生を選べなかったわ」（デュラス『ロル・V・シュタインの歓喜』九四頁）

「――あなた［ジャック・ホールド］を選んだの」（同書、一一六頁）

女主人公ロルのこの発話は、前者はタチアナという女友達に、後者は、ジャック・ホールドという男性に向けられている。この発話内容は、ロルにとって、〈選ぶ〉という能動的行為が、「人生」においては不可能であったが、ジャック・ホールドという一人の男性を、ロル・V・シュタインの物語の語り手として〈選ぶ〉ことは可能であったことを語っている。〈沈黙〉の人物ロル・V・シュタインに可能であった「選択」は、デュラス的な〈知〉を考えるのに示唆的である。その「選択」は、ロルの物語を語るという〈愛〉を実践するという文学的な行為とかかわっている。デュラス的な「選択」は、それが可能であるとするなら、それは〈愛〉にかかわるものに限られる。そして、その〈愛〉は「全人類」にかかわるというよりはむしろ「個人」にかかわるものであり、その〈愛〉は、日付と場所と固有名詞を消失するというかたちで登録される〈愛そのもの〉への回路に繋がっている。

デュラスと同時代のイタリアの小説家モラヴィアは、思想家サルトルと芸術家サルトルとを異なる次元で捉えて次のように語っている。モラヴィアは、小説家として多くの作品を書いたが、思想家を思わせる著作もあり、デュラスの小説における〈知〉を考えるときにその言説は示唆を与えてくれる。

「彼［サルトル］は哲学者ですが、わたしはそうではありません。わたしをサルトルに結びつける個人的な好意のほかに、わたしは何よりも思想家としてのサルトルに対する尊敬の念を抱いています。芸術家としての彼に対してはあまり共感を覚えません。〔……〕文学における参加はわたしには感心できません。〔……〕文学には参加を排除する性質があります。〔……〕なんのために小説や詩を窮屈にするのですか？ わたしにとって〝参加〟の小説は、芸術活動としてだめな小説であり、政治活動としてだめな宣伝です」（モラヴィア『不機嫌な作家』三二頁、三三頁）

モラヴィアは、「文学における参加」には共感できないと語っている。サルトルの「参加」は個人が一市民として行うものとして、広く市民社会に受容されるものにはちがいない。が、その「参加」にも、「義務感・責任」が先立つことは重いとデュラスは考える。『愛人《ラマン》』のなかに書かれた一節──「サルトルは一度もきていなかった」（一一二頁）は、デュラスが、「義務感・重さ」をもって「認識力を行使」するという態度に共感できなかったこととかかわりがあるといえる。デュラスは、戦前レジスタンス活動に加わった経験をもつ作家であり、個人として「参加」

することを否定しているわけではない。[3] 抵抗運動《レジスタンス》の時期、デュラスの住まいは、「左岸の文学・政治の闘争におけるもう一つの司令部に」なっており、そうしたなかデュラスは、「料理をしたり、本を書いたり、子供を育てたりした」(H・R・ロットマン『セーヌ左岸』[4])という。デュラスは、作家としての内的志向性と個人としてレジスタンスに加わるという外的志向性とのふたつの志向性をもって抵抗の時代を生きたと考えられる。

ところでデュラスにおける〈受動的な知〉は、作家が「完全に隠蔽してしまった」というヴェトナム時代の痕跡、「変質せず後まで残っているはず」の何かとかかわりがあるだろうか。ヴェトナム時代を回想して作家は次のように語っている。

「わたしにはいろんな思い出があるの〔……〕あの海岸〔……〕そこへね、いつもお兄さんといっしょだったけど、休みになると行ってたの、山の中で迷ったり、人里離れたところで目にする仏教寺院や小さなパゴダ、そこに漂う静かさ、そこにいた人たち、あの異様な静かさ、自分のことを意識しない放心状態。

〔……〕

むこうの娘たちには、優雅さがあった、〔……〕その優雅さが一種の……自然に対する受容力となってるの」(マルグリット・デュラス、グザビエル・ゴーチェ『語る女たち』一六四頁、一六六頁)

ここで語られているヴェトナムの人たちの「放心状態」・「優雅さ」・「受容力」をデュラスのいう「わきまえのある受動性」に直截結びつけることはできない。が、ヴェトナムの人たちの「放心状態」・「優雅さ」・「受容力」は、自己を意識しない〈無関心〉においてデュラス的な〈受動的な知〉とかかわりがある。デュラス的語彙〈眺める〉の含意する〈放心・弛緩〉の情態は、ここに書かれているヴェトナムの人たちの「放心状態」と無縁ではあり得ない。

しかし、デュラスのいう「わきまえのある受動性」とは、西洋的な知を経過してはじめて成り立つ性質のものでもある。デュラスにおける〈受動的な知〉は、作家がヴェトナム語とフランス語の「二国語育ち」であった体験と無縁であるとは思われない。が、作家活動を展開したフランスの地においてデュラスを育んだものは何よりもフランスの学問であったともいえる。「義務感・重さ」といったものをこの上なく嫌悪する態度は、経験的なものよりは、むしろデュラス自身の個人的な政治感覚や人柄といったものを反映するものではないか。

デュラスの文学において、「二国語育ち」に由来する複雑に構成されたデュラス的〈知〉の原型は、『太平洋の防波堤』の〈眺める〉人物シュザンヌ像の眼差しを通して知ることができる。その眼差しは――ヴェトナムの平原の一本の道を、「永遠に不変」なものとして見る現地人の伍長《カポラル》と呼ばれる人物の眼差しと、その「道がずっと同じままというのはありえないことだ」と考えるフランス人シュザンヌの眼差しを包含している。それは、二つの文化の差異を観照する眼差しだということができる。

3　恋《こひ》

日本語の古語〈恋ふ《こ》〉は、「ある、ひとりの異性に気持も身もひかれる意。『君に恋ひ』のように助詞ニをうけるのが奈良時代の普通の語法。これは古代人が『恋』を、『異性ヲ求める』ことでなく、『異性ニひかれる』受身のことと見ていたことを示す。平安時代からは『人を恋ふとて』『恋をし恋ひば』のように助詞ヲをうけるのが一般。心の中で相手ヲ求める点に意味の中心が移っていったために、語法も変ったものと思われる」(『岩波古語辞典』)。――この解説に拠ると、日本語の〈恋《こひ》〉は、奈良時代の「君ニ恋ひ」という語法に含まれる「受身」的な情態に語源を辿ることができる。そして平安時代には、〈恋《こひ》〉は、「人を恋ふとて」・「恋をし恋ひば」といったいい方に見られる、対象を確認し求める志向と、〈恋《こひ》〉そのものを想う志向を含意するようになる。

ところで日本語の古語〈恋《こひ》〉は、古語〈愛《あい》〉とは意味を異にする。〈愛《あい》〉は、「情愛・いつくしみ・愛着・愛欲・愛玩」の意味をもつ。フランス語の〈amour〉は、〈愛・愛情・愛好・恋・恋愛・愛する人・いとしい人・恋人・優しい人〉の意味をもつ。〈愛〉・〈恋〉・〈恋人〉の意味をもつ点において、フランス語の〈amour〉は、日本語の古語〈愛《あい》〉の語義とはすこし異なる。

日本語の古語〈待つ〉は、〈恋《こひ》〉と縁をもつ。デュラス的語彙〈待つ attendre〉もまた〈恋 amour〉と直截的に結びつく。デュラス的語彙〈待つ attendre〉・〈恋 amour〉を想起させるのは、まず『伊勢物語』に用いられている〈待つ〉・〈みやび〉、そして和泉式部の歌ことば〈待つ〉・〈恋《こひ》〉である。和泉式部は、同時代の作家紫式部の『源氏物語』（十一世紀初頭）に描かれているような「恋のあはれ」からは遠く、「前代の伊勢物語的な恋愛」（窪田空穂『和泉式部』一七頁）を求めていたといわれる。『伊勢物語』から『和泉式部集』へと継承されたと言われる〈恋《こひ》〉の秘密は、「いちはやきみやび」（『伊勢物語』）に用いられている「いちはやし」――「ある事に対する反応が不可思議と思われるほど速いことをいう」（『新選古語辞典』）――に含意される瞬間的な直観の作用の表出にかかわると思われる。

「昔《むかし》人は、かくいちはやきみやびをなんしける」（『伊勢物語』第一段「初冠《うひかうぶり》」）[5]

「昔の人はこんなにも熱情をこめた風雅な振舞をしたのである」――平安時代の『伊勢物語』「初冠《うひかうぶり》」の章段の終わりのことばである。物語の外側に書き記された語り手のこのことばには、「いちはやきみやび」の気風の廃れてゆくことを惜しむ思いが籠められている。「いちはやきみやび」は、瞬間的な情動を含意するが、『伊勢物語』の語り手は、「いちはやきみやび」が顕現した結果惹き起こされることに関して、作者（＝語り手）は「意見を持たない」（『ヒロシマ、私の恋人』)[6]という態度を保持している。

『伊勢物語』に関しては、「主人公在原業平の恋愛は、単なる好色である」(窪田空穂『和泉式部』一六頁)・「土着世界観の強固な伝統」を継ぐもので、「大陸のイデオロギー的装置とは関係がなく〔……〕男女関係を中心とする伝統的な現世享楽主義の意識化」をした作品(加藤周一『日本文学史序説 上』一二五頁)といった見方と、主人公在原業平を「政治に対する文化の立場の象徴である。秩序と抑圧に対する、錯迷と自由の精神なのだ」と捉え、その歌風に「無垢の情熱」(目崎徳衛)[7]の表出を見るという見方とがある。

『伊勢物語』に関する捉え方の異なるこうした批評は、〈恋《こひ》〉の結末に〈無関心〉な態度をもち、〈恋《こひ》〉になにか意味を求めようとはしないデュラスの小説にたいする批評を想起させる。デュラスの文学にたいして、「カタルシスをもたらすこと少ない芸術」(ジュリア・クリステヴァ『黒い太陽』)[8]という批評があるが、たしかにデュラスの小説は読む者に「カタルシス」(浄化)と呼ばれる治療を与えることはむつかしいと思われる。それは、〈恋《こひ》〉の結末があまりにもはかなく、なんの意味もないという思いを抱かせるからではないか。

デュラスの小説には、『伊勢物語』における「いちはやきみやび」、つまり〈恋《こひ》〉の短い時間が語られている。『伊勢物語』には「微妙な時間の把握」にたいする偏った志向が見られ、その志向の偏りにおいてデュラスの小説は、『伊勢物語』の短い歌物語を想起させる。

「古今集の歌人はこのような、恋のまさにほめき出そうとする微妙な時間を把握することを好んだ」(目崎徳衛「在原業平」[9])

これは、次に引用する『伊勢物語』の「馬場《むまば》のひをりの日」の短い物語についての批評であるが、『古今集』とほぼ同時期の歌物語『伊勢物語』(十世紀初頭)には、「微妙な時間」を表出した短編が少なくない。

「むかし、右近《うこん》の馬場《むまば》のひをりの日、むかひに立てたりける車に、女の顔の下簾《したすだれ》よりほのかに見えければ、中将なりけるおとこ(を)のよみてやりける。
見ずもあらず見もせぬ人の恋《こひ》しくはあやなく今日《けふ》やながめ暮《くら》さん
返し、
知《し》る知《し》らぬなにかあやなくわきていはん思《おも》ひのみこそしるべなりけれ
後《のち》は誰《たれ》と知りにけり」(『伊勢物語』第九十九段一七五頁、一七六頁[10])

この物語の〈恋《こひ》〉は、直観的作用を孕むおとこの〈見る〉という行為――おとこの〈偶然の垣間見《かいまみ》〉――に契機をもつ。つまり〈恋《こひ》〉の契機は、瞬間的な曖昧な視線にある。おとこは「全然見ないというのでもないまたよく見たというのでもない」という女を「恋しく」想い、歌を女に贈る。女は、おとこの歌に「一体見知ったとか見知らないとか、どうしてわけもなく区別して言い得ましょう。恋の道ではただ思いだけが道しるべになるのですよ」と応答する。『伊勢物語』のなかのこの恋物語は、デュラスの小説『工事現場』の次の断章を想起させる。

「彼は、一度も彼女をじっくりとよく見た、というか十分そばから見たことがなく、最初のときはべつだが、あのときも暗闇のなかだった。だから彼が、彼女についていえる確実なことといえば、せいぜい、一度彼女の目を、というか彼女が工事現場から視線をそらしたときに、そのまなざしを見たことがある、ということぐらいだった。彼はそれを、もう忘れられなくなっていた」（デュラス『工事現場』二五六頁）

デュラスの『工事現場』に描出されている曖昧な〈視線〉は、〈恋〉の契機そのものである。彼女は彼から受ける「視線」に気がつかない。しかし内的な出来事としての〈恋〉は、彼が彼女に差し向ける「視線」によってはじまる。この作品における彼と彼女との出会いの契機は、『伊勢物語』におけるように、彼が偶然、瞬間的に彼女の「まなざしを見た」こと、つまり〈偶然の垣間見《かいまみ》〉にある。彼は、彼女に歌を贈ったりして、自分の想いをあらわすことはしない。が、彼女は彼から受けた「視線」に受動的に応えながら能動的に動いてゆく。

『伊勢物語』とデュラスの『工事現場』の〈偶然の垣間見《かいまみ》〉の物語には、その内容ばかりではなく書き方においても似通う点がある。『伊勢物語』は、具体的な詳細を極端に省略した抽象性を包含している。そのことは、いわゆる人物の〈性格づけ〉といったことにはまったく無関心な語り手が、人物を「おとこ・女」と呼び、人物が背負っているはずの具体的な背景には踏み込まない点によく顕われている。そのことは、デュラスの『工事現場』の人物が彼女・彼と呼ばれ、その人物の背負う社会的・現実的背景には一切触れていないことに似通う。『伊勢物語』の語り手は、『工事現場』の語り手のいう、「明瞭な観念、明瞭な意味の世界を捨てて」、「いっさいの理性の外側で」生起する〈恋〉の物語を繰り返し語るといえる。その物語の世界には、デュラスの文学における「抽象的な価値」としての「いちはやきみやび」そのものが描かれているということもできる。日本の三大歌集——『万葉集』・『古今集』・『新古今集』には恋歌が多く、「恋愛また恋愛」で「いちばん大きなテーマ」は「恋愛」だといわれている(加藤周一『日本文学史序説補講』)[11]。〈恋〉の「抽象的な価値」とはどのようなものか。

「大空は恋しき人のかたみかは　物思ふごとにながめらるらむ(『古今和歌集』さかゐのひとざね　酒井人真)[12]」

「プラトン曰く、恋愛によってのみ、人は形而上学の天界に飛翔し得る。恋愛は哲学の鍵である」(『萩原朔太郎全集　第七巻』五六頁)

萩原朔太郎は、『古今集』のなかのこの〈恋《こひ》〉の歌に言及してこう書いている。「哲学の鍵」という いい方は、モラヴィアにおける「形而上的なもの」・「言いがたい感情」、そしてレヴィナスにおける「超越的な意義を示す」・「感情としての愛」といったいい方に見る恋愛観を思わせる。

「愛は、心理的なものではなく形而上的なものであり、〔……〕愛は、宗教にさえ近い、言いがたい感情です。これと反対に、性は文化的、社会的、歴史的な事実です。性は時代によって抑圧されたり許容されたりしました——性衝動は社会的目的に振り向けることもできるからです」（アルベルト・モラヴィア『王様は裸だ』一九四頁）

小説家モラヴィアの「愛」についてのこの言説は、「愛」が、日本語の「君に恋ひ」といういい方に含まれる「言いがたい感情」をあらわす奈良時代の〈恋《こひ》〉の古い語法に近いことを思わせる。

「愛は、エロティックなものがあからさまにされるより先に、それを表わすことへのはじらいというかたちで、超越的な意義を示します。〔……〕それらの書物〔ロシアのドストエフスキー、トルストイ、ツルゲーネフの小説〕が描き出した感情としての愛、それがおそらく私にとって最初の哲学への誘いであったと思います。リトアニアのリセでは、ロシアの伝統に従って、哲学を教えませんし、哲学学級というものもありません。けれども、こう言ってよければ、形而上学的不安には事欠きませんでした」（エマニュエル・レヴィナス『暴力と聖性』[13]）

哲学者レヴィナスは、「感情としての愛」を描いたロシアの小説が「最初の哲学への誘いであった」と語っている。リトアニアのリセと同じく哲学学級なるものの存在しない日本において、「哲学への誘い」の役割を担うものが、朔太郎におけるように、〈恋《こひ》〉の想いを語る短歌や歌物語であったとしてもおかしくはない。

和泉式部の〈恋〉の歌には、ひとつの〈恋《こひ》〉というよりは〈恋《こひ》〉そのものを詠出したものが多い。『伊勢物語』の「いちはやきみやび」といわれる〈恋《こひ》〉を継承しながらも、和泉式部の〈恋《こひ》〉の歌は、より抽象性を増している。それは、平安時代の能動性を含意する「恋をし恋ひば」という、〈恋《こひ》〉そのものにたいする想いをあらわす語法と対応している。

「暁《あかつき》の恋

夢にだに見《み》で明《あ》かしつる暁の恋こそ恋《こひ》のかぎりなりけれ（一〇五二）」

和泉式部の「暁の恋《こひ》」の歌は、〈恋《こひ》〉とは何かという抽象の理路へと誘う。そして、ボードレール『パリの憂愁』の一節を想起させる。

「純粋な夢、分析されない印象と較べれば、限定された美術、実証的な美術は冒瀆である」（ボードレール『パリの憂愁』一四頁）[14]

ボードレールの「夢」を「恋《こひ》」に置き換えて見る。〈純粋な恋《こひ》、分析されない印象と較べれば、限定された言葉、実証的な文学は冒瀆である〉と。「恋《こひ》」は、「幻影の赤い森」（デュラス『工事現場』）であり、「分析されない印象」に似通っている。「純粋な夢」に似て、〈純粋な恋〉は、ただ〈恋《こひ》〉・〈恋 amour〉という〈限定された言葉〉、あるいは〈限定された文字〉だけだということもできる。和泉式部の「暁の恋《こひ》」の歌は、〈恋《こひ》〉そのものを究極的に抽象化して〈恋〉の認識を表出した歌だともいえる。

〈恋《こひ》〉の詩人として、和泉式部は、フランスのルイーズ・ラベに比較されている。――「愛の詩人（歌人）としての和泉式部とルイーズ・ラベとの間には強い親近性があると感じるのは筆者ひとりであろうか」（沓掛良彦『焔の女　ルイーズ・ラベの詩と生涯』）[15]――ここで和泉式部に比較されているルイーズ・ラベは、リルケの小説『マルテの手記』のなかで、「愛する人間」の一人として採り上げられて、その永遠性を湧き出づる「泉」にたとえられている。[16]和泉式部もまた、

「愛する人間」のもっという「泉」の幻影を思わせる詩人だといわれていた。(17)

和泉式部集には、〈恋《こひ》〉・〈暁の恋《こひ》〉の題詠がある。〈恋《こひ》〉・〈暁の恋《こひ》〉の題は、「恋をし恋ひば」というういい方に見る〈恋《こひ》〉という抽象的なものにたいする志向を思わせる。和泉式部集における歌題〈恋《こひ》〉は、生きられたひとつの〈恋《こひ》〉を包含する〈恋《こひ》〉そのものをあらわすといえる。題詠は、〈恋多き女〉といわれる和泉式部が、生きた体験を糧に、〈恋《こひ》〉の認識をもって〈恋《こひ》〉そのものを歌の形式に託した歌人であったことを証すものといえる。

「暁《あかつき》の恋《こひ》

住吉の有明《ありあけ》の月を眺《なが》むれば遠《とほ》ざかりにし人ぞ恋しき（一〇五一）

明けぬやと今《いま》こそ見《み》つれ暁の空《そら》は恋《こひ》しき人ならねども（一〇五八）

わが恋《こ》ふる人は来《き》たりといかがせんおぼつかなしや明《あ》け暗《ぐ》れの空（一〇五九）」

「恋《こひ》

黒髪《くろかみ》の乱《みだ》れも知《し》らずうち臥《ふ》せばまづかきやりし人ぞ恋しき（八六）

君恋《こ》ふる心はちぢにくだくれどひとつも失《う》せぬ物にぞありける（九一）

世の中に恋《こひ》といふ色はなけれども深《ふか》く身にしむ物にぞありける（九八）」

こうした〈恋《こひ》〉の題詠は、「形式的な他者」に向けて詠まれたというよりは、「恋のあはれ」そのものを表出していると思われる。

「和泉のうたは、ほとんど日常的な形で、形式的な他者を通りぬけ、いわば『中空』へ放出されてゆく」（野村精一『和泉式部日記　和泉式部集』一八四頁）

「和泉式部歌集は廣い意味でいふと歎きの歌集であるが、殆ど他に向って訴へるところを持ってゐない歎きである。

その歎きとは、〔……〕恋のあはれの高くして飽くなきものを抱いてゐ、人がその求めを充たさないが故に起る歎きである。〔……〕この恋を恋する心は、老いを感ずる頃には、以

前にも増したものとなり、〔……〕絶えず動揺してゐたことがこれらの歌でわかる」（窪田空穂『和泉式部』七八頁、四七頁）

この二つの批評における「『中空』へ放出されてゆく」・「殆ど他に向って訴へるところを持ってゐない歎き」・「恋を恋する心」といったことばは、和泉式部の歌の〈声〉の魅惑の秘密に触れている。その〈声〉のもつ魅惑は、そのままデュラスの女主人公たちの〈声〉のもつそれでもある。その〈声〉は、「同情、〔……〕助けを呼ぶ声」（『愛人《ラマン》』一一四頁）とは遠い、「誰に話しかけるわけでもない」（『語る女たち』）というデュラスの小説の女性人物たちの〈声〉に似通っている。

和泉式部集の歌ことば〈恋《こひ》〉は、〈待つ〉と縁をもつ。その〈待つ〉は、対象の曖昧さにおいて、デュラス的語彙〈待つ〉に似通う。日本語の古語〈待つ〉は、「相手の来ること、物事の実現することを予期して、その時期・機会の到来まで、じっとしている」（『岩波古語辞典』）の意味をもつ。〈待つ〉という在り方は、平安時代の女性にとって、選択の余地のない在り方ではあった。和泉式部集における〈待つ〉女性像は、マルグリット・デュラスの作品に描かれた〈待つ〉女性像を想い起こさせる。和泉式部集は、〈待つ〉女性像の豊庫である。

「今宵《こよひ》よりたれを待《ま》たましいつしかと萩《をぎ》の葉風《はかぜ》は吹《ふ》かんとすらん（八二二）

来《こ》ぬ人を待《ま》たましよりも侘びしきは物思《おも》ふ比《ころ》の宵居《よひゐ》なりけり（一〇三四）

類《たぐひ》なく悲しき物は今はとて待《ま》たぬ夕べのながめなりけり（一〇二六）」

〈夕暮〉の〈待つ〉歌に用いられている〈待つ〉には、〈待つ〉ことを断念しながらなお〈待つ〉よりほかに術のない主体の深い悲しみが含意されている。これらの歌に用いられている〈待つ〉は、その対象があるのかないのか不明であり、目的語は不在の何かとして読むことしかできない。

「待ち侘びて行《ゆ》く方《へ》も知らずなりにきと君来《き》て問《と》はばとくて答《こた》へよ（一三五五）

待ちわびて告《つ》げにやるとも君は来《こ》で宿にすむらん月をこそ見《み》め（一二九八）」

〈待ちくたびれて待つ気力もなくなる〉ことを表白する和泉式部の歌二首は、デュラスの『辻公園』の女主人公の発話を想わせる。

「わたしはまだ、なにごとであれ疲れたという経験がないんですもの。もちろん、待つことに疲れるってことはありますけど」（デュラス『辻公園』一六九頁）

〈待つ〉ことに疲れるほどに〈待つ〉女性人物たち。和泉式部の歌の〈待ちわびる〉女性像も、デュラスの〈待つことに疲れる〉女性像も、いずれも〈待つ〉という無垢な心において読む者を魅惑する。

和泉式部歌集には、デュラス的語彙〈partir〉の含意する《魂の漠然とした憧れ》・「《恋そのものを恋する》」（『ヒロシマ、私の恋人』）心が、溢れるほどに詠出されている。そんな心を詠出した〈待つ〉歌には、〈待つ〉対象が特定できないことを詠出したものがあって興味深い。

「これにつけかれによそへて待《ま》つ程は誰を誰《たれ》ともわかれざりけれ（一五〇四）

身のうきも人のつらきも知《し》りぬるをこは誰《た》が誰《たれ》を恋《こ》ふるなるらん（五六七）」

この二首に詠出されている〈恋《こひ》〉の心は、デュラスの『アガタ』の女主人公の発話に見る〈未分化〉の愛、そして、『エミリー・L』の女主人公の手紙のなかの「ある愛」――「対象がはっきりしているわけではなく、誰を、どのように、どれほどの期間愛するのかはわかりません」（『エミリー・L』）――を想起させる。〈愛〉とは、「ある愛」をも意味し、また〈恋〉とは、〈恋そのものを恋する〉心をも意味する。その心は、ひとつの〈恋《こひ》〉を超えた未分化の〈恋《こひ》〉の想いだといえる。

「男　（低い声で）言ってくれ。彼に話すみたいに。
女　（低い声で）あなたを愛している。（間）
男　もういちど。
女　愛しているわ。これほど愛せるなんて思ってもいなかった。
男　誰に向かって言ったのです？
女　知らないわ。誰に言っているのか」（デュラス『アガタ』九四頁）

『アガタ』の女の「知らないわ。誰に言っているのか」という発話は、和泉式部の歌の「誰《たれ》を誰ともわかれざりけり」という境地を想わせる。
〈待つ〉対象が、未分化のなにかとしかいえないものであることを詠出した歌に加えて、それが「ありはてぬ命」であることを表白した歌もある。

「ありはてぬ命《いのち》待つ間《まま》の程ばかりいとかく物を思《おも》はずもがな（一五四九）」

「ありはてぬ命待つ間」（いつまでも生きおおせない短い命を待つ間）といういい方における〈待つ〉の目的語は、「ありはてぬ命」である。この「ありはてぬ命」は、デュラスの『静かな生活』

の女主人公フランシーヌの〈待つ〉もの――「静寂」を想起させる。そして、「いつまでも生きおおせない短い命の消えるのを待つ間ぐらいでも、このようにもの思いをしたくはない」という歌の内容は、デュラスの女性人物たちの〈もの思い〉をする自己を内省する姿を想起させる。

和泉式部集中の〈待つ〉歌のなかでもひときわ沈黙の世界へと誘う「庭の雪」の歌。

「庭の雪

待《ま》つ人のいまもきたらばいかがせん踏《ふ》ままく惜《を》しき庭の雪かな（一七一）」

和泉式部のこの〈待つ〉歌は、第二次世界大戦の時期、一人の学者の「空襲下のたまゆらの命」を深い感動にゆだねたという。「はっきりしているのは、いわば『清純』とでも名づくべき、魂の原郷へのあこがれの一途な姿勢だけである」（清水文雄(18)）。「魂の原郷へのあこがれ」といういい方は、「空襲下」に雪の降る夜中、警戒警報の鳴り響くなか勤務先の校舎を守るためにそこへ向かう路上でこの歌を朗誦したという、その学者の思いつめた心中をうかがわせる。「最期の覚悟」を決めていたという心中を。

和泉式部の歌は、「崩壊の危機」（清水文雄(19)）・「平安時代の危機的心象風景」（西郷信綱(20)）を想わせるという。そしてこの詩人の歌が、「太平洋戦争の中期頃」（寺田透[21]）・「昭和十六年十二月八日、米英討伐の神命昭《あき》らかに下さる」時期（保田與重郎[22]）・「昭和二十年の春」（三島由紀夫[23]）といった非常時の日付を背景にもつ時期に、一部の男性作家の心を深く捉えたのは、その歌が「危機」の心象風景を想わせることに由るものかもしれない。和泉式部の歌に魅了された日本の戦時下における男性作家たちの内奥に潜む陰翳は、日本の近代文学史の包含する浪漫主義と自然主義にかかわる問題を思わせる。[24]戦時下に和泉式部集そして『和泉式部日記』が読まれたという受容のありかたは、自己を生きることの叶わなかった男性作家たちの苦悩を思わせる。その苦悩は、男性もまた〈待つ〉存在であるということに由るものではないか。

和泉式部の「待つ」心象風景を映す〈女郎花《をみなえし》〉の歌一首。この歌に詠出されている心象風景は、デュラスの〈風の認識〉を想起させる。

「いたうあばれたる所にて、女郎花《をみなへし》に露《つゆ》の置《お》きたるを見《み》て
女郎花《をみなへし》露けきままにいとどしく荒《あ》れたる宿《やど》は風をこそ待《ま》て（一三一六）」

〈女郎花《をみなへし》〉の歌は、読みそれ自体がむつかしい。そのむつかしさは、歌の句切れという形式と、

歌の意味と内容とにわたる。――「句切れがどこにあるかが、異常な重要さを持つかに見えるのが、式部の歌の特徴の一である」（寺田透『和泉式部』七四頁）という指摘に拠ると、この歌はその特徴をもっともよく顕わす歌のひとつだといえる。歌の句切れは、形式と内容とに截断を刻む機能をもっている。

女郎花《をみなへし》　露けきままに　いとどしく荒《あ》れたる宿《やど》は　風をこそ待《ま》て

たとえばこの歌にこのように空白を設えてみる。すると、この歌のもつ映像性がより顕在化するように思われる。「風」を「待つ」のは、やはり「女郎花《をみなへし》」だと思われる。

この歌に描出されている「女郎花《をみなへし》」・「荒れたる宿」の醸す風情は、デュラスの『夏の雨』に描かれる「ぼろぼろの生け垣」に置かれた「椅子」の風情――「人間や自転車や時間の通過を眺める役目を負ったみたいな風情」に似通う。「女郎花《をみなへし》」の上の句は、「椅子」のように「平静・受動性」を保ったまま〈眺め〉・〈待つ〉という存在のし方をあらわしている。この〈女郎花《をみなへし》〉の歌は、デュラス的語彙〈無関心〉・〈風〉を喚起させ、〈風の認識〉に繋がるデュラスの映画『ヴェネツィア時代の彼女の名前』を想わせる。

この歌を扱った批評はなぜかほとんど見当たらない。この歌は「宮城野のもとあらの小萩つゆを重み風を待つごと君をこそ待て」（『古今集』よみ人しらず）の措辞を踏み、「男の来訪を待つ思いを託す」作（清水文雄『和泉式部集・和泉式部続集』）として読まれている。が、この歌を「あなたを待っていますよ」（『和泉式部集全釈続集篇』[25]）と読むことはためらわれる。この歌の風情は、固有名詞や日付・場所を優に超えているように思われる。いずれにもせよ〈女郎花《をみなへし》〉の〈待つ〉ものを限定するとこの歌の大きさ《スケール》は小さくなる。

和泉式部の〈恋《こひ》〉の歌々は、〈大空〉への志向を秘めている。地上的世界の次元を超えたより開かれた地平への志向がこの歌人にはあったように思われる。和泉式部の歌ことば〈恋《こひ》〉は、そうした志向を含意している。「日常的現実に超越する価値」への志向は、十三世紀の「鎌倉仏教」において、「日本史上はじめて、またおそらく最後に」時代思潮の中核となった（加藤周一[26]）といわれる。和泉式部の歌における〈恋《こひ》〉そのものへの志向は、形而上的な性格をもち、現実《いま・ここ》の時空間から離脱した非土着性・非地上性をもつといえるが、それは宗教性をもたない一種の「日常的現実に超越する価値」への志向ということはできるか。〈恋・愛〉に「形而上的なもの」（モラヴィア）、「超越的な意義」（レヴィナス）を認めることには、普遍性があると思われる。

4　独白的対話

デュラスの小説には内的独白《モノローグ》の声が溢れている。初期の長編小説においては地の文における抽象的な観想を語る長い独白、そして作風に転換の見られる時期の小説においては抽象性と具体性を含む短い発話の独白といったふうに、独白の形式が多く用いられている。その独白の声からは、長い時間にわたる内的対話を経て表出される知を読み取ることができる。その知は、時に狂気を孕む理性によって脈絡なく表出されることがあり、社会的言語によって構成される外的対話のもつ知とは性質を異にする。デュラスの人物たちの声は、「話をする楽しみ」(『辻公園』)を読む者に与えながら、存在者の孤独の影を浮き彫りにする。

『辻公園』(一九五五年刊)は、ほとんど二人の人物の会話で構成された小説で、戯曲的な作風をもっている。二人の人物の〈声〉は、それぞれ虚空に向けて放出されているかのようだが、それは一種の対話だといえる。二人の人物の〈声〉には、生存と存在にかかわる二つの問題《テーマ》が包含されている。デュラス的語彙〈待つ〉は、その対話のなかで多用されている。この本の訳者は、「人物たちのかわす会話は、彼らの性格や社会的地位とは無関係に、ほとんど存在の奥底からほとばしり出る独白に近い」(三輪秀彦〈解説〉二八六頁)と書いている。二人の人物の織り成す対話は、外部の世界にわたりながら内部の世界を生きる存在者の「存在の奥底」から湧出する独白の声で構成されているといえる。

『辻公園』の背景となる時間と場所は、〈夏に近づく頃の午後四時半〉・子供たちのたくさん遊ぶ〈街の辻公園〉。登場人物は、〈家政婦の若い娘〉と〈旅商人の男〉、そして〈家政婦の若い娘〉が仕事として世話をする〈子供〉。二人の人物は固有名詞をもっていない。そうした設定で展開される対話は、現実の時空間を超えたどこか開かれた空間に向けて放たれているような広がりを感じさせる。二人の人物は、それぞれの声を響かせ、その〈声〉は、「誰に話しかけるわけでもない」というデュラスの文学における「公共性をもった声」として聴くことができる。

〈夏の兆す頃〉・〈午後四時半〉・〈辻公園〉・〈旅商人〉・〈家政婦〉・〈子供〉といった設定は、そのどれもが作者デュラスの文学的意図を明確に反映している。——〈夏の兆す頃〉は冬とは異なり、自由への期待が沸き立つ〈恋〉の季節。〈午後四時半〉は、「現在の自分の状態にうんざりしてくる」という夕方〈六時頃〉の前の時刻。〈辻公園〉は開かれた「公共」の場所。〈旅商人〉は、移動を常とし、「歯磨きのチューブ」といった「小間物」を扱いながら、日常生活から離脱したような存在のし方をする人物。〈家政婦〉は、定住を常とし、「食事付きの家」で、「坊や」や「老婦人」の世話をしながら、日常生活に密着した存在のし方をする人物。〈子供〉は、「未来」の時間における「未来史」(『破壊しに、と彼女は言う』一五二頁)を思わせる人物。——この小説の人物とその他の背景は、そんなふうに具体性と抽象性とが綯い交ぜになったかたちで設定されている。その設定に見る具体性と抽象性の均衡は、直截的にこの小説の作風そのものに反映されている。

『辻公園』を読む愉しみは、「出会いがしらの偶然」の時間を共有する二人の人物の〈独白的な対話〉のそれぞれの声に耳を傾けることにある。人と話すとはどういうことか、人と話す愉しさとはどういうものか。二人の対話はずれを孕むが、しかし、そのずれをむしろ露呈させることにより、人が話す、ということについての問いを提起する。

デュラス的語彙〈待つ〉の意味と機能は、偶然の出会いの時に恵まれた一組のカップルの交わす、生存と存在の両方にわたる稀有な対話のなかで明白なかたちで顕われる。小説の全編を通して、旅商人の男と家政婦の若い娘の交わす〈待つ〉・〈期待〉の語を多用した対話の断章を読んでみる。引用したそれぞれの対話において、前者は家政婦の若い娘の〈声〉、後者は旅商人の年長の男の〈声〉である。


「『わたしは結婚するのを待っています。』

『たとえぼくがありったけの力でそれ［結婚］を望んだとしても、ぼくはあなたのように、〔……〕変化を望むようにはならないと思うんです。』」（デュラス『辻公園』一四五頁、一四八頁）

「『わたしの望む変化とは、なにものかを自分のものにすること、なにかを所有しはじめることです。』

『それは旅行するのと同じですよ、お嬢さん。もうあなたは自分を押えることができないでしょう。このつぎには電気冷蔵庫がほしくなり、またそのつぎにはほかのものがほしくなります。町から町へと歩く旅行と同じですよ。』」（同書、一六五頁）

「『わたしはまだ、なにごとであれ疲れたという経験がないんですもの。もちろん、待つことに疲れるってことはありますけど。〔……〕わたしにはまだなにもはじまっていないのです、わたしが生きてるってこと以外には』

『でも、お嬢さん、〔……〕あなたはあの小さな坊やを愛してらっしゃるように見えましたよ。』」（同書、一六九頁、一七〇頁）

「『とにかくわたしには自分の自由になるお金が必要なのです。そうしたら世間なみのことができますわ。』

『疲れきった目つきをしているあなたなんて想像もできませんね、〔……〕あなたの目は実にきれいですよ。』」（同書、二二五頁）

「『わたしにはその人のために自分が存在しているような男の人が必要なんですわ。〔……〕わたしは待っています。そして待ちながら、わたしは誰も、犬も殺さないように注意しています。』

『ぼくは旅行してますよ、お嬢さん、そしてひとりぼっちです。〔……〕汽車に乗っていれば、完全に時間をつぶせますし、ねむることも仕事することもできます。』」（同書、二三六頁、二三七頁、二三八頁）

「『なんだかわたしの期待していることを、あなたは誤解なさってるように思いますけど。』『それはつまりね、あなたが意識的に期待なさっていることだけではなく、あなたが無意識のうちに期待なさっていることまで、ぼくは話しているからですよ。あなたが知らず知らずのうちに待っている間接的なことまで話しているからです。』」（同書、二四二頁）

「『わたしはもうこれ以上待てないのに、それでも待っていますのよ。あの老婦人だって、ほんとはお世話できないのに、それでもお世話しています。』『家庭を変えることだってできるでしょう。そんなにお年寄りの人もいなくて、いろいろと満足できる家庭を選ぶことも。もちろん相対的な満足って意味ですけど。』」（同書、二四五頁、二四六頁）

「『あなたはきっと変わることができるでしょう。〔……〕人生にはほとんど解決法なんかないってことがわかり、こうして生活が固まっていき、〔……〕それを変えようと考えただけでうんざりするってわけですよ。〔……〕ぼくはいまの生活に不満なんかありません、』」（同書、二四八頁、二四九頁）

若い家政婦と年長の旅商人の二人によって交わされる対話には、現実にかかわる具体性と、現実を超えた抽象性とが綯い交ぜになっている。若い娘は、「お金が欲しい」、「いまの状態から脱け出したい」と切に願い、愛に満ちた未来を約束する「一人の男」と「結婚」をすること、そしてなにかを「所有」することを期待している。それに対して年上の男は、「未来のことを考える時間」をもつことはなく、固定した「生活」を変えることに期待をもっていない。

〈待つ〉人物といえる若い娘の発話には、生存に関わる具体性が反映されている。そしてその発話を受けて応える男の発話には、むしろ存在に関わる抽象性が反映されている。年長の男の発話には、ひたむきに〈待つ〉心の内を吐露する若い娘を、距離を置いて観る態度が見られ、男の発話内容は、若い娘の発話内容を包み込んでいるといえる。「あなたが意識的に期待なさっていることだけではなく、あなたが無意識のうちに期待なさっていることまで、ぼくは話しているからですよ」・「相対的な満足って意味ですけど」・「人生にはほとんど解決法なんかないってこと」といった男の発話には、若い娘のそれを客観的に聴き、知的に応える態度が反映されている。たとえば〈意識〉と〈無意識〉、〈相対〉と〈絶対〉といったものを包含する男の視座は、語り手（＝作者）のもつ視座に重なり、それはデュラス的な知を反映するといえる。旅商人の男は、現実に身を処しながら、現実を超えた時空間に注ぐ視線をもっている。

デュラスは、デュラス文学の理解者だったレイモン・クノーが、「この本〔『辻公園』〕」を愛の物語として読んだ人たちが理解しなかったのと同じように」この作品を理解しなかったと語っている（『私はなぜ書くのか』七一頁）。いわゆる「愛の物語」としてこの作品を読むことはできないが、ある種の大きな〈愛〉を男の〈声〉に聴くことはできる。この小説を仮に「愛の物語」として読むとして、〈夏〉の季節を背景に展開される物語は、たとえば『かくも長き不在』のように〈夏〉のうちに終局を迎えることになる。『辻公園』の男性人物は〈旅商人〉であり、『かくも長き不在』の〈浮浪者〉と同じく移動しつづけなければならない身の上である。

「『人間って、あるものをほしいと思って、朝から晩まで考えていると、かならずそれを手に入れることができるんでしょうか？』」（デュラス『辻公園』二二四頁）

〈待つ〉若い娘は、子供のもつ無垢な願いを男に伝えている。それは娘より年長の旅商人の失いかけたものである。男は、若い娘を見て「目は実にきれいだ」と思う。〈待つ〉ことをめぐる二人の対話の〈声〉は、具体性と抽象性のずれを露呈しながらも、「自然な」心の通い合いを感じさせる。

「『話をしはじめると、まるでそれまで忘れていた楽しい習慣を思い出したみたいな気がしてくるんですからね。』
『ほんとにそうですわ、まるで話をする楽しみを知ってたみたいな気がしますわね。〔……〕

話すってことはとても自然なことなんでしょうね。』」（同書、二七一頁）

二人の人物は、〈夏〉の〈午後四時半〉頃、〈辻公園〉という開かれた場所で、「話をする楽しみ」を共有するという稀有の時間をもったのだ。その「話」のなかで〈待つ〉は、「存在性の基底」を表出する語として重要な意味と機能をもっている。二人の人物は「心の中の長い対話」を長い間独りでしつづけてきたにちがいない。

デュラス的語彙〈待つ〉は、『辻公園』における男の発話のもつ抽象性と若い娘の発話のもつ具体性の二つの性質を包含するといえる。この二つの性質は、デュラスの文学の内包する内的志向性と外的志向性とに重なる。そのことは、人が生きていることの内には、生存と存在にかかわる二つの飢渇の問題があるという作者の認識が反映されていると思われる。

ここで注目したいのは、若い娘の声を受けてそれを包むようにして年長の男の声が聴こえてくることだ。若い娘の声は、年長の男の声に触れては微妙に揺らぐ。その揺らぎを受けて男の声が応答する。そのことは、具体性・現実性をより濃く帯びた声が、抽象性・永遠性をより濃く帯びた声に包括されてゆく経緯を思わせる。ここで男性人物の包括的な発話内容をより深く読んでみたい。男性人物の発話内容は、レヴィナスにおける「存在をめぐる問い」を思わせる。

「存在の問いとは、存在がみずからの異様さを体験することなのだ。つまり、この問いは、存在を引き受けるひとつの仕方なのである。『存在とは何か』という存在をめぐる問いが、決して答えをもたなかったのはそのためだ。存在には答えがない」（エマニュエル・レヴィナス『実存から実存者へ』三〇頁）

男性人物の「答え」をもたないという「存在の問い」には、たとえば「一般的な恐怖」の問題がある。

「『たしかにそれ［その怖さ］は、自分が死んだって誰も気づいてくれないと考えるときに感じるような恐怖じゃないですね、そうじゃなくって、もっと一般的な恐怖です、〔……〕』

『ほかの人たちと同じでありながら、それと同時に自分ひとりだってことにね。まったく、自分がほかの種類の人間ではなくこの種の人間だってことに、まさしくこの種の人間だってことに……』

『そのほかの恐怖、つまり誰にも気づかれずに自分が死ぬのではないかという恐怖は、結局のところ自分の運命をかえって喜ぶ理由になりうるとぼくは思うからなんですよ。』」（デュラス『辻公園』一五六頁、一五七頁）

男性人物は「恐怖」について語る。男性人物のいう、「解決法」のない「恐怖」は、存在論的《オントロジック》な視座に立脚して、「存在を引き受け」る道へと繋げられるよりほかにない。男性の語る「恐怖」は、「存在を前にしての不安──存在の醸す恐怖〔おぞましさ〕──は、死を前にしての不安と同じく根源的なのではないだろうか」（レヴィナス『実存から実存者へ』二二頁）といういい方を想起させる。この「恐怖」は存在の内にあるものだ。男性人物のこの発話内容は、存在論的《オントロジック》な視座をもつ孤独の問題《テーマ》にかかわる内的志向性を反映している。

デュラスの文学における〈独白的対話〉は、『辻公園』に次いで、『ヒロシマ、私の恋人』の二人の人物、フランス人女性彼女の声と日本人男性彼の声を想起させる。映画のシナリオとして書かれた『ヒロシマ、私の恋人』では、地の文がほとんどない『辻公園』とは異なり、作者の声を直接伝えるト書が重要な機能をもっている。そのト書のなかで作者は、独白性をもつ「叙唱的《レシタティヴ》」な「声」の使用を冒頭の場面で指示している。映画の撮影のためにヒロシマを訪れているフランス人女性彼女は、ヒロシマに住む一人の日本人男性と出会い、はじめて対話をする。次の引用箇所は、その冒頭の場面からの抜粋である。

「鈍く、静かに、叙唱《レシタティヴ》の調子で、男性の声が告げる。

彼　――きみはヒロシマで何も見なかった。何も。

ヴェールをかぶったように非常に不明瞭で同じように鈍い、叙唱的《レシタティヴ》な読み方の女性の声が、句読のくぎりなしに、答える。

彼女――私はすべてを見たの。すべてを。

フスコの音楽が、再び始まる。〔……〕

そのあと、静かで、同じように叙唱的《レシタティヴ》で、艶のない女性の声が、またひびき始める。

〔……〕

ついで、女性の声が、さらに、さらに非個性的なものとなる。言葉の一つ一つを抽象的な価値のあるものとさせながら」（デュラス『ヒロシマ、私の恋人』一八頁、一九頁、二〇頁）

「叙唱《レシタティヴ》の口調がやむ。

〔……〕

彼女――あなた……

〔……〕

彼　――ぼくを、そうだ。ぼくを、きみは見てしまったということだろうね。

〔……〕

彼　――そうすると、きみはなぜ、ヒロシマですべてを見ようと望んだの？

彼女は真摯であろうとする努力をする」（同書、三二頁、三五頁、三九頁）

ト書に書き記された「叙唱《レシタティヴ》」（オペラやオラトリオや重唱・合唱の間の対話調の部分）は、音楽的な対話の声でこの物語が始まることを告げている。そして「非個性的」な「声」という指示は、その〈声〉が「抽象的」な性格をもつものであることを語っている。彼女・彼という固有名詞をもたない人物たちの織り成す対話の声は、日付と場所をもつ現実《いま・ここ》の時間から、忘却を経過した「永遠」の時間へと送られるものであることをあらかじめ予告している。

『ヒロシマ、私の恋人』の二人の人物の対話もやはりずれを孕んでいる。そのずれは、『辻公園』の場合とは異なり、時間の経過にまつわる忘却と記憶の問題にかかわるといえる。

二人の出会いは、当初彼が彼女を〈見る〉ことを契機に始まった。デュラス的語彙〈見る〉は、瞬間的な直観の作用を含意する語で、「最初の眼差し」による「直接的相互了解」（『愛人《ラマン》』）に繋がっていることを想起したい。彼は、彼女も自分を〈見た〉であろうことを願って彼女に語りかける。

「彼　──ぼくを、そうだ。ぼくを、きみは見てしまったということだろうね」（同書、三五頁）

しかし、彼女には「一九四四年八月二日・ロワール河」の日付と場所にまつわる〈恋〉の記憶と、その日付から「十四年」経過する間の忘却という存在のし方に由来する独りの思いがある。そして彼にもまた兵士として出征した記憶と、それを忘却して経過した時間に由来する独りの思いがあるはずである。その記憶と忘却のふたつの時空間に由来するそれぞれの思いをすべて共有することはむつかしい。彼と彼女のはじめての対話は、その困難な問題を包含していると思われる。『ヒロシマ、私の恋人』における二人の人物の〈独白的対話〉は、記憶の共有の困難と、存在することの孤独の問題を包含する。

二人の出会いにやがて別れの瞬間《とき》が訪れる。その別れの瞬間《とき》が決定的な出来事であることが浮上するとき、フランス人女性は、他のなにものをも措いて日本人男性を「見てしまった」ことが明らかになる。二人は対話をするのだが、彼女の記憶の深部に入り込むことは彼にはむつかしい。しかし彼は、彼女の〈声〉を聴こうとする。彼女の〈声〉を聴こうとすることこそ愛の行為なのだから。彼女は彼に自分の記憶──初恋と戦争にまつわる記憶を語るが、その〈声〉は、独白的で断片的なものとなる。彼女は、ときに「叙唱的」に、そして独白的に〈声〉を発する。独白的叙唱、独白的対話の〈声〉は、対話性をもつ一方で独白性をもっている。

「彼女の内面の対話の最初の言葉が聞こえる。

心の中の独語が聞こえる。

リヴァの心のなかの独語。

フランス人の女性の声（心のなかの独語）が聞える。

心の中の独語、それさえもとまった」（同書、一一一頁、一一四頁、一一七頁、一二〇頁、一二六頁）

ト書に書かれた〈内的独白〉に関する作者の指示は、時間の経過を告げる指示に重なって次第に緊迫した気配を醸し出す。フランス人女性にとって別離の瞬間は、「唯一無二の出来事」（レヴィナス）なのだから。〈内的独白〉の〈声〉の止まる瞬間、フランス人女性は存在の転倒を内的に惹き起こすことになるはずである。しかし彼女は実際に倒れるわけにはいかない。彼女は何よりも母であるのだから。そして彼女は、妻でもあり、女優でもあるから。

デュラス的な〈内的独白〉の〈声〉は、他者との記憶の共有の困難と、他者の〈声〉を聴くという愛の行為のもつ希望とを語り出している。対話《ダイアローグ》は、優れて社会的、心理的な面においては有効な方法であるかもしれない。しかし、〈詩の小説〉を意図するデュラスは、社会的なもの、とりわけ心理的なものを排して、「存在の深奥」の〈声〉を独りの〈声〉として書く。「デュラスの創造した美しい対話がいかにみごとな効果を与えても、それは所詮アラン・レネの前衛的な映像の流れを盛り上げる補足的なものにすぎず〔……〕」（三輪秀彦『アンデスマ氏の午後／辻公園』〈解説〉二八五頁）という指摘があるが、アラン・レネによって映画化された作品から「美しい対話」の声を聴くことはむつかしく、それはたしかに文学作品によってしか聴くことはできない。

さて、〈独白的対話〉の〈声〉の極みともいえる〈声〉がある。それは『モデラート・カンタービレ』の女主人公アンヌ・デバレードと彼女の息子である少年との対話の〈声〉である。


「海岸通りにはすでに燈がともっていた。〔……〕少年は最後にもう一度ソナティネをうたい、すぐに飽きてしまった。〔……〕アンヌ・デバレードは立ちどまった。

『ひどく疲れたわ』と彼女は言った。

『お腹がすいたよう』と子供は泣き声を出した。

彼は母親の眼に光るものを見た。それから彼は何も愚痴を言わなくなった。

『どうして泣いているの？』

『こんな風になることが時々あるのよ、なんの理由もなしに』

『ぼく、いやだい』

『坊や、もう泣かないわよ、ね』

彼はそんなことを忘れて、前方へ走り出し、また戻ってきた。彼はなじみのない夜の世界を楽しんでいた。

『夜は家が遠く見えるね』と彼は言った」（デュラス『モデラート・カンタービレ』一一二頁、一一三頁）

母親アンヌ・デバレードと「少年・彼・坊や」と呼ばれる子供との間で交わされる対話は、デュラスの小説における対話のなかの対話といえるかもしれない。母と子は、それぞれ心の内の〈声〉を放出する。それは相互の理解といったものからは遠い孤独な〈声〉ではある。が、孤独な母はわが子への愛によってはじめて「未来の時間」を考えることができるのだ。一人の男性との別離を超えて母は子供である「少年」と生き存《なが》らえつづけることを思う。『モデラート・カンタービレ』に語られる母と子の対話の〈声〉は、存在者の孤独の影を映し出す。この〈声〉は、沈黙の淵から湧き出す〈声〉であり、「存在性の基底」にかかわるより本質的な〈声〉だといえる。デュラス的語彙〈子供〉は、「未来史」を思わせる唯一の存在を意味する。

「『それであなたは？』と彼は訊く、「何を教えてらっしゃるんですか？」

『歴史です』とマックス・トルは言う。『未来史です』

〔……〕

『子供たちはまだ残ってるんでしょう？』と彼女は訊く。

『残ってるのはそれだけです』とマックス・トルは言う」（デュラス『破壊しに、と彼女は言う』一五二頁）

デュラスの文学世界に響く〈独白的対話〉の〈声〉は、〈詩の小説〉を構成する重要な機能をもっている。その〈声〉は、孤独の影を映す〈声〉ではあるが、「未来史」にたいする思いをも包含する深い知の〈声〉だといえる。

デュラスの作品における内的独白の〈声〉は、真の対話性を深めることと矛盾するものではあり得ない。——「小説の発展とは、すなわち対話性の深化、対話性の拡大と洗練である」（バフチン『小説の言葉』）[27]、バフチンはそう書いている。バフチンの著作において「モノローグ的（単旋律的）な小説」は、「破壊」の対象となるものとして捉えられている。[28] しかしバフチンの否定する「ヨーロッパ的な形式」としての「モノローグ的（単旋律的）な小説」のなかには、「モノローグ的」でなければ語ることのできない深い〈声〉を湛えた文学作品もあるはずである。人間の対話には、社会的言語で語られる外的対話と、非社会的言語で語られる内的対話があるといえる。ポール・ド・マンは、バフチンの「対話の概念」の受容について、「批判的な読み」は西欧においては始まったばかりだと書いている（『理論への抵抗』）[29]。


「ヌヴェールで恋のために死んだようになって。

ヌヴェールで髪を刈られた少女、私は今夜おまえを忘却にゆだねる。

取るに足りぬ、つまらぬお話。

彼についての場合のように、忘却はお前の眼からはじまるだろう。

同じように。

ついで、彼についての場合のように、忘却はおまえの声にとりつくだろう。

同じように。

ついで、彼についての場合のように、それはおまえを少しずつ、最後にはすっかり征服するだろう。

おまえはひとつの歌になるだろう」（デュラス『ヒロシマ、私の恋人』一二二頁）

『ヒロシマ、私の恋人』の女主人公の独白の〈声〉には、ひとつの詩論――具体的な日付と場所と固有名詞をもつある恋の物語は、「忘却」の時間を経て「ひとつの歌」になり、文学作品としてはじめて生命を獲得するという詩論が語られている。女主人公の独白の〈声〉のもつ文学的な視座は、文学作品における「形式」についての二つの言説――「歴史的現実を観照の対象に転化することで超克する営為」(エイヘンバウム)・「歴史的な生の現実に由来する『内容』の超克」(バフチン)――を思わせる。(30) デュラスが女主人公の独白の〈声〉に託したものは、「歴史的現実を観照の対象」として観据える文学的な視座だといえる。そしてその視座は、転倒を経て存在しつづけるための知だといえる。その知は、「知とは、出来事に巻き込まれないという権能を保持したまま出来事に関わるひとつのやり方である」(エマニュエル・レヴィナス『実存から実存者へ』)(31)という言説を思わせる。デュラスの文学における〈独白的対話〉は、存在者が存在するための知と、文学作品を書くための文学的な視座を包含している。

デュラスの小説における〈独白的対話〉の形式は、和泉式部の歌のもつ独白性・対話性を想起させる。和泉式部集の歌の語り手の〈声〉もまた、デュラスの人物たちの〈声〉のもつ、この世界の様々な次元のものを包括する豊かさをもっている。その豊かさは、〈愛〉の世界ばかりではなく、より開かれた世界とのかかわりをもつ「博大な情緒」(寺田透)(32)ということもできる。その〈声〉は、独白的でありながら対話的でもある。〈独白的対話〉――それは和泉式部の作風にもかかわる問題《テーマ》である。

「問《と》ふやたれ我にもあらずなりにけり憂きを嘆くは同《おな》じ身《み》ながら（一三六〇）

問《と》ふやたれ我はそれかはいかばかり憂《う》かりし世《よ》にや今までは経《ふ》る（一一九八）」

「問ふやたれ」といういい方は、対話の拒否を感じさせもするが、やはり、対話への志向を思わせる。歌は内的独白の〈声〉そのものを思わせる。

「独語としても、対話の形をとった独語であると思わせ、コロック・サンチマンタールの一例としうるのである。〔……〕情緒的対話として分類できる歌」（寺田透『和泉式部』八一頁）

これは和泉式部の歌についての批評のことばであるが、和泉式部集には対話への志向を包含する独り言のような歌が多い。

「女ともだちの、ふたりみたりと物語《ものがたり》するを見《み》やりて

語《かた》らへば慰《なぐさ》みぬらん人しれずわが思ふ事を誰に言《い》はまし（一三四九）」

この歌の語り手は、二、三人の女友達が「物語《ものがたり》する」（話をする）のを見ていてその会話には加わっていない。しかし、語り手は、人と話をすることの好きな人だったにちがいない。人が話をするのを距離を置いて見ながら語り手は独りごつ。〈自分の思うことを誰に語ったらよいのか〉と。語り手の求めるのは、たとえばデュラスの『辻公園』で二人の人物の展開するような愉しい対話――「存在性の基底」にかかわる深い〈声〉の織り成す対話――ではなかったか。

「独《ひと》り言《ごと》に

命だに心なりせば人つらく人うらめしき世《よ》に経《へ》ましやは（一〇七四）」

〈せめて命だけでも思いのままになるのなら、人が冷たく、恨めしいこの世の中に生きながらえてはいないでしょうに〉――そんな心の内を他者に語ることはむつかしい。和泉式部集のなかの詞書《ことばがき》には、固有名詞をもつ人、もたない人、親、子といった多くの人物が登場する。その詞書《ことばがき》は、この歌人が、貴族社会という狭い世の中ではあってもそこに豊かな人間関係をもって生きていたことを伝えている。しかし、そんななかに在って、歌に詠出される女の〈声〉は孤立している。その独白の〈声〉は、内省的な対話性を反映している。

和泉式部集に書かれた詞書《ことばがき》には、他者からの歌の返しをするに当たり、その折の状況を伝えるものが少なくない。他者との歌のやりとりは、そのままで対話性をもっているが、和泉式部からの返しの歌には、内省的な独白性をもつものが多い。その独白の声は、それに返しの歌を求めることのむつかしい問い――「『存在とは何か』という存在をめぐる問い」（レヴィナス）を包含している。「答えをもたなかった」という存在の問いを、「存在を引き受けるひとつの仕方」のようにして、和泉式部は、時に他者に向け、時に自己に向けては、その問いにたいする答を求めつづけたといえる。

「つれづれと夕暮《ぐれ》にながめて
　夕暮に物思《おも》ふ事はまさるかと我ならざらむ人に問《と》はばや（七二八）」

〈夕暮れに物思いはなぜまさるのか。わたしではない誰か他の人に尋ねてみたい〉――デュラスの人物たちにとってもその「夕暮」が問題になる。「四時半」から始まる「辻公園」における対話においては「六時ごろ」は、「現在の自分の状態にうんざりしてくる」時刻である。それは和泉式部の歌の「夕暮」に相当する時刻である。「女の人たち」の内に兆す「夕暮」の症状は、応答することのむつかしい「存在の問い」を含んでいる。

「世の中に経《へ》じなど思ふ頃《ころ》、幼《をさな》き子《こ》どものあるを見《み》て

憂《う》き世《よ》をば厭《いと》ひながらもいかでかはこの世《よ》の事《こと》を思ひ捨《す》つべき（一二一五）」

この歌は、「幼《をさな》き子《こ》ども」（幼い子供たち）を見ながら詠んだ内的対話といえる。和泉式部の歌ことば〈子〉・〈幼き子〉は、デュラス的語彙〈子供 enfant〉と同じく、重い機能をもっている。和泉式部歌集には、人の生き存《なが》らえてゆく秘密が、〈子〉の存在に由っていることをあらわす歌が少なくない。和泉式部の歌ことば〈子〉は、王朝期の他の歌人たちの歌には見ることのできない生の存在の輝きを放っている。「未来史」に繋がるデュラス的語彙〈子供〉のもつ意味と機能に対照させることのできるのは、王朝時代の歌人たちのなかにあってひとり和泉式部の歌ことば〈子〉があるばかりである。ここに引いた〈幼き子ども〉を見て詠んだとされる歌は、〈独白的対話〉の歌として、そして「未来史」を思わせる歌として読むことができる。独白の〈声〉は、閉ざされてはいるが、開かれてもいる。その〈声〉は、デュラスの女主人公たちの〈声〉のもつ「公共性」を思わせる。

文学作品における、〈独白的対話〉の〈声〉は、存在者が孤独であることを措いて考えることはできない。社会的に生存する存在者の内的な〈声〉は、〈独白的対話〉という形式を必要とする。詩とは本来独白性をもつ文学の形式といえるが、デュラスの作品に響く〈声〉は、他者に訴える

ものをもたない自己内省的な性質をもちながら生の強い力を思わせる。

第三章　憧《あくが》れ出る partir

1　デュラス的語彙〈憧《あくが》れ出る partir〉

ぼくは船のこと、それに乗って出発することしか考えなかった。
（デュラス『ジブラルタルの水夫』）

デュラス的語彙〈partir〉は、〈regarde 眺める〉・〈attendre 待つ〉とともに初期の小説から用いられつづけた重要な意味と機能をもつ語であり、現実の時空間《いま・ここ》から離脱してなにかに憧れる瞬間的な内的情動を含意している。

フランス語の〈partir〉は、〈出発する・立ち去る・動き出す・飛び出す・開始する・出て行く・消える・世を去る・辞任する〉といった意味をもつ。デュラス的語彙〈partir〉は、このなかのどの語に置き換えてもしっくりしない。それは、デュラス的語彙〈partir〉が、外的な移動・変化と同時に、内的な移動・変化に憧れる情動をあらわすことに由っている。その語法は、〈partir〉のもつ辞書的意味を超えている。

デュラス的語彙〈partir〉を〈憧《あく》れ出《が》る〉と仮に置き換えてみる。日本語〈憧《あく》れる《が》〉は、「いる所を離れてふらふら出かける・うかれでる・心がひきつけられる・胸をこがす・思いこがれる・あこがれる」の意味をもち、〈出る〉は、「中から外に移る」（『学研国語大辞典』）の意味をもつ。〈あこがれる〉と〈中から外に移る〉の二語の意味を繋げたかたちの〈憧《あく》れ出《が》る〉と置き換えると、デュラス的語彙〈partir〉の含意する内的情動をも籠めることができそうである。

デュラスの作品における〈partir〉の語に籠められた情動は、内的な出来事として、「宇宙の論理《ロジック》の突然の裂け目」（『死の病』四五頁）のような亀裂を刻むことになる。その内的情動は、持続する時間を約束されることはなく、それの惹き起こした、短い時間の出来事は、亀裂の跡を内的に残し、〈忘却〉というあり方で〈記憶〉されることになる。「忘却の底知れぬ淵」（『マルグリット・デュラスの世界』一九七頁）に封じられた「記憶」は、「十四年」（『ヒロシマ、私の恋人』）、「十六年」（『かくも長き不在』）といった時間の経過を経て、デュラスの女性人物たちに「忘却」という存在のし方を内省的に想起させることになる。

デュラス的語彙〈partir〉は、「精神現象」としてのロマン主義――「ロマン主義は単に一流派の問題にとどまらない。自我が世界との間に裂け目を意識したときに噴出するこの精神現象は、人類の歴史全体を通じて間歇的に生じ、今日でもなお様相を変えて潜在する」（『新版フランス文学史』二〇二頁）――を思わせる。しかし、デュラスの作品において、〈partir〉の含意する瞬間性は、先鋭的ではあるが、情念のみが自在に発露しているわけではないし、〈眺める regarder〉・〈待つ attendre〉の含意する持続性へと必ず繋がれている。

「ぼくは船のこと、それに乗って出発することしか考えなかった」（デュラス『ジブラルタルの水夫』七三頁）

これは『ジブラルタルの水夫』の人物ぼく（＝語り手）の発話の一節である。ぼくは〈人生を変えること〉にたいするつよい志向を抱いている。ここに用いられている〈partir〉は、「出発する」と置き換えられているが、現実的な空間の移動・具体的な変化をあらわすと同時にぼくという人物の移動・変化に憧れる内的な情動をも含意している。

デュラス的語彙〈憧《あくが》れ出る〉は、まず初期の小説『ジブラルタルの水夫』においてデュラス的な語法を見ることができる。〈憧《あくが》れ出る〉は、この長編小説のなかで多用されているわけではないが、重要な意味と機能をもっている。

『ジブラルタルの水夫』（一九五二年刊）は、初期の長編小説に属する作品であるが、『静かな生活』（一九四四年刊）で用いられた長い内的独白は消失し、この作品では会話の短い発話が重要な役割を担っている。デュラスは、『ジブラルタルの水夫』について、「手を触れえない愛」（『私はなぜ書くのか』四二頁）、「社会からの離脱に相当するような本、離脱という事実を対象としてるような本」（『語る女たち』六五頁）と語っている。

『ジブラルタルの水夫』には小説という形式のもつ具体的な詳細がたくさん詰まってはいる。しかしこの小説の本質的なことは、多くの詳細を超えた、登場人物の社会からの「離脱という事実」を対象としていること、そして「手を触れ得ない愛」という小説の内容にかかわっている。『ジブラルタルの水夫』には、社会から〈離脱した〉三人の人物たち――ジブラルタルの水夫と呼ばれる男、ジブラルタルの水夫を追跡する女、その女の追跡に同行するぼくという男（＝語り手）――が登場する。この三人の人物を繋ぐものは、ジブラルタルの水夫を追跡する女主人公の水夫に寄せる〈愛〉――「手を触れ得ない愛」だといえる。作者デュラスはその〈愛〉について次のように語っている。

「彼女［アンナ］の経験する愛はすべて、ジブラルタルの水夫の愛に対する期待のうちに登録されてゆくのよ」（デュラス、グザビエル・ゴーチェ『語る女たち』六七頁）

『ジブラルタルの水夫』以降の作品に描かれた〈愛〉は、〈愛〉のあり方において『ジブラルタルの水夫』の〈愛〉と「類縁関係にある」とデュラスは語っている。〈経験する愛〉は、それを包括するかたちで〈愛に対する期待に登録されてゆく〉ということ、そしてそこから〈愛〉の認識が培われるということ、そのことにデュラス的な〈愛〉の物語の包含する抽象性の秘密は由っている。『ジブラルタルの水夫』の女主人公アンナの「経験する愛」は、〈ジブラルタルの水夫〉にたいする〈期待〉であるところの〈愛〉に登録されてゆく。アンナは、その〈期待〉としての〈愛〉に限りなく開かれて、〈憧《あくが》れ出る〉という在り方を物語の最後まで持続する。

デュラス的語彙〈憧《あくが》れ出る〉は、『ジブラルタルの水夫』においては、なによりも人物たちの性格づけと直截に結びついている。女主人公の〈愛〉の対象である男性人物は、ジブラルタルの水夫と呼ばれ、固有名詞はもっていない。〈水夫〉とは、船に乗り込み仕事をする船員であるが、いわば常に船上に在って移動する境遇に身を置く者を意味する。〈憧《あくが》れ出る〉ことは水夫の常態なのだ。この水夫を船で追跡する女主人公アンナは、やはり船上生活者として移動することをもって存在している。水夫が移動することを止めない以上この女主人公にも移動停止はあり得ない。彼女も常に〈憧《あくが》れ出る〉態勢で存在している。そして三人目の人物ぼくは、「人生を変えること」を志している。ぼくは、夏のヴァカンスのさなかイタリアで、水夫を追跡するアンナと出逢う。ぼくはすべてを捨てて、アンナの追跡の旅に同行することを決意する。このぼくも〈憧《あくが》れ出る〉ことに存在を賭する人物だといえる。小説の語り手を担うこのぼくは、ジブラルタルの水夫、そして水夫を追跡する女主人公の二人の人物の在り方に共感し、二人の人物の物語を語ることに存在の喜びを覚える重要な人物である。

この三人の人物の性格づけは、そうした抽象的な紹介のし方だけですでに充分尽くされている気がする。とはいえこの人物たちは、現実の時空間に存在することから免れているわけではない。彼らは、具体的な時——第二次大戦後二年目の夏のヴァカンスの時期に端を発する——と、具体的な場所——終戦直後のイタリアに始まり、ヨーロッパからアジア、アフリカを含む——とを背景に生きて動く。三人の人物の背負う日付と場所は、人物の形象に重要な意味をもっているはずである。

小説のはじめ、ぼく（＝語り手）は、夏のヴァカンスに、生活を共にする女性ジャクリーヌとイタリア旅行に出る。「植民地省」の「戸籍係」を「八年」勤めるぼくは、レジスタンスの頃には「政府と一緒にヴィシーにいた」こともあり、そこで「ユダヤ人のために偽の戸籍謄本を作った」過去がある。そして仕事がいやになっている「三十二歳」のいまは、病を口実にしたりして仕事をさぼっている。そんなぼくは、「受胎告知」の絵の触発したなにかによって「理性」を狂わせられる。そして、「戸籍は、終わりだ」と口にする。イタリアでの休暇も終わりに近づいた頃、ぼくはジャクリーヌと「汽車」に乗ってフランスに帰ることをせず、イタリアにそのまま残ることを心に決める。

「もし人生を変えることができなかったら、自殺しようと心に誓った。ぼくは二つのイメージから選べばよかった——汽車に乗る自分の姿と、死んでいる自分の姿との。ぼくは死んでいる自分を選んだ」(デュラス『ジブラルタルの水夫』五七頁)

〈人生を変えること〉という言い方は、デュラス的語彙〈憧《あくが》れ出る〉と直截結びついている。ぼくは、〈人生を変えること〉を選ぶと、ピサからフィレンツェへと運んでくれた運転手から聞いていた一人の「大金持ちのアメリカ女」——「とびっきり美しい」女で、「海岸のまん前に美しいヨットを碇泊させていた」——に会いたくなる。アメリカ人の夫から莫大な財産を譲り受けたこの女主人公は、「ジブラルタルの水夫」というかつての恋人を探してヨットで航海をしている。ぼくはこうして〈憧《あくが》れ出る〉ことばかりを想うようになる。

「船に乗って出発したいという欲求。それは食事のはじめからぼくがとりつかれた固定観念——つまりその日のぼくの酔っぱらい方だったのだ。

ぼくは船のこと、それに乗って出発することしか考えなかった。〔……〕ぼくは海に浮かんだ白い船体を見た。戸籍係はぼくの人生から消え失せていた。

ぼくは品位と労働のなかでの幸福の世界と縁を切ったのだ。要するにぼくはもう自分自身の運命にしか責任がなく、今後ぼくの行為は自分だけにしか関係がないわけだ」（デュラス『ジブラルタルの水夫』七二頁、七三頁、七九頁）

作者のことばに拠ると、ぼくは「責任」から解放されて「社会からの離脱」を志したということになる。ぼくはそうして「美貌」と「ヨット」とに魅かれて、アメリカ女との出会いの場へと導かれることになる。ぼくは、そのアメリカ女と共に船に乗って〈憧《あくが》れ出る〉ことを確信する。小説の第一部は次の一節で終わる。

「ぼくが望むなら、ヨットで出発できるだろう。千に一つのチャンス。ぼくはそれを手に入れたのだ」（デュラス『ジブラルタルの水夫』八二頁）

第二部は、ぼくとアメリカ女――「まるで本に書いてあるみたいに話す」――とが交わす移動する船上での会話を軸に物語は展開してゆく。アメリカ女の境遇にもぼくと同じく具体的な詳細がある。――ピレネー地方でカフェ兼タバコ屋をやっていた父の家を出て、十九の年にパリへ出る。やがてマルセイユで「ヨット」の給士係として働き、ジブラルタルでその「ヨット」に避難して来た一人の水夫に魅惑される。外人部隊の脱走兵である水夫はアメリカの大金持を殺した犯罪者。水夫は「ヨット」の乗組員として六ヶ月船で働くと上海で船を降りたまま行方不明になってしまう。アメリカ女は、「ヨット」の持ち主であるアメリカ人男性との結婚や、水夫との再会を経て、いまなお水夫を探して旅行をしている。アメリカ女の発話には、彼女の生きた体験によって育まれた深い〈知〉を思わせる断章が多く含まれている。

「『人生を変えることは、とてもむずかしいのよ。』」（デュラス『ジブラルタルの水夫』一〇九頁）

「『あなたは何を待ってるのかしら』
『ぼくにもわからんよ。みんな何を待ってるんだろうね？』
『ジブラルタルの水夫よ』と彼女は笑いながらいった」（同書、一三〇頁）

「『あの人［ジブラルタルの水夫］は、世間の恥みたいに思われながら、子供みたいな目で世間を見ているんだもの、みんなが彼を愛せるはずよ……』」（同書、一五一頁）

「『あたし彼に会う瞬間より先のことは考えられないのよ。彼があたしの前に現われる瞬間より先のことは』」（同書、一六三頁）

第二部は、地の文に対して会話の占める割合が多い。なかでもアメリカ女ことアンナの発話が重要な役割を担っている。ここに引用したアンナの発話はそれぞれ〈憧《あくが》れ出る〉ことと深いかかわりをもっている。アンナはぼくに、〈人生を変えること〉のむずかしさを忠告する。アンナは、〈憧《あくが》れ出る〉の含意する現実を離脱することの困難を告げているのだ。

アンナは、ぼくの〈待つ〉ものはジブラルタルの水夫であると言う。アンナとぼくの、把握不可能なジブラルタルの水夫を追跡するための移動は、レヴィナスの『時間と他者』のなかの言説を想起させる。

「常に他であり、常に近づき得ず、常に来るべき何ものかとの戯れ」（レヴィナス『時間と他者』九一頁）

デュラスの女主人公たちは、「《恋そのものを恋する》」（『ヒロシマ、私の恋人』）志向をもち、たとえば『かくも長き不在』の女主人公テレーズ・ラングロワが負わなければならなかった永遠の追跡という存在のし方から逃れることはできない。

ジブラルタルの水夫とは、実際この人物の負う現実にかかわる詳細を超えている。彼は、いわば無頼の輩であり、陽の光の下においては日蔭の存在にしかすぎない。しかし、「燃えるようで、内心の乱れ」を秘めた「まなざし」によって抽象的に性格づけされた水夫こそ、一人の女性の〈愛〉

――純粋な〈愛〉を受けるにふさわしい人物なのだ。ジブラルタルの水夫は、「国境」を嫌い、「定住地」をもとうとはしない。

「船が接近すると、彼の姿が波止場に見えるような気がする、だけど陸へ上ると、もういないんだな」(デュラス『ジブラルタルの水夫』一八九頁)

〈ジブラルタルの水夫〉とは、詮じ詰めれば把握不可能な何者かなのだ。デュラス的語彙〈憧《あく》《が》れ出る〉は、ここでは把握不可能な何かに向かって漠然と憧れ出て行く情動を意味している。この一節に見る水夫像は、たとえば『かくも長き不在』のテレーズ・ラングロワの追跡する、移動を常態とする〈浮浪者〉、そして旅をして日用品を売り歩く『辻公園』の〈旅商人〉を直截に想起させる。この〈浮浪者〉と〈旅商人〉の原型――〈憧《あく》《が》れ出る〉定位に留まる人物、つまり場所を所有することに固執しない人物の原型を求めるとするなら、それは〈ジブラルタルの水夫〉と呼ばれる人物にちがいない。デュラスは、場所をもたない人物の生に作家自身の生を重ねて「さすらいの人生」と語っている。

「そのころ[ヴェトナムでの幼い頃]から、わたしはいつもひとつの場所を探していた。[……]言うなれば、さすらいの人生ね。[……]ユダヤ人のようにさまよいながら、わが身とともに連れ歩いたものすべては、遠くにいる、不在であるという事実によってさらに強力になりました」（デュラス『私はなぜ書くのか』一八頁）

デュラス的語彙〈憧《あくが》れ出る〉は、デュラス的な人物形象における抽象性、そしてその人物を主人公として展開される物語の含む抽象性と深いかかわりをもっている。その抽象性は、『アガタ』（一九八一年刊）という作品のなかでは明白なかたちで浮き彫りになる。『アガタ』には、〈憧《あくが》れ出る〉が多用されている。

『アガタ』は戯曲形式をもつ作品で、二人の人物（兄と妹）のせりふ（発話）と卜書（作者自身のことば）によって構成されている。デュラス的語彙〈憧《あくが》れ出る〉は二人の人物の発話のなかで繰り返し用いられている。『アガタ』は、デュラスの作品では例外的に〈冬〉の季節が背景になっている。〈冬〉は、「寒く（……）日が短くてどこに行けばよいかわからない」（『かくも長き不在』）季節である。それに対して〈夏〉は、「自由」な季節、つまり「憧《あくが》れ出る」季節である。〈冬〉の日に、別々の場所から、かつて〈夏〉の日日を共に過ごした別荘を、兄と妹は訪れる。「発つ・行く・旅に発つ」の語に置き換えられた〈partir〉は、二人の人物の交わす冒頭のシーンから数ページのなかで十数回用いられている。

「男　あなたはいつも、この旅行のことを話していた。いつもそうだった。おそかれ早かれ、いずれぼくらのうちのどちらかが発つことになる。いつもそう言っていた。
男　〔……〕
〈いずれは、発たなければいけないわ〉と、あなたは言っていた。思い出してくれ。
女　わたしたちはいつも、どちらかが行ってしまうってことを話してた。〔……〕いつのまにか、わたしの方があなたの前から消えることになっていたわ。
〔……〕
女　〔……〕わたしたちは、一緒に旅に発つ人間、誰でもいいだれかじゃなくて、ちゃんと名前を持った人を決めたはずだった」（デュラス『アガタ』七四頁、七五頁、七六頁）

「男　こんなふうに言うこともできたはずだ。〈発ちます。来て。わたしは発ちます〉（間）〈来て。わたしは発つから。あなたと別れるのだから。発つのだから〉
女　いいえ、違うわ。発つ前にもう一度会いたい、と言ったつもりではなかったわ。〔……〕会いたかったのよ。ただそれだけよ。あなたに会いたかった。そして、その後あなたの前から消えよう、と思っていたのだわ。その後すぐ。たとえば、あなたに会ったその瞬間に」（同書、八〇頁）

「男　（ごく低い声で）行ってしまうのに、まだぼくを愛しているのか？

〔……〕

男　愛し続けるために行ってしまうのか?

女　（ゆっくりと）わたしは行くわ。このすばらしい苦痛の中で愛し続けるために」（同書、九三頁）

『アガタ』において〈partir〉は、こうして二人の人物の会話に多用されている。その〈partir〉をここで〈憧《あくが》れ出る〉に置き換えることはできない。「発つ・行く・旅に発つ」に置き換えられた〈partir〉は、移動というよりは、目的地をもたないあてのない移動にたいする想念・情動をあらわすといえる。女と男は、内的な想いをそれぞれ口にする。実際〈partir〉を多用する作者の意図は、二人の人物が移動を志向するその瞬間の定位に留まるという存在のし方を語ることにあったのではないかということを思わせる。移動を志向する瞬間の定位には、時間の瞬間性が刻まれている。そしてその定位に留まるという存在のし方には、截断された瞬間で構成される時間の持続性が不可欠となる。つまり、『アガタ』で〈partir〉を口にして〈partir〉を志向する在り方は、瞬間性に殉ずることなく瞬間性を維持しようとする困難な――不可能ともいえる――存在の定位をあらわしているといえる。デュラス的語彙〈partir〉には、瞬間性に身を投じたいという情念のきらめきと、その瞬間性に殉ずることのできない苦悩とが籠められている。

ところで戯曲形式をもつ『アガタ』（一九八一年刊）は、デュラス監督により映画化されている。デュラスは、映画関係者の協力を得て作られた「モントリオールのデュラス」に収められた、「一九八一年四月八日の記者会見」の見出しをもつ文章のなかで、『アガタ』に描かれた〈愛〉の秘密について語っている。

「『アガタ』は幸福についての映画です。なぜならそれは近親相姦についての映画なのですから。それはけっして終わることのない、どのような解決も見出せない、生きられることのない、生きられない、禁じられた、宿命的な不幸というにとどまる愛です。〔……〕――でもそれは場所をもつことのできない愛です。それは場所をもっていません。〔……〕『アガタ』の登場人物の男は、もともと私の人生、私自身の人生に由来しています。私は兄を亡くしました。〔……〕私は兄を愛し、兄は私を愛していたと少しずつ思うようになったのです。〔……〕私はムージルの『特性のない男』、二〇〇〇ページを読みました。去年のこと、私はひどく体調を崩しました」(M.Duras,Marguerite Duras à Montreal, p.18 ~ p.20.〔デュラス「モントリオールのデュラス」一八頁~二〇頁〕拙訳)

ここに引用した箇所には、『アガタ』というよりは、デュラスの文学の本質にかかわる秘密が語り出されている。〈終わりのない幸福な愛〉――それは作家が繰り返し描いた〈愛〉のかたちそのものにちがいない。〈終わりのない幸福な愛〉は、〈永遠の愛〉であり、禁忌の〈愛〉を描いた『アガタ』のような作品以外にも見ることができる。ここでデュラスの語る「兄」とは、下の兄のことであり、『愛人《ラマン》』に登場する「下の兄」という人物のモデルと考えられる。『愛人《ラマン》』には、「下の兄」にたいする深い愛が語られている。

「わたしが彼［下の兄］に抱く非常識な愛情は、わたしにとってうかがい知れぬ神秘のままにとどまっている。いったいなぜ、彼の死ゆえに自分も死んでしまいたいと思うほど彼を愛していたのだろう。〔……〕わたしは永遠に彼を愛している、〔……〕」（『愛人《ラマン》』一七五頁）

わたしはフランス、そして下の兄はインドシナと「十年来」離れて暮らしていた。下の兄の「死」によって「永遠に彼を愛している」ことをわたしは思い知る。『アガタ』に描かれた兄と妹の禁じられた愛の物語には作者自身の下の兄に寄せる想いが反映されているといえる。『アガタ』においては、死ぬことなく生きのびた兄と妹が、出会いの短い時間にどこか出口を求めて〈partir〉を口にする。

デュラス的語彙〈partir〉は、「《魂の漠然とした憧れ》」（『ヒロシマ、私の恋人』）を抱く人物たちの〈憧れ《あくが》〉に心ゆくまま身を委ねる心的情態を意味しているといえる。現実《いま・ここ》からの離脱の時間は、しかし長く持続することはない。そういう意味において〈partir〉は、持続する長い生の時間に瞬間性を刻印する機能をもつ語であり、デュラス的な愛——〈終わりのない幸福な愛〉が人物に負わせる不幸という幸福を含意する語だといえる。

デュラスの小説『大西洋の男』（一九八二年刊）には、あなたと呼ばれる男性人物の〈partir〉の瞬間の定位を撮影するわたし（＝語り手）という人物が登場する。この作品は、デュラス監督によって映画化されているが、〈partir〉の瞬間の時間は、空無というかたちでスクリーンに映し出される。

「あなたは出て行ったという状態に留まった。そしてわたしはあなたの不在を映画に撮った」（M.Duras,L'homme atlantique ,p.22.〔デュラス『大西洋の男』二二頁〕拙訳）

『大西洋の男』には、わたしという映画監督でもある女主人公が、あなたと呼ぶ人物の〈partir〉の瞬間を捉えようとする意図が明白なかたちで語り出されている。わたしは、出て行ってしまうあなたを失うことは自己の存在の基底が揺るぐほどにも堪えがたい。が、わたしは、その人物を失う瞬間を映画に撮りたいという意図を抱き、それを実践する。そしてその人物が〈partir〉して不在となるや、わたしは作家として書き物に向かう。

「あなたはいない。

あなたが出て行くと同時にあなたの不在が訪れた。その不在はつい今しがたまでのあなたの存在のように映画に撮られた。

あなたの生は遠くに在る。

あなたの不在だけが残された。〔……〕

あなたはたしかにどこにもいない。

〔……〕

昨夜あなたが出て行ってしまった後、わたしは庭に面した一階のこの部屋に来た。そこでいつも六月という悲劇的な月を過ごす。六月は冬への道を開ける。

わたしは家を掃除した。わたしは自分の葬儀を控えてでもいるかのように隅隅まできれいにした。すべてのものは生の痕跡を洗い流され、黴を消して空になっていた。そうして、わたしはつぶやいた。終わりかけている愛の幻影から抜け出すために書きはじめようと。〔……〕

そしてわたしは書きはじめた。

〔……〕

死ぬことに替えてわたしは建物の庭の小高い所へ行った。そして、なんの感情も覚えず大きな声でその日の日付を言った。それは一九八一年六月十五日月曜日だったと。あなたはひどい暑さのなか永久に出て行ったと。そう、今度はあなたは二度と帰らないと思うと。

　わたしはあなたが出て行ったことに苦しんだりはしないと思う。すべてのものはいつもと変わらずにそこにあった。木々、薔薇の花々、庭の小高い所から家の方へと過《よぎ》る日影、時間に日付、そしてあなたは、あなたはいなかった」（M.Duras,L'homme atlantique,p.15,p.17,p.18,p.19,p.20.〔デュラス『大西洋の男』一五頁、一七頁、一八頁、一九頁、二〇頁〕拙訳）

わたし（＝語り手）は、あなたが家を出てどこかへ〈出て行く〉その瞬間の時間を把握し、その瞬間の時空間を撮影しようとする意図を抱いて映画を撮っている。その映画制作に携わるわたしは、あなたと呼ばれる人物を愛している。その人物は、〈出て行く〉志向をもつ人物であり、撮影現場からも私生活にかかわる家からも離れてどこかへ出て行ってしまう。わたしは、作家でもあり、映画監督でもある。そしてあなたという人物は、俳優でもあり、私生活上のパートナーでもある。わたしとあなたには、デュラス自身と、そのパートナーであったヤン・アンドレアの影が色濃く投影されていると思われる。が、わたしは、撮影するわたし、書くわたしを自己客体化する視座をもち、自己を語り、書き物に向かう。

この作品で興味深いのは、わたしは、あなたが〈出て行く〉ことによって「死」を想うほどに打撃を受けているにもかかわらず、「死」を想いながらも、「書く」ことによって再生の道を力強く切り開いていくことである。わたしは、「書く」ことにより存在の均衡を保つ。そしてわたしは、〈出て行く〉人物を観据えながら、〈出て行く〉瞬間の時間と、その直後のその人物の〈不在〉の時空間、いわば〈空無〉の時空間を把握するという意図を抱いて書き物と映画を創る。あなたと言う人物の〈不在〉は、作家には創作の契機を与えたことになる。

デュラス的語彙〈partir〉は、日本語に置き換えることのむつかしい意味を含んでいる。〈出て行く〉・〈旅に出る〉と置き換えたとして、〈憧《あくが》れ出る〉という内的情動をあらわすことはできない。現実からの離脱を欲求する〈憧《あくが》れ出る〉志向は、相対的な問題を超えた、存在そのものにかかわる根源性を内に抱えている。

2　春の倦怠《アンニュイ》

デュラス的語彙〈憧《あくが》れ出る〉は、〈眺める〉・〈待つ〉という存在のし方で持続する時間に堪えかねるようにして内的に湧出する情動を含意する。デュラスの描く女性人物は、〈春〉も闌ける頃になると、〈ennui〉の情態に陥ってはもの思いにふけるようになる。桜の花の咲く〈春〉の季節の触発するその〈ennui〉は、彼女たちを現実から離脱させるほどに深い苦悩の淵に落とし入れる。しかしその春の〈ennui〉においてこそ、彼女たちの生命の泉が内奥から湧出するといえる。〈憧《あく》れ出る〉という情動は、その生命の泉そのものといえる。〈春のennui〉、それは〈春の過剰性〉の問題を包含する。

フランス語の〈ennui〉は、〈心配・不安・困惑・倦怠・退屈・憂愁・憂鬱〉の意味をもつが、古くは〈悲痛・悲嘆〉の意味をもち、「愛する人の死・愛する人の不在・希望の喪失・何かしらの不幸に起因する魂の苦悩・時間の経過によってしか消失することのないもの」(『リトレ』拙訳)をあらわす語として用いられていた。デュラス的語彙〈ennui〉は、第一章3〈つれづれの眺め〉で扱った、日本語の古語〈つれづれ〉の意味――「物事がいつまでも変わらず、長長しく続くさま。心に求めるところが満たされずに、そのまま続くさま」により対応すると思われるが、現代語では〈倦怠・退屈〉に置き換えることができる。

デュラス的語彙〈倦怠〉は、〈眺める〉・〈待つ〉・〈憧《あくが》れ出る〉のデュラス的語彙三語と関連するといえる。――〈倦怠〉の情態において〈眺める〉・〈待つ〉という存在のし方が顕在化し、そうした存在のし方に堪えかねるようにして〈憧《あくが》れ出る〉という情動が湧出する。〈眺める〉と〈待つ〉は、時間の持続性を、〈憧《あくが》れ出る〉は瞬間性を含意する。

デュラス的語彙〈倦怠〉は、初期の小説『静かな生活』(一九四四年刊)において多用されている。この小説では内的独白の形式が多く用いられ、〈倦怠・退屈〉は女主人公の独白のなかで用いられている。小説の第二部において、主人公は、家族のもとを離れて、ひとりで旅に出る。その旅先で彼女は思いのままに独りもの思いにふける時間をもつ。そして現実《いま・ここ》から離脱した問い――〈自分とは何か〉・〈時間とは何か〉・〈倦怠とは何か〉といったことをめぐる観想に没入してゆく。

「私が退屈しないのは不思議である。私は退屈するとは思わない。退屈は遠くにあって、はっきりとしない。いずれ退屈することはすでにわかっている。だがその前に、退屈の居場所を掘ることが必要になる。

私の人生は、あの沼地のようなものなのである。そこでは、いくら私がからだを動かしても、いつも同じ倦怠のざわめき以外のものを産みだした覚えがない。ニコラを失った苦痛をいくら誇張したところで。

私の死の白き燈台よ。〔……〕私はあなたに可愛い弟を与えた。可愛い弟の松明《たいまつ》を。あなたは彼を完全に焼き尽くした。ところが私の方は倦怠の沼地のなかで相変わらず健康そのものである。

倦怠に対してはどうしようもない。私は退屈している。けれどもいつの日か私はもう退屈しないだろう。もうすぐだ。それがたいしたことでないのを知るだろう。私は静かな生活を送れるだろう」（デュラス『静かな生活』一四一頁、一九二頁、一九三頁、二三二頁）

女主人公の私は〈倦怠〉に浸される自己の胸の内を内省的に語る。二十代の女主人公フランシーヌは、〈倦怠〉を生きることをひとつの存在のし方として捉えようとしている。〈倦怠〉は、孤独な境地において感覚されるものであり、長く持続する生の時間に堪えることを強いられる人間が、存在そのものの苦悩として引き受けなければならないものだということを彼女は自分に言い聞かせている。〈倦怠〉をめぐる独白は、内的対話性をもった独白だといえる。

デュラス的語彙〈倦怠〉は、第二作『静かな生活』のなかで多用された後、内的独白の消失と相関するように多用されなくなる。しかし〈倦怠・退屈〉は、『静かな生活』を継ぐ作品においても作中のどこかに嵌め込まれて、デュラス的なるもののひとつの徴を刻むものとして抽象的な陰影を醸す機能をもっている。

「それまで彼らのものではなかった何かを引き出して、それを、平原のうちの、塩に満ちたこの片隅にまで、倦怠と苦難に満ち満ちた三人のところまで運んで来ることができる」（デュラス『太平洋の防波堤』五頁）

「倦怠というのは、それから脱け出すことのできないもんなんですよ」（デュラス『タルキニアの小馬』一三一頁）

「きみは、男たちに、一人の女を知りたいという不意な欲望を感じさせるような、そんな様子で退屈していたのさ」（デュラス『ヒロシマ、私の恋人』四五頁）

「彼女［ロル・V・シュタイン］は、のんびりとした倦怠感をもって、〔……〕穏やかさの権化《グロワール》みたいだったけど、〔……〕無関心の権化《グロワール》でもあって〔……〕心ここになかったってことかな？」（デュラス『ロル・V・シュタインの歓喜』八頁）

「退屈するかしないかは個人的な問題で、はたからどう助言したらいいかよくわからないことですね」（デュラス『インディア・ソング』九三頁）

「『倦怠がある形体を採ると……』とステーンが言う〔……〕『たとえば時間表みたいな形体をとって、倦怠は感じられなくなる』とステーンは言う。『感じられもせず、名づけられもしない場合、倦怠が思いもかけないいろんな道を選ぶこともありうる』」（デュラス『破壊しに、と彼女は言う』一三六頁、一三七頁）

デュラス的語彙〈倦怠・退屈〉は、短い発話や描写などのなかで重要な意味と機能をもって用いられている。ここに引用した文中の「倦怠・倦怠感・退屈する」には、初期の『静かな生活』で多用されている〈倦怠〉以上に深い抽象性が包含されている。たとえば『ヒロシマ、私の恋人』の日本人男性の発話に用いられている「きみは、〔……〕退屈していたのさ」といういい方には、二人の男女の〈恋〉の契機の秘密が隠されている。そして、『インディア・ソング』の女主人公アンヌ＝マリー・ストレッテルの発話——「倦怠（退屈）は個人的な問題である l'ennui, c'est **une question personnelle**」といういい方は、それが経験に先立つものであり、個人的なものであることを語っている。興味深いことは、アンヌ＝マリー・ストレッテルのさりげない発話に、〈……は……だ〉という認識と判断を含む理知的な表現が用いられていることである。

〈倦怠〉をめぐり引用した作品の女主人公たちは、いずれも〈倦怠〉に苦しむ人たちである。インドシナの平原に生きる富裕ではない人物であれ、映画女優であれ、子供の母・家庭の人として生きる人物であれ、インド大使夫人という西洋の富裕な階級に属する人物であれ、ひとしなみに〈倦怠〉に苦しみ〈倦怠〉を糧に存在の均衡を保っている。「階級の特権」としての〈倦怠〉は、デュラスの時代においてはもっぱら西洋の特権階級に属する問題であったともいえるが、作家は、それを遍在する問題として捉えているようだ。

たとえば『夏の雨』の「失業」という境遇にある母親と呼ばれる女主人公も、「過剰な春」に苦しむ人物の一人である。

「ときどき両親は、町の中心街へ行ったあとでなくても、突如として部屋に閉じこもることがあった。〔……〕エルネストは、五月で春になったせいだろうと言った。〔……〕満開の桜、この過剰な春こそ、母親に言わせると、耐えがたいもの、見たくもないものになってしまうのだ。彼女を悩ませるのは、春がめぐってくるということ自体だったのだ。〔……〕母親は咲いた桜を罵倒した」（デュラス『夏の雨』七四頁）

「過剰な春」とは過剰な生の湧出する季節を意味する。デュラスの小説の多くが、この「過剰な春」、ときに「過剰な」夏を時間的背景として展開することの秘密は、過剰な生の湧出とかかわりがあると思われる。〈恋〉も〈花〉も過剰な生の湧出の徴にはちがいない。「過剰な春」に苛まれる母親——この女主人公は、七人の子供たちを育てながら、ジャガイモの皮をむいては、あらぬ方を〈眺める〉時間を享受し、「春」になると生の危機に直面する。

「非常に疲れてはいるが、それもおそらくたいしたことではあるまい。たぶん、春になったからだろう」（デュラス『ヴィオルヌの犯罪』一五頁）

『ヴィオルヌの犯罪』の女主人公クレール・ランヌについて語る夫ピエールの発話の一節である。この女主人公は、「春」になると「疲れ」を覚え、「ものを毀《こわ》したり」、庭に出て「考えごと」にふける。その「春」に、この人物は同居する家政婦——「大変太っていて、毎晩ぐっすり眠り、よく食べた」という——を殺害し、死体を切断して陸橋から貨物列車に投下するのだが、そのバラバラに投下された断片は、全体の復元を見ることになる。この女主人公は、〈倦怠〉に苦しみながらも、〈全体〉と〈断片〉、〈偶然〉と〈必然〉にかかわる問題を抱えていたと考えられる。いずれにしてもクレールの犯した殺害事件は、デュラスの作品中「春」に惹き起こされる「狂気」の最たるものである。

「貧窮ゆえの死。時と場所に関係なくばたばたと子供たちは死んでゆく。〔……〕地上にあふれる陽光。そして野原にあふれる花々。過剰でないものはいったいなんなのか?」(デュラス『太平洋の防波堤』三〇三頁、三〇四頁)

『太平洋の防波堤』の終わりに展開される女主人公シュザンヌの〈眺める〉というもの思いは、「過剰でないものはいったいなんなのか?」という大きな問いを提示している。この問いは、ヴェトナムとフランスの二つの文化体験をもつ作者デュラス自身が終生抱えていた問いだったと思われる。デュラスは、〈恋〉とは何かを考えながら、〈過剰〉でないものは何かを考えつづけたのではなかったか。〈陽光〉・〈花々〉そして〈恋〉、それらのものの包含する〈過剰〉をめぐる問いは、富める者にも貧しい者にも、ひとしなみに存在にかかわる本質的なものであると作家は考えていたにちがいない。〈過剰な春〉は、デュラスの女性人物たちに〈倦怠〉の情態を惹き起こし、他者から見ると「狂気」としか思えない振るまいに奔らせる。こうした人物たちの抱える内的な苦悩には、作家デュラス自身の抱える苦悩が投影されていると思われる。

「私は、私の時間をつぶすために映画を作る。もし私が、何もしないでいる力をもっていたなら私は何もしないでしょう。私は、何もしないでいる力をもっていないので映画を作る。他には何の理由もないのです」（M.Duras,《Note sur India Song》, Marguerite Duras, p.14.〔デュラス「インディア・ソングについてのノート」『マルグリット・デュラス』一四頁〕拙訳）

デュラスは、『愛』（一九七三年刊）を書いた後、映画制作を中心に創作活動を展開する。(1) その時期に書かれた代表的作品に、戯曲形式をもつ『インディア・ソング』があるが、その本の映画化を企図した契機に触れて、「時間をつぶすため」・「何もしないでいる力をもっていないので」と述べている。〈倦怠〉に苦しむ作家の内的な告白として読むことができる。〈倦怠〉は、作家にとって創造の糧であったといえる。そのことは、充溢の時ではなくむしろ〈倦怠〉という空白の時にこそ何かが、「形成される」という作家のことばを想わせる。

「あなたは不安定な虚空《こくう》に浮いてるみたいに静かで、口さえきかない。あなたは日々の流れをもはや認められないのだ。これから先どうやって生きてゆけばよいのか、何を作り出すのか、毎日の時間をどう過ごしたらよいのか、倦怠という苦役《くえき》をどう回避したらいいのかと自問しているのだ」（ヤン・アンドレア『マルグリット・デュラス』(2)）

デュラスの伴侶として過ごしたヤン・アンドレアの書いた本の断章である。私生活におけるばかりではなく、作家の文学・映画・演劇にわたる創造活動の現場に居合わせる機会をもったヤン・アンドレアは、「倦怠という苦役」と苦闘する一九八〇年代初め頃の作家の姿を伝えている。作家にとって「倦怠という苦役」は、しかし不幸な幸福であったにちがいない。〈倦怠〉の時は、創造の世界に独り飛翔する契機となる豊かな時間なのだから。

デュラス的語彙〈倦怠・退屈〉は、〈倦怠〉と苦闘する人物を文学作品のなかで描いた作家たちを想起させる。

「ボードレールの詩に見る ennui『アンニュイ』、や十九世紀ロシア文学に深く浸透している toska『タスカ』といったことばは、単に『倦怠』とか『憂愁』とか翻訳して済むものでではない。それは、ある文学をはぐくんだ時代全体をつつみこんでいる精神状況、そこに生きる人々のメンタリティなどの、ことばによる表出にほかならないから、容易には翻訳できないし、置き換えも不可能である。ボードレールにおける『アンニュイ』のように、そのようなことばが時代精神をあらわしていたり、ある詩人や作家の文学を貫く気風や特質を、集約的にあらわしていることも稀ではない」（沓掛良彦『和泉式部幻想』二四三頁、二四四頁）

これは、和泉式部の歌のことば「あはれ・憂し・憂き身・つらし・はかなし・つれづれ」について書かれた章の一節である。デュラス的語彙〈ennui〉は、たしかに「『倦怠』とか『憂愁』とか翻訳して済むものではない」といえる。〈ennui〉は、「存在性の基底」というより本質的なものを含意し、ある不穏な気分を触発する語だといえる。

ボードレールの詩における「ennui『アンニュイ』」は、「旅」そのものというよりは、〈partir〉への志向と繋がっている。ボードレールの『パリの憂愁』の詩編は、〈アンニュイ〉の気分に覆われている。

「何という恐ろしさ！　私は思い出す、思い出す！　そうなのだ、この荒れ果てた部屋、永遠の倦怠の宿るこの住処《すみか》は、これこそ私の住処《すみか》なのだ。」（ボードレール「二重の部屋」『パリの憂愁』[3]）

「これは倦怠と夢想とから発する一種のエネルギーである。」（ボードレール「不都合な硝子屋」『パリの憂愁』）(4)

デュラス的語彙〈ennui〉は、ボードレールの詩編に用いられている「一種のエネルギー」の源泉としての〈倦怠〉に繋ぐことができる。デュラスは「文学の使命」について問われ、「禁じられたものを言葉で表現すること。〔……〕もっとも偉大なのはやはりボードレールです。永遠に達するのに二十ほどの詩しか必要ありませんでした」（『私はなぜ書くのか』七〇頁）と答えている。「禁じられたもの」といえば、〈倦怠〉もまたそのひとつとして挙げられる。〈倦怠〉は現実《いま・ここ》に「あきあき」する現実離脱という症状、そして「実存そのものから脱け出したい」（レヴィナス）という志向を含意する語であるから。

ボードレールの〈倦怠〉について、マルグリット・ユルスナールは、「退屈や倦怠がダンディにとって当然の態度のひとつであったことは言うまでもありません。しかしボードレールはたんなるダンディを超える、よりすぐれた存在でした。自分の倦怠と苦悩とが本質的に形而上のものであること、そしてそれらが、不死の罪の退屈な眺めに由来することを彼は心得ておりました」（『空間の旅・時間の旅』(5)）と語っている。

ボードレールにおける〈倦怠〉は、旅という移動へと詩人を誘うものであったらしい。ユルスナールによるとボードレールは「旅を軽蔑した」[6]というが、ボードレールの詩編における〈旅〉は、移動を伴う〈旅〉というよりは、内的な〈旅〉を意味すると思われる。『パリの憂愁』を彩る〈倦怠〉の気分は、『悪の華』の詩編における〈旅〉への誘いを想起させる。

「されど真《まこと》の旅行者とは、旅立たんがために旅立つ人なり。
彼らは気球さながらの軽やかなる心を抱きて、
永遠に宿命より遁るることは能わずとも
何故かは知らず常に叫ぶ『いざ行かん！』と。」（ボードレール「航海」『悪の華』[7]）

この詩のなかの「旅立たんがために旅立つ」に用いられている〈旅立つ partir〉は、デュラス的語彙〈partir〉の含意する〈憧《あく》れ出《が》る〉情動を想わせる。デュラス的語彙〈partir〉は、〈旅立つ〉という語に置き換えることもできるが、〈出て行く〉にせよ〈旅立つ〉にせよ、当てのない内的移動を意味する。存在そのものの抱える問題として、〈lassitude 疲労・倦怠・無気力〉を考察したエマニュエル・レヴィナスは、ボードレールにおける「真の旅人」に言及して、次のように書いている。

「気だるさのなかで私たちは、〔……〕実存そのものから脱け出したいと思っているのだ。

辿るべき道もなければ行き着く先もない逃亡、それはどこかの岸辺に着くための逃亡ではない。ボードレールの真の旅人たちのように、旅立つために旅立つのだ」（エマニュエル・レヴィナス『実存から実存者へ』三三頁）

レヴィナスは、ボードレールの詩の「partir 旅立つ」に言及して、「partir 旅立つ」とは、「旅立つために旅立つ」のであり、「真の旅人」のそうした「旅」への思いは、「実存そのものから」脱け出すことへの思いだと書いている。ボードレールにおける〈倦怠《アンニュイ》〉は、フランス文学におけるある種の「気風や特質」とかかわりがあると考えられる。デュラス的語彙〈倦怠〉は、「時代精神」は措いて、少なくとも作家の文学を貫く「気風や特質」をあらわすものとして見ることはできる。

デュラスの『インディア・ソング』の女主人公は、「退屈するかしないかは個人的な問題で、はたからどうしたらいいかよくわからないことですね」と語る。この理知的な発話の主アンヌ＝マリー・ストレッテルは〈眺める〉人物であり、〈倦怠〉〈退屈〉に因って自死したともいえる。アンヌ＝マリー・ストレッテルは、〈倦怠〉〈退屈〉という存在のし方、そして優しい美によって男性人物ばかりではなく、ロル・V・シュタインのような女性人物をも魅惑する。彼女は、西洋の古都ヴェネツィアに生まれ、インドのフランス大使夫人としてインドに滞在中に海に入り自死する。デュラスの描く人物中自死するのは、この人物だけである。

「その優雅さは、〔……〕不気味なところがあったという。死んだ小鳥みたいにだらんとした艶《あで》やかさでその女が進んでくるのに見惚《と》れていた。ほっそりとした女だった。〔……〕彼女は陽気な、溌剌としたペシミズム、ほんのちょっとしたニュアンスとかひとつまみの灰ほどにも軽いにこやかな投げやりの外見を呈する〔……〕おのれに徹した果敢さ、〔……〕その果敢さのなんと艶やかなことよ。〔……〕もはやこの女性にはどんなことも、〔……〕なんにも起こりはしないはずだ。最期以外は」（デュラス『ロル・V・シュタインの歓喜』一一頁、一二頁）

これは『ロル・V・シュタインの歓喜』の冒頭の一節である。「女」・「彼女」とは、この小説にも登場するアンヌ＝マリー・ストレッテルを指している。この人物は、自分の娘とともにダンス・ホールに現われるのだが、瞬時にロル・V・シュタインのフィアンセであるマイケル・リチャードソンの視線を捉える。そしてそこに居合わせたロル・V・シュタインをも瞬時に魅惑する。フィアンセは、ロルを捨ててその女とともにダンスホールを後にする。ロルは、そのカップルに見とれる。アンヌ＝マリー・ストレッテルの「不気味」な魅力は、ボードレールの「不可思議な魅力」に似通う。

「第三の魔女については、私が一目見た瞬間に、不可思議な魅力を感じたと言わなければ嘘になる。この魅力を定義するには、色香の褪せようとしている美女の、しかもまだ老齢というのではなく、その美貌には心に沁み入るような、謂わば廃墟の魅力をとどめているのと、較べるより他に方法はないだろう。」（ボードレール「誘惑」『パリの憂愁』）(8)

『インディア・ソング』の女主人公アンヌ＝マリー・ストレッテルは、ボードレールの詩に描かれた魔女のもつ「不可思議な魅力」を秘めているといえるだろうか。この女主人公は、イタリアの沈みゆく古都ヴェネツィアの衰微の影を宿し、〈倦怠〉の風情で他者を惹きつける。デュラス的な出来事〈恋〉の契機は、そうした女性人物の醸す、衰微の優しい影と〈倦怠〉の風情に潜んでいる。デュラス的語彙〈倦怠・退屈〉は、こうして他者の視線を瞬時に捉えるある種の美との繋がりを思わせる。〈倦怠〉の風情を漂わせる女の醸す美は、過剰な生の発露ともいえ、花の咲く〈春〉という季節の過剰性と結びつく。〈春の倦怠《アンニュイ》〉は、いわば生の過剰性の問題を包含しているといえる。

デュラスの女主人公アンヌ＝マリー・ストレッテルの〈倦怠・退屈〉は、チェホフの『ワーニャ伯父さん』に登場する女性人物エレーナを想起させる。チェホフのエレーナは、自死することはないが、滅びへの志向を想わせる。この二人の女性は、〈倦怠〉の風情で男性を魅きつける。が、そうしたことによって自己の存在の均衡を保つことはできない。

デュラスは、チェホフの原作を削ったり、デュラスの解釈を付け加えたりもして、デュラスの

『かもめ』(9)と呼ぶにふさわしい作品を書いている。そのことは、何よりもデュラスとチェホフの深い縁《えにし》を物語っている。デュラスとチェホフをともに論じるのは、とりわけ演劇の分野においては目新しいことではないらしい。(10)

「エレーナ〔……〕あたし退屈で死にそうだわ。一体どうしたらいいんだろう。〔……〕

ソーニャ〔……〕(エレーナを抱きしめる)退屈はからだの毒よ。〔……〕あなたは退屈で、身の置き場もないご様子ですけれど、退屈がってぶらぶらしている人がいると、はたの人にまでうつるものなのねえ。〔……〕あなたは魔法使いよ、きっと」(チェホフ『ワーニャ伯父さん』)(11)

デュラス的語彙〈倦怠〉が、チェホフの女性人物たちの発話を想わせるのは、「退屈で死にそうだ」という〈退屈〉な女性エレーナの放つ魅惑が、デュラスの女主人公、とりわけ『ヒロシマ、私の恋人』の女主人公、そして『インディア・ソング』のアンヌ＝マリー・ストレッテルのもつそれに似通う点があることに由る。エレーナは、デュラスの女主人公たちに似て、「退屈」な女の触発する魅惑によって、夫以外の男性人物、ワーニャ伯父さんやアーストロフ先生といった男性たちばかりでなくソーニャをも惹きつける。エレーナ自身は、しかしそうした自分の魅力には無関心で、自己を肯定的に捉えることはできない。デュラスの女性人物たちもまた自分の「退屈」な風情の醸す魅力には無関心である。

「エレーナ〔……〕あたしは、心からあんた「ソーニャ」の幸福を祈るわ。だってりっぱにその値うちのある人なんだもの。〔……〕それに引きかえ、このあたしは、どこから見ても退屈な、ほんの添え物みたいな女なのよ。〔……〕ねえソーニャ、あたしほど不仕合わせな女はないと、つくづく思うの！」（同書、一四八頁）

エレーナは、「退屈な、ほんの添え物みたいな女」だと自己を省みながら、ソーニャというワーニャ伯父さんの姪の幸福を祈っている。それはやがて老いを迎え滅んでゆくわが身に引きかえ、未来の時間をもつ若い女性にたいする思いでもあれば、〈退屈〉さとは異質な健やかさをもつ女性にたいする思いでもある。チェホフは、世代と気質とを異にする二人の女性人物を通して、それぞれの人物のもつ対照的な生と優しさと美を描いている。

「ソーニャ　でも、仕方がないわ、生きていかなければ！（間）ね、ワーニャ伯父さん、生きていきましょうよ。長い、はてしないその日その日を、いつ明けるとも知れない夜また夜を、じっと生き通していきましょうね。〔……〕ワーニャ伯父さん、もう暫くの辛抱よ。

……やがて、息がつけるんだわ。……（伯父を抱く）ほっと息がつけるんだわ！」（同書、一九二頁）

ソーニャという優しくも健やかな女性のこの発話で『ワーニャ伯父さん』は終わる。ソーニャは、エレーナを慕い、エレーナの夫である教授の領地の経営に従事して生きてきたワーニャ伯父さんを慰めながら、自分に言い聴かせるようにして独白的に語る。ソーニャのこの発話は、デュラスの『静かな生活』の女主人公の独白を想起させる。

「倦怠が残っている。もはや倦怠以上に私を驚かし得るものはなにもない。〔……〕倦怠の底の底には、つねに新たなる倦怠の源泉があるのだ。ひとは倦怠によって生きることができる。〔……〕新たなる倦怠の発見がある。ひとは昨日よりももっと遠い地点から、その倦怠がやって来たことを発見する。〔……〕私は長い間、非常に長い間私の人生を保持するだろう」（デュラス『静かな生活』一九〇頁）

デュラスの女主人公「若い娘」フランシーヌの内省的な発話「ひとは倦怠によって生きることができる」といういい方に籠められた健やかな諦観は、チェホフのソーニャの「やがて、息がつけるんだわ」といういい方にも見ることができる。

デュラス的語彙〈倦怠・退屈〉は、こうしてデュラスの女性人物像とチェホフの女性人物像との比較の機縁をとりもつことになったが、チェホフのエレーナ像とデュラスのアンヌ＝マリー・ストレッテル像は、『愛人《ラマン》』に登場するベッティ・フェルナンデーズという女性人物の美しさを想わせる。

「彼女〔ベッティ・フェルナンデーズ〕は美しい、〔……〕彼女はヨーロッパ各地のさまざまな古着を身につけている、〔……〕彼女の美しさはそんなふうなのだ、引き裂かれ、寒そうで、咽び泣き、そして流謫の身にある、何ひとつとして彼女に合っていない、何もかも彼女には大きすぎる、それで美しいのだ。」（デュラス『愛人《ラマン》』一一一頁）

ここに描かれるベッティ・フェルナンデーズ像は、滅びゆくヨーロッパの美を想わせ、またそうした美に重ねてアンヌ＝マリーストレッテルやエレーナの美をも想わせる。デュラス的ないい方をするなら、その美は、時間の経過をそのままに露わにした美ということができる。そうした美は、ただ衰頽・衰微といういい方では捉えることのできない魅力を湛えている。

デュラスの女性人物たち、『インディア・ソング』の女主人公アンヌ＝マリー・ストレッテル、『愛人《ラマン》』のベッティ・フェルナンデーズ、そしてチェホフの『ワーニャ伯父さん』のエレーナといった女性人物の魅惑の秘密には、時間の経過にかかわる美の問題が潜んでいる。ある種の美は、健やかな相というよりは、時の移ろいかけた、あるいは時の移ろった相に宿るということができる。時の移ろった相にたいする美的感性は、日本の古典にも見ることができる。たとえば『源氏物語』の「御法の巻」に描出される死の間際にある紫の上の美しさなどはデュラス的な美的感性に似通う。(12)

さて、〈倦怠〉は、文学作品に登場する女性人物におけるばかりではなく、男性人物においても「存在性の基底」にかかわる問題であるといえる。デュラスと〈時代〉を共有するイタリアの作家アルベルト・モラヴィアは、『倦怠』という小説を書いている。この小説の主人公は、〈倦怠〉に苦悩しつづけるが、「絵」を描くことと、一人の女性にたいする「愛」によって存在の均衡を保ちつづける。そして最後に、「純粋に、愛することを学んだ」と思える境地に到達する。

「私は常に倦怠に悩まされていたことを思い出す。〔……〕倦怠とは一種の現実感の欠如、不充足、もしくは希薄な状態なのである。〔……〕倦怠による世界史を書こうともくろんだりしたが、〔……〕倦怠による世界史とは〔……〕倦怠のみが歴史の基盤であるというものであった。〔……〕まず太初には一般に混沌《カオス》と呼ばれている倦怠があった」(アルベルト・モラヴィア『倦怠』)(13)

モラヴィアの『倦怠』(一九八〇年刊)のプロローグの断章は、こうして主人公私の内省的な独白から始まる。〈倦怠〉に苦悩しながら〈倦怠〉について考察する主人公の態度は、デュラスの初期の小説『静かな生活』の女主人公の独白を想起させる。

「ひとは昨日よりももっと遠い地点から、その倦怠がやって来たことを発見する」（デュラス『静かな生活』一九〇頁）

デュラスの小説のこの詩的な断章は、モラヴィアの小説の「まず太初には一般に混沌《カオス》と呼ばれている倦怠があった」の一節に似通う。いずれの〈倦怠〉観においても、〈倦怠〉は、避けることのできない人間存在の基底にかかわる問題として捉えられている。しかし、その〈倦怠〉観は、社会的・歴史的な問題を考慮する視点をも包括する。『倦怠』の主人公私は、「ファッショや鉤十字《ハーケン・クロイツ》」に積極的に加担してゆくという行為から主人公を遠ざけたものは、戦意昂揚気分とは反対の「倦怠」という現実離脱の情態であったと語り、「私が金持ちであるから倦怠を感じるのであって、もし貧乏なら倦怠を感じることはないだろう」という考察をしている（『倦怠』九頁）。デュラスは、『トラック』のなかの登場人物の一人として、「悩みといえば物質的なものでしかない。悩みとは労働者階級の悩みのこと。この物質的次元に属する悩みだけが考慮に入れる価値がある。ほかの人たちの悩みは?」という問いにたいして、「ほかの人たちの悩み、そんなものは存在しない。階級の特権なのよ」（一三五頁）と語っている。モラヴィアもデュラスも、〈倦怠〉

が「階級の特権」に属する偏った情態であることを考慮しながらも、〈倦怠〉から脱け出すことのできない人間の存在にかかわる苦悩を書きつづけたといえる。モラヴィアは、ボードレールの「スプリーン（憂鬱）」に言及して、〈倦怠〉は「現実との関係の断絶」であると書いている。(14)最後にパスカルの著作『パンセ』には、〈倦怠〉について書かれた幾つかの断章がある。十七世紀の古典のその断章は、思索的ではあるが、重さはない。

「われわれの惨めなことを慰めてくれるただ一つのものは、気を紛らすことである。しかしこれこそ、われわれの惨めさの最大のものである。〔……〕それがなかったら、われわれは倦怠《けんたい》に陥り、この倦怠から脱出するためにもっとしっかりした方法を求めるように促されたことであろう。ところが、気を紛らすことは、われわれを楽しませ、知らず知らずのうちに、われわれを死に至らせるのである」（パスカル『パンセ』(15)）

パスカルに依ると、〈倦怠〉から逃れるために「気を紛らすこと」は、「死に至らせる」ことになる。それに照らすとデュラスの作品に描かれる女性人物たちは、「気を紛らすこと」なく〈倦怠〉の惹き起こす苦悩を引き受けているといえる。〈春の過剰性〉の惹き起こす〈春の倦怠〉は、彼女たちにとってはむしろ生の泉の湧出する源なのだ。〈倦怠〉によってこそ彼女たちは「死」に至ることなく生き存《なが》らえつづける。この〈倦怠〉は、しかし〈憧《あくが》れ出る〉という情態を惹き起こし、持続する時間の截断という存在の根源にかかわる現象を招くことになる。

3　憧《あく が》れ出《い》づる魂《たま》

日本語の古語〈憧《あくが》る〉は、「《心身が何かにひかれて、もともと居るべき所を離れてさまよう意。後には、対象にひかれる心持を強調するようになり、現在のアコガレに転じる》本来いるはずの場所からふらふらと離れる。さまよい出る。離れる。（何かにさそわれて）心がからだから抜け出てゆく。宙にさまよう。うわの空になる」（『岩波古語辞典』）、「さまよう。心がからだから離れる。そわそわする。うとうとしくなる。あることに心をひかれる。愛着する。浮かれ歩く。〈『あく（場所の意の名詞か）離《が》る』で、中世以後は『あこがる』。平安時代では、本来あるべき所から離れて行くことで、人が家を出て野山をさすらい、魂が肉体から離れてさまよい出る意などを表す〉」（『新選古語辞典』）の意味をもつ。

日本語の古語〈憧《あくが》る〉は、デュラス的語彙〈partir〉の意味と機能の探求に示唆を与えてくれる。デュラス的語彙〈partir〉は、〈出て行く〉・〈旅立つ〉と置き換えてもそれの含意する現実離脱への志向を汲むことはできない。古語〈憧《あくが》る〉は、〈さまよい出る・離れる〉の意味のもつ具体性と、〈心がからだから抜け出てゆく・魂が肉体から離れてさまよい出る〉の意味のもつ抽象性とを包含している。古語〈憧《あくが》る〉は、具体性と抽象性を含意する点においてデュラス的語彙〈partir〉に対応する。

ところで日本語の〈魂《たま》〉と〈心《こころ》〉とは似通う語ではあるが、意味は異なる。(16)〈魂《たま》〉は、人間の深部に潜む神話的で非物質的な何かを意味する。そして〈心〉は、人間の精神（知・情・意）の働きを意味しており、より人間的なものが含意されていると思われる。しかし〈魂《たま》〉と〈心〉は、いずれも外に向かう情意の発動を意味することばにはちがいない。〈魂《たま》〉と〈心〉を人間の生の時間に照らしてみると、〈魂《たま》〉は瞬間的な時間に、それに対して〈心〉はより持続的な時間に繋がるように思われる。

「民俗語彙で祖霊のことをミタマと呼ぶ。〔……〕祖霊は全体すなわち共同体を祭式的に体現するシンボルである。平安京になって魂と身体との二元論が目覚め、魂が身体からふらふらあくがれ出るという病理がしきりと経験されるようになったのは偶然でない。〔……〕個と全とを結ぶ古い共同体的紐帯は、古代都市平安京ではすでに解体に瀕していた。〔……〕精神史として、これは決して小さな事件ではない。そしてそういう魂の危機を身を以って感受した第一人者は和泉式部であったといえそうである」（西郷信綱『古代人と夢』）(17)

平安朝の歌や物語に「魂の危機」を表出する〈憧《あくが》る・憧《あくが》れ出《い》づ〉ということばが多く用いられ

たことは、この「精神史」を証すものであり、〈魂〉の「ふらふらあくがれ出る」という「遊散」の日常化が、〈心身の分離〉という人間の存在にかかわる事象に繋がったのではないかということを思わせる。

「『身』と『心』の対置は、万葉びとにとっては、まだことばの修辞の域を出なかった。〔……〕しかし、古今集時代に入ってからは、この両者のバランスがいささか安定を失して来たかに見える。〔……〕けだし『身』と『心』の分離が始まっているというべきではなかろうか。〔……〕もっとも、それとて時代が下り、古今集が規範化されるとともに、発想がパターン化して来る。〔……〕しかしながら、そうした傾向のなかで、独自だったのは、やはり女たちであった。〔……〕彼女たちの情況の重みが、『心』『身』二元の分裂の認識を、このことばのかたちに引き出したものとおぼしい。そして、それら［伊勢・大輔・源雅通女のうた］の延長上に紫式部や和泉式部のうたに見える、その分裂相克のあり方がやって来ることも、またいうをまたない」（野村精一「『身』と『心』の相克」『國文学』昭和五三年七月号、六四頁、六五頁）

「『身』と『心』の対置」から「『身』と『心』の分離」、そして「心身の分裂」という「認識」の深まりを示すようになり、やがて紫式部や和泉式部の歌において「分裂相克」のあり方が見られるようになったという経緯は、日本の文学史におけるひとつの出来事を語っている。その経緯は、〈魂と肉体の分離〉・〈心とからだの分離〉を意味する〈憧《あくが》る〉が、紫式部の散文のことば、そして和泉式部の歌のことばとして用いられ、その精華ともいえる跡をもっともよく刻印していることとかかわると思われる。「『身』と『心』の相克」の問題《テーマ》には、自己同一させることのできる頼みとするものをもたない、人の存在の孤独が直截反映されている。平安時代の二人の作家の散文のことば、そして歌のことばとしての〈憧《あくが》る〉は、瞬間的な〈魂と肉体の分離〉とそれを包括する持続的な〈心と肉体の分離〉、つまり「『身』と『心』の分離」という存在者の孤独と結びついている。

和泉式部は、「魂の危機を身を以って感受した第一人者」（西郷信綱）といわれる。日本語の古語〈憧《あくが》る〉の意味する〈心とからだの分離〉・〈魂と肉体の分離〉という情態は、〈自我〉——「すぐれて近代哲学的概念」としての——が、〈世界〉との間に〈裂け目〉を意識したときに噴出する「精神現象」（『新版フランス文学史』）としての近代のロマン主義に直截に結びつくわけではあり得ない。しかし、「思惟するもの」が、「疑い、知解し、肯定し、否定し、欲し、欲せず、また想像もし、そして感覚するもの」（『岩波哲学・思想事典』〈自我〉六〇七頁）であるとするなら、〈自我〉的なものは、〈自我〉と名付けられる以前からあり得たとも言い得る。それは〈恋《こひ》〉が〈時間や言語体〉を超えたひとつの心の現象であることを思わせる。

古語〈憧《あくが》る〉は、平安朝の紫式部の『源氏物語』にその用例を多く求めることができる。古語辞典〈憧《あくが》る〉の項には、『源氏物語』からの用例がもっとも多い。——「〔男ノ言葉ニ乗ッテ〕この山里をあくがれ給ふな（椎本）」・「物思ふ人の魂は、げにあくがるるものになむありける（葵）」（『岩波古語辞典』）・「忌み違ふとて、ここかしこになむあくがれ給ふめる（東屋）」・「すずろに心地もあくがれにけり（東屋）」（『新選古語辞典』）・「人を悪しかれなど思ふ心もなけれど、もの思ふにあくがるなる魂は、さもやあらむ、とおぼし知らるることもあり（葵）」（『例解古語辞典』）。また〈憧《あくが》れ歩く〉・〈憧《あくが》れ立つ〉・〈憧《あくが》れ惑ふ〉の用例においても『源氏物語』から引かれているものが多い。

〈憧《あくが》れ出《い》づる魂《たま》〉、それはまず『源氏物語』の〈夕顔〉の巻の詩情を湛えた短い描写を想わせる。

「いさよふ月に、ゆくりなくあくがれんことを女は思《(おもひ)》やすらひ、とかくの給ふほど、にはかに雲隠《くもがく》れて、明《あ》けゆく空いとお《(を)》かし」（紫式部『源氏物語　一巻』[18]）

女（夕顔）は、沈みかねている月に誘われるようにして、女の許に通い渡るようになった源氏の言葉に誘われて用意された車に乗り、夕顔の家にほど近いある屋敷に出かけて行く。「あくがれんこと」の〈あくがる〉は、〈浮かれ出て行く・さまよい出て行く〉の意味で用いられている。女は、荒れたその屋敷に着くと、心細い思いを源氏からの歌の返歌に託して詠む。

「山の端《は》の心も知《し》らでゆく月はうはの空にて影や絶《た》えなむ」（同書、一一九頁）

女は、歌に「かげや絶えなむ」（私は途中で消えてしまうかもしれません）と詠んだとおりに、「ものにおそはるる心地」してはかなく息絶えてしまう。「いさよふ月に、ゆくりなくあくがれんことを女は思《おもひ》やすらひ」の箇所に用いられている「あくがれんこと」の「あくがれ」は、〈本来いるはずの場所からふらふらと離れる〉ことを意味する。古語〈憧《あくが》る〉の含意する〈魂と肉体の分離〉・〈心とからだの分離〉の現象は、人の存在の不可思議を思わせる。人の存在の不可思議は、入りかねている月に誘われるようにしてあくがれ出て行くことをためらいながらも、源氏の誘いに身を投じてゆく女の心にかかわる。夕顔の詠んだ歌の趣は、和泉式部の歌のそれを感じさせる。

和泉式部集に〈魂〉の歌は、それほど多くはない。が、〈魂〉の歌と同じく現実離脱の情態を表出する〈雲〉の歌、そして〈風〉の歌は少なくない。

「なき人の来《く》る夜《よ》と聞《き》けど君もなしわが住《す》む里や魂《たま》なきの里《さと》（九四三）

わが魂《たま》の通《かよ》ふばかりの道もがなまどはむほどに君《きみ》をだに見《み》ん（五七一）

人はいさわが魂《たましひ》ははかもなき宵《よひ》の夢路《ぢ》にあくがれにけり（一三〇八）」

〈魂〉の「遊散する」情景を詠出する歌は、やはり「魂の危機」を感じさせる。〈魂〉の浮遊する歌は、〈雲〉と〈風〉の歌を喚ぶ。古語の〈雲〉は、「火葬の煙から死者を連想する。遥かなもの。地上の現実を離れたものをたとえる」（『新選古語辞典』）とある。そして和泉式部の歌ことば〈風〉は、この詩人の大空への志向をよくあらわしている。その志向は、〈憧《あくが》る・憧《あくが》れ出《い》づ〉の意味する〈魂がさまよい出る〉心的情態と繋がっている。

「西へゆく雲に乗りなむと思《おも》ふ身《み》の心ばかりは北へゆくかな（一五二六）

吹く風の音《おと》にも絶《た》えて聞《きこ》えずは雲の行《ゆ》くへを思《おも》ひおこせよ（三一〇）

いつまでか煙《けぶり》とならで風吹けば漂《ただよ》ふ雲をよそに眺《なが》めん（一四九八）」

和泉式部の歌ことば〈憧《あくが》る〉は、そうして〈蛍《ほたる》〉の歌においてこの詩人の個性をきわやかに刻むといえる。〈歌ことば〉――詩人の「存在性の基底を表出するという、より本質的な部分にふれた機能を持たされている」（野村精一「歌ことばのみちびくもの」）――によってのみこの歌は〈ことばのかたち〉に創り出されている。〈蛍〉の歌は、詞書《ことばがき》と返歌と解説を伴っている。

「もの思《おも》へば沢《さは》のほたるもわが身《み》よりあくがれ出《い》づるたまかとぞ見《み》る（『後拾遺和歌集』一一六二）」

この歌に言及した文章は枚挙にいとまがないほどあるにちがいない。それほどにこの歌は多くの人たちを魅了してきた。詩が仮にことばによる分析を拒むものであるとするなら、この短詩はまずそういう意味において、詩そのものだといえる。が、沈黙を惹き起こす作品は一方でまたことばを喚起させせずにはおかない。〈憧《あくが》る〉魂《たま》の歌はそういう歌の一首である。

「あくがれ出《い》づる」ということばは、現実《いま・ここ》から離脱しようとする情動を直截に表出している。そして、「あくがれ出《い》づる」と呼応するかのような〈見る〉は、浮遊する「たま」を取り戻そうとする能動性を含意している。「あくがれ出《い》づるたま」を「ほたる」の瞬く光に重ねて「見る」女性の姿を〈観る〉語り手の強靭な視座は、この詩人のもつ「自分の姿を自分の外に」見る（寺田透『和泉式部』三九頁）力を思わせる。――「作者の『自分』と、その『自分』を見ているもう一人の『自分』とが、一首のなかで、二重写しのイメージとなって、読者の目をまどわすのである」（清水文雄『王朝女流文学史』八八頁）・「男に忘れられてゆく自身を、広く人生の上に浮べて客観視し、その状態をあはれその物であるとして甘受してゐるのである」（窪田空穂『和泉式部』四九頁）。ここに指摘されている文学作品における〈自己客体視〉とは、厳密にいえば、三十一文字の独白的な短歌の形式においても、語り手（＝作者）が、作中人物に同一化しないで距離を置いて観ることをいう。〈あくがる〉歌におけるその語り手の視座は、「あくがれ出《い》づる」の触発する現実離脱への激しい情動に苦悩する女性の、「ほたる」を「見る」姿を観察する態度によくあらわれている。その視座は、熱い情動と冷めた知力とのせめぎ合いを包含するといえる。その二つのもののせめぎ合いにおいてこそ、〈あくがる〉歌は、ひとつの作品として、美として成立している。

この歌のもつ大きさは、詞書《ことばがき》（語り手《＝作者》の言葉）と返歌《へんか》（歌を贈られた人がその歌に応えてよむ歌）とを併せて読んでみるとより明白なかたちで浮き彫りになる。

「男《をとこ》に忘《わす》られて侍《はべり》ける頃、貴布禰《きぶね》にまいり《ゐ》て、御手洗川《みたらしがは》に蛍《ほたる》の飛《と》び侍けるを見《み》てよめる

もの思《おも》へば沢《さは》のほたるもわが身《み》よりあくがれ出《い》づるたまかとぞ見《み》る

御返《かへ》し

奥山《おくやま》にたぎりておつる滝《たき》つ瀬《せ》のたまちる許《ばかり》ものな思《おも》ひそ

この歌は、貴船《きぶね》の明神の御返《かへ》しなり、男《をとこ》の声《こゑ》にて和泉式部が耳《み、》に聞《きこ》えけるとなんいひ伝《つた》へ

たる」（『新日本古典文学体系　後拾遺和歌集』三七八頁）

和泉式部の「もの思《おも》へば」の歌は、「平安時代の危機的心象風景を一首のうちに圧縮した作」（西郷信綱[19]）であるという。詞書《ことばがき》・歌・返歌、それに解説をも加えて構成された、歌物語を想わせるこの箇所は、和泉式部の〈憧《あくが》る〉歌の魅惑とともに、「貴船の明神の御返し」とされる歌とその作者をめぐる問題に尽きない感興をそそる。仮に返歌の作者が「明神」ならぬ和泉式部自身であるとするなら、その歌の内容は、デュラスの小説の語り手における、〈瞬間性〉に繋がる〈女性性〉と、〈持続性〉に繋がる〈男性性〉との複雑な構造を想起させる。女性の歌の〈憧《あくが》れ出《い》づる〉の醸す瞬間的な激しい感情の表出と、男性の「声」で耳に聞こえたという歌の〈物な思ひそ〉（物思いにふけらない方がいい）という言葉のもつ、持続的に生き存《なが》らえることをさとす知的な優しさの表出とは、和泉式部その人の文学の形式におけるひとつの実践の跡と見ることはできないか。

――「『玉ちるばかり物な思ひそ』の神詠は夢中の告げとして得られたものに相違あるまい。事実上はむろん和泉式部の夢中の作ということになろうが、それはあくまで貴船明神の神詠なのである」（西郷信綱[20]）・「実際には彼女の作であっても、和泉自身はあくまでそれを神詠として意識し、そう記したのである」（沓掛良彦『和泉式部幻想』一二〇頁）――ここに提示された捉え方は、「物な思ひそ」と女の歌に返した〈貴船の明神〉とされる〈男〉の歌の作者を和泉式部とするものである。和泉式部の〈憧《あくが》れ出《い》づる魂《たま》〉の歌を、そうした視点から、詞書《ことばがき》・歌・返歌と読んでみると、和泉式部という詩人の大きさ《スケール》が浮き彫りになってくる。

和泉式部が、語り手として、〈男の声〉を設定し、その歌を詠むということを構想したその意図は、語りの〈持続性〉を男性性に、そして〈瞬間性〉を女性性に託して物語を編み出す手法を考えたマルグリット・デュラスという作家の意図を想わせる。デュラスの『インディア・ソング』においては、「物語の外に位置する声」――「二人の若い女性の声」と「二人の男性の声」――が、女主人公アンヌ＝マリー・ストレッテルの〈恋〉の物語を語るという設定になっている。物語の語りを統括するのは「男性の声4」である。――「声4は、すべての声のうちで、物語の忘却度がもっともすくない声である。それは物語をほとんど隅から隅まで知っている」（『インディア・ソング』一二一頁）。「男性の声4」は、「非論理的で秩序を持たない」「錯乱が冷静で同時に燃え立っている」という「二人の若い女性の声」を包括するかたちで物語の最後を語り括る。「二人の若い女性の声」は語りの瞬間性を、「二人の男性の声」は語りの持続性を担っている。

デュラスの作品には、〈語り手の愛〉を男性人物に託したものも幾つかある。男性の語り手――女主人公の近くに存在する登場人物でもある――は、女主人公があてもなくどこかへと〈憧れ出《あくが》る〉心的情態にある時、その人物を後方から見守るかたちでその人物の〈眺める〉ものに視線を重ねる。そしてその女主人公にたいする〈愛〉を、その人物の物語を書くという行為で尽くそうとしたり、実際に〈憧れ出《あくが》る〉ように移動する女主人公に付き添うという行為で尽くそうとする。

「ロルはじっと見ていた。そのうしろで私もすぐそばから彼女の視線に私の視線を重ねようとしたので、一秒ごとにますます、彼女の思い出を思い出しはじめた」（デュラス『ロル・V・シュタインの歓喜』一九三頁）

『ロル・V・シュタインの歓喜』の語り手の男性人物の〈声〉である。ここには〈語り手の愛〉が表出されている。「彼女の思い出を思い出しはじめた」といういい方には、女性の記憶を共有しようとする男性の女性にたいする〈愛〉を見ることができる。女主人公ロルの〈眺める〉・〈待つ〉という存在のし方は、〈憧《あくが》れ出る〉という魂の彷徨へと繋がるが、語り手であるジャック・ホールドという人物は、ロルの〈憧《あくが》れ出る〉志向を触発させる役割を果たすとともに、ロル・V・シュタインの物語を語るという役割を自ら担っている。

返歌の作者「貴船の明神」の、〈螢〉を〈憧《あくが》れ出《い》づる魂《たま》〉に重ねて〈見る〉女性に注ぐ――後方からではなく上方からではあるが――〈視線〉に籠められた〈愛〉のあり方は、『ロル・V・シュタインの歓喜』における、女主人公の〈視線〉に自己の〈視線〉を重ねる語り手私の〈愛〉を思わせる。語り手の〈声〉のもつ包括性――〈瞬間性〉と〈持続性〉を備えもつ――は、〈語ることの愛〉に欠くことはできない。〈男の声〉をもつ「貴船の明神」なる語り手を創り出した和泉式部には、デュラスが抱いていた文学的な意図があり得ただろうか。「貴船の明神」は、歌に描出される女性人物の視線――「魂《たま》」に重ねて「蛍」を見る――に、〈視線を重ねる〉男性の役割を担っている。いずれにしても、和泉式部の〈憧《あくが》れ出《い》づる魂《たま》〉の歌と返歌と詞書の三つのもので構成されたこの箇所は、和泉式部の文学的な知力を思わせる。その知力こそ、デュラスの小説のもつ知力と対応する。『和泉式部日記』――作者未詳とされている――の作者は和泉式部自身であり、作中に登場する師宮《そちのみや》（男性人物）の歌は、「彼女自身の作だともいう。あるいはそうかもしれない」（野村精一「歌ことばのみちびくもの」）という見方があるが、それもまた可能だといえるのではないか。

和泉式部の〈憧《あくが》れ出《い》づる魂《たま》〉の歌には、あてどなく彷徨する〈魂《たま》〉の様相――限定するもののない空間を浮遊し、把握することの困難な様相が詠出されている。こうした「遊離魂」――「魂が、生きた肉体からある対象なり方向なりを目指して『あくがれ出る』という観念」（沓掛良彦――という心的状態をあらわした詩は、ヨーロッパの文学にも見られるという。たとえば、プラトン作として伝わる『ギリシャ詞華集』のエピグラム、中世南仏のトゥルバドゥールであるジャウフレ・リュデル、そしてルイーズ・ラベのソネット第九番などには〈憧《あくが》れ出《い》づる魂《たま》〉というものがうたわれていると紹介されている。

「私がやわらかな臥所《ふしど》を求め
待ち焦がれたやすらぎを得たとみるまに
わが哀しい心は肉体を逃《のが》れでて

たちまちに貴方《あなた》のもとへと翔んでゆく。
――ルイーズ・ラベ」(沓掛良彦『和泉式部幻想』一〇九頁)

『和泉式部幻想』のなかで展開される「比較詩学」は、デュラス的語彙〈partir〉と和泉式部の歌ことば〈憧《あくが》れ出《い》づ〉との比較に示唆を与えてくれる。和泉式部の歌ことば〈憧《あくが》れ出《い》づ〉は、〈時代や言語体〉を超えたヨーロッパの詩における「遊離魂」の表出に繋げられる。しかし和泉式部の〈憧《あくが》れ出《い》づ〉には、〈恋《こひ》〉の想いとともに、より深刻な現実離脱の志向性が色濃く含意されているように思われる。

十一世紀の日本の詩人和泉式部は、〈肉体と魂の分離〉ばかりではなく、「『身』と『心』の相克」を、知的に表出することにおいて卓越した詩人だったといえる。

「おのが身のおのが心にかなはぬを思《おも》はば物を思ひ知《し》りなん(六八八)」

和泉式部のこの歌には、「身と心の相克」が諦観を思わせる穏やかな口調で詠出されている。この歌に固有名詞と時間と場所にまつわるどのような背景があろうとも、歌は具体性を超えている。和泉式部の歌における「身と心の相克」は、持続する生の時間における、応答を期すことのむつかしい人間の存在そのものにかかわる問題だということを思わせる。

「身と心の相克」の認識と、その認識を文学作品にあらわす営みの深化の問題は尽きない感興を喚び起こす。——王朝時代の最盛期の作家紫式部と和泉式部は、「支配集団内部に暮らしながら、〔……〕権力からは全く疎外されていた」（加藤周一『日本文学史序説上』一七一頁）といった社会的条件の下に、「宮廷生活を『観察』する」ための必要不可欠の条件、すなわち独りになることのできる〈時間〉と〈場所〉をもつという条件に恵まれていた点において共通していたと推察される。人が書く行為をするためには、「お金と自分自身の部屋」（ヴァージニア・ウルフ）[21]がいるという条件は、〈時代や言語体〉を超えている。そのことは、文字を創り、文字を用いて書くことが、本来過剰な行為であり、それは〈時代や言語体〉を超えていることを思わせる。いずれにしても古典のなかに紫式部や和泉式部といった女性作家たちの作品を多くもつことは、それがどのような条件に支えられて書かれたかは措いて、世界の文学史上稀なことだと言われる。

「ひとつの国、ひとつの時代（といっても平安初期から鎌倉初期時代までは相当長いが）に、これほど女流文学者が集中的に輩出し、しかも洗練された質の高い文学を生み出したということ自体が瞠目すべき現象で、まさにひとつの驚異だと言ってもよい。敢えて断言すれば、これは人類が生み出した文学の中での、ただ一回限りの稀有な現象だということになるだろう。〔……〕平安女流文学という、世界文学史上異常とも異様とも見える文学現象の頂点に立つのが紫式部であり、そこに咲いた最も華麗な花が和泉式部なのである」（沓掛良彦『和泉

式部幻想』五頁、六頁、七頁）

ヨーロッパにおいても、中国においてもインドにおいても、女性が文学創造の担い手となった時代や地域はないという。日本の平安時代、限定された場所において文学創造に打ち込むことのできた女性たちは、公用の男文字である漢字を学んだり、漢詩文を読むことがままならないという環境のなかで、女文字である平仮名を用いて内的な深い想いを書き物に託したといえる。時に〈恋《こひ》〉といった題を自ら設定したりなどしては、〈恋《こひ》〉の想いそのものを表出するといったことは、たしかに高度な文学性の顕われにはちがいない。「比較詩学」（沓掛良彦）への期待は、閉ざされた日本文学の世界を、開かれた広い地平へと誘い出すことへの期待にほかならない。

「わたしは、〔……〕その深い沈黙をもって文学を復元する。〔……〕男性の行動を沈黙に返すことは、はるかに難しいし、はるかに大きな誤りだ。なぜなら、男性というのは沈黙でないのだから。遠いはるかな昔、何千年も前から、沈黙とは女性のことなのだ。したがって、文学とは女性のことなのだ」（デュラス『愛と死、そして生活』一六八頁）

これはデュラスの文学論――文学とは女性の沈黙のことであり、一千年生きることのできるのは沈黙の女性である。――として読むことができる。日本の古代の女性たちのなかに、ある〈公共性〉をもつ〈声〉を、「深い沈黙」をもって書くことのできる人たちが存在したということはたしかに可能ではないか。日本の王朝時代の女性作家たちは、「支配集団」の内側に在りながら「沈黙」を余儀なくされていた。そうした社会的条件の下、本来もっている「女の沈黙」と「人柄」に由来する「沈黙」を併せもつ人たちが、「身と心の相克」の認識を深め得たということは考えられる。十一世紀の日本の大きな作家紫式部と和泉式部とを両者の個人的条件を超えて繋ぐものは、デュラスのいうふたつの「沈黙」——「女の沈黙」と「人柄からくる沈黙」の深さだということもできる。「沈黙」の深みからこそことばが生まれ、〈憧《あく》れ出《が》る〉想いは湧き立つ。

4　アイロニーのアレゴリー

デュラス的語彙〈憧《あく》れ出《が》る partir〉は、〈眺める〉・〈待つ〉に対して瞬間性を含意する。〈憧《あく》れ出《が》る partir〉という情態は、内的に湧き立つ「《魂の漠然とした憧れ》」として発露する。内的な〈憧れ〉に身をゆだね飛翔するその瞬間は、持続の時間に淵を刻むことになる。『ヒロシマ、私の恋人』の女主人公の次の独白の〈声〉は、持続と瞬間のふたつの時間によって構成される時間性について語っている。

「彼女――〔時間の正確な続きぐあいを学ぶこと。時間がときとして、いかに急ぐかということ、ついで、それがのろのろと無駄にまた落ちてくるということ、にもかかわらず、耐え忍ばなければならないということ、そうしたことを知ること、それはまた、おそらく、英知を学ぶことになるのよ。〕」(デュラス『ヒロシマ、私の恋人』一二一頁)

「時間の正確な続きぐあい la durée exacte du temps」とは、時間の正確な持続性を意味すると思われる。「時間の正確な続きぐあいを学ぶこと〔……〕それはまた、おそらく、英知を学ぶことになるのよ」といういい方は、女主人公であるフランス人女性の理知の表出として読むことができる。「時間の正確な続きぐあい」、つまり時間の正確な持続性とはなにか。それは、時間の持続性が、「急ぐ」時間――現在という先鋭的な感覚を触発する瞬間の時間――と、「のろのろ」とした時間――現在という時間から解き放たれた緩慢な感覚を触発する時間――によって構成されていることを意味する。「急ぐ」時間には激しい情念が湧出し、「のろのろ」とした時間には独りの倦怠感が浸潤する。

「時間の正確な持続性」は、『ロル・V・シュタインの歓喜』においては、文体と内容とにわたる重要な問題のひとつである。

「彼女は、ひとつの終わりがはじまったことを理解したが、それも漠然とで、正確にはど

んな終わりになるのかまだ見極めがつかなかった。〔……〕
俯いたまま、二人は彼女の前を通り過ぎた。アンヌ＝マリ・ストレッテルが階段を降りはじめ、ついで彼、マイケル・リチャードソンもつづいた。ロルは庭を横ぎる彼らを目で追った。二人の姿が見えなくなると、彼女は気絶して床に倒れた」（デュラス『ロル・V・シュタインの歓喜』一八頁、一九頁）

小説の冒頭、女主人公ロル・V・シュタインは転倒する。ロルの転倒を語るこの場面の直後には、大きな〈空白〉が刻まれる。その後女主人公は、瞬間的な転倒を超えて、再び持続的な生の時間に繋がれてゆくことになる。彼女はこの転倒の後に結婚をして子供にも恵まれ母親になる。持続する時間は彼女にとって平穏なものとなるが、やがてロルは、その日常の時間に「中断」がはいることを願うようになる。

「彼女は人生の果てしない反復の中に中断がはいることを願う」（デュラス『ロル・V・シュタインの歓喜』一五二頁）

ロル・V・シュタインは、婚約者をアンヌ＝マリー・ストレッテルに瞬間的に奪われ転倒して「ひとつの終わり」を人生に刻むが、やがて夫と子供との持続的な生活に恵まれるようになり、「人生の果てしない反復の中に中断がはいることを願う」ようになる。ロルの人生におけるそうした経緯は、『ヒロシマ、私の恋人』の女主人公の発話にある「時間の正確な続きぐあい」と対応している。ロルの願いである「反復の中に中断がはいること」とは、持続の時間が瞬間の時間によって截断されることを意味するもので、瞬間から持続へと続いた時間は、再び瞬間の時間に繋がれることになる。

ロルは、ある日映画館から出てきた一人の男のもつ「最初の視線」に瞬時に魅惑され、その男の後を追い、その男とロルの旧友タチアナ・カルルとの逢曳きの場面へと導かれることになる。やがて、ロルは、その男ジャック・ホールドとの二度目の出会いを経て、この男性人物を、ロルの物語の語り手として「選ぶ」ことになる。ジャック・ホールドは、ロルの願いに応えるようにして、「反復」を「中断」するものとして、ロルの窓越しの、覗き見――ジャック・ホールドとタチアナの愛の行為の幻影を見るという――に加担する役割を担うことになる。そうしてジャック・ホールドという語り手によって、ロルの物語は語られてゆく。

「いまでは私はタチアナの言うことをなにひとつ信用していない、どんなことにも確信がもてない。

〔……〕

この夜に先立つ十九年間については、〔……〕私がロル・V・シュタインと知り合うきっかけとなったあの魔法の一瞬がふくまれているとしても、年代記的な順序しかたどらないことにする」（デュラス『ロル・V・シュタインの歓喜』一〇頁）

ここには作者の意図する語りの手法が語られている。語り手は、「魔法の一瞬がふくまれているとしても、年代記的な順序しかたどらない」という。語り手ジャック・ホールドの、瞬間的な時間を包含する「年代記」を時間順に語るという手法は、時間の持続性が物語の支盤になること、そして時に瞬間性によって〈空白〉を刻みながら持続性は保持されることを意味している。作者デュラスは物語の持続性を担うのは男性人物に如くものはないと考えていたと思われる。語り手としてジャック・ホールドという「仲介者」を設定した作者の意図はそこにあると思われる。物語の語り手は、「時間の正確な続きぐあい」を知って「年代記的な順序」で語らなければならないのだ。

『ロル・V・シュタインの歓喜』（一九六四年刊）は、刊行当時さまざまな反響を呼び、この作品の批評のなかには作者を困惑させたものが少なくなかったようだ。モーリス・ブランショは、「ロル・V・シュタインに近づくために、J・ホールドのような仲介者を使ったといってわたしを非難した」（『愛と死、そして生活』六一頁）とデュラスは語っている。ブランショは、女性の内なる理性でもある狂気——浮気をするというのでもなく、ポルノグラフィを見るというのでもなく、窓越しに〈愛〉の幻影を想い描くというあり方で露呈する——の孕む、瞬間の時間への志向というものを解し得ただろうか。そして女主人公の内なる狂気を観つめ、その女性の物語を語ることによって愛をあらわすという男性人物を設定した作者の意図を解し得ただろうか。

また、この作品を「称賛」しながらも、「文字の実践は無意識というものの使用とともに一点に収斂していく[22]」と書いたジャック・ラカンの批評について、「L・V・Sは、あなたも私も、誰も識ることはできないのよ。ラカンがあの作品について言ったことだって、十分にわかったとは言えないわ」(『エクリール』二〇頁)とデュラスは語っている。「無意識というものの使用」については、マドレーヌ・ボルゴマーノの反論[23]もあるが、ラカンは、持続性を支盤に展開される小説の語り手に男性人物を配した作者の知的な意図を解し得ただろうか。

『大西洋の男』のなかの次の一節にも、「時間の正確な続きぐあい」が、女主人公であるわたしの〈声〉によって語られている。

「あなたはいない。
〔……〕
あなたはたしかにどこにもいない。
〔……〕
わたしは家を掃除した。そして自分の葬儀を控えてでもいるかのように隅隅まできれいにした。〔……〕

そしてわたしは書きはじめた」(M.Duras,L'homme atlantique ,p.15,p.17, p.18.〔デュラス『大西洋の男』一五頁、一七頁、一八頁〕拙訳)

女主人公わたしは、あなたと呼ぶ男の〈partir 出て行く〉瞬間を見送るや書き物に向かい始める。そして死ぬことに替えて、「書く」わたし自身を自己客体視して描出する。別離の瞬間の日付――一九八一年六月一五日月曜日――は、この作品においても持続する時間に包含されてゆく。この瞬間の日付には、わたしの内的な転倒という試練が刻まれている。が、わたしは、ひとつの転倒を超えて存在しつづける。この作品には、持続の時間が瞬間の時間を包含してゆく事象が語り手でもあるわたしの〈声〉によって冷静に語られている。

『大西洋の男』に次いで、持続性と瞬間性のふたつの時間性の問題を、物語の語りの手法を通して扱った作品に『インディア・ソング』がある。アンヌ＝マリー・ストレッテルを女主人公とする『インディア・ソング』には、物語の編み方に関する手法そのものが、〈恋の物語〉の内部に書かれている。

『インディア・ソング』の編み方とは、まずアンヌ＝マリー・ストレッテルの〈恋〉の物語を、「物語の外に位置する声」と、物語の内に位置する「声」とのふたつの「声」で語るというものである。「物語の外に位置する声」と、内に位置する「声」とは〈忘却〉の時間によって隔てられている。「物語の外に位置する声」は、「幾世代にもわたる忘却」の時間を経過した〈声〉である。

「物語の外に位置する声〔……〕この発見が、物語を忘却のなかで動揺させ、それを作者のものとは別な記憶、ほかのどんな恋物語をも同様に思い出す記憶にゆだねることを可能ならしめたのである。デフォルメし、創造してゆく記憶」（デュラス『インディア・ソング』「全般的注意書き」一二頁）

『インディア・ソング』は、外部の語り手の〈声〉の対話と内部の登場人物の〈声〉の対話との二つの時空を異にする対話、そして作者の〈声〉とによって編まれた新しい形式をもつ作品だといえる。そして物語の編み方におけるもうひとつの工夫は、「物語の外に位置する声」の編成のし方と四つの「声」のそれぞれに振り分けられた役割にも見ることができる。

四つの「声」は、観客や読者に語りかけるのではない。「お互い同志のあいだで語る」という方法で、物語の内側で展開されるアンヌ＝マリー・ストレッテルの〈恋〉の物語を、その物語から〈忘却〉の時間を経て、過去のものとして語る。その四つの「声」の違いは、「思い出の鮮明度」に由来する「濃淡」である。四つの〈声〉――「女性の声1・2」と「男性の声3・4」の四つの「声」に関する注意書きには次のように記されている。

「声1と声2に関する注意

声1と声2は女性の声である。これらの声は若い。
この声同士がある恋物語で結ばれている。
〔……〕
男の声の声3と声4——物語の終わりで参加する声——とは逆に、これらの女性の声は狂気に冒されている。その声のおだやかさは危険を孕んでいる。この恋物語について、これらの女性の声が抱いている記憶は、非論理的で秩序をもたない。たいていこれらの声は錯乱状態に陥っている。その錯乱が、冷静で同時に燃え立っている。声1はアンヌ＝マリー・ストレッテルの話に身を焦がす。そして声2は、声1に対する情熱に身を焦がす。
〔……〕
声たちは絶対に声をはりあげたりしない。そのおだやかさは終始一定している」(デュラス『インディア・ソング』一三頁、一四頁)
「声3と声4に関する注意
声3と声4は男性の声である。この二つを結びつけるものは、〔……〕とりわけアンヌ＝マリー・ストレッテルの物語がここでまたおよぼす幻惑作用以外になにもない。
声3は、物語の諸事実の時間順《クロノロジー》についてほとんどなにも知らない。声3は、情報提供者である声4に問いかけてゆく。

声4は、すべての声のうちで、物語の忘却度がもっともすくない声である。それは物語をほとんど隅から隅まで知っている。

〔……〕

声3と声4の相違、一方の忘却と他方の記憶という相違は、同じ理由――これらの声に物語がおよぼす、前述の幻惑作用によるものなのである。声3はその作用を拒否した。声4はそれを許容した」（同書、一二二頁）

注意書きに書き記された内容は、物語の編み方に関する作者の意図を明かしている。物語は、「非論理的で秩序を持たない」「記憶」をもつ「女性の声1・2」と、「忘却」した「男性の声3」と明確な「記憶」をもつ「男性の声4」とによって編まれている。ここには作家の、物語は、「忘却」と「記憶」に関するずれを孕む男女混交の多声性によって編むという方法論を見ることができる。その物語論の包含する時間性という視点から複数の「声」の使用を考えると、「女性の声」のもつ「危険・非論理的・錯乱・情熱」は、時間の瞬間性に繋がれる。それに対して「男性の声」のもつ「物語をほとんど隅から隅まで知っている」、つまり「物語の諸事実の時間順《クロノロジー》」に精通する「記憶」は、時間の持続性に繋がれる。物語は、こうして瞬間性と持続性の二つの時間性に依拠して語られるが、物語の最後を括るのは「男性の声」、「物語の諸事実の時間順《クロノロジー》」に精通した「記憶」の持ち主「声4」である。「声4」は、「女性の声1・2」を包括するかたちで物語の終わりを括る。

「声4
若い大使館員が夜中にフランス館に戻ってきています。彼は彼女を見たんです。彼女は小路のところで、地面に肱をついて横になってました。
彼はこう言ってます、《彼女は腕を伸ばして頭をその腕にのっけました。ラホールの副領事が、彼女から十メートルはなれたところにすわっていました。二人はなにも話し合いませんでした。》
〔……〕
声4
彼女は夜が明けるまでそこに長いことといたに違いない――それからあの小路を歩いていったに違いないない……（中断）彼女のガウンが見つかったのは砂浜なのです」（同書、一六五頁、一六六頁）
『インディア・ソング』の女主人公アンヌ＝マリー・ストレッテルの死を告げて、物語は「男性の声4」の発話をもって終わる。作家デュラスが「男性の声」に託すものは、「女性の声」のもつ「非論理的」な面を受容しながら「女性の声」の語る〈恋〉物語に幻惑されるしなやかさを保持してなお冷静に知的に「時間順」に語ってほしいという願いではないか。デュラスの小説における「女性の声」と「男性の声」とのふたつの異なる性の「声」の使用は、デュラスにおける「両性具有」する「偉大なる精神」(『私はなぜ書くのか』一三二頁)といえるものに拠ると思われる。デュラスの小説『ロル・V・シュタインの歓喜』、そして『インディア・ソング』などにおける文体と内容とにわたる時間の持続性と瞬間性の問題は、ポール・ド・マンの『時間性の修辞学(2)アイロニー』に書かれた時間性をめぐる小説論の言説を想起させる。

「アレゴリーとアイロニーとの連関と区別は、当時〔ドイツのロマンティック・アイロニーの時代〕、考察の対象として独立した主題とはならなかった。〔……〕アリストテレスから十八世紀にいたる記述的な修辞学の伝統、つまり、アイロニーを『あることを言いながら、別のことを意味すること』と定義づけたり、もっと狭義のコンテクストでは『称賛することによって非難し、非難することによって称賛すること』と定義づけるような伝統にたち帰ってみたところで、満足のいくものではない」(ポール・ド・マン『時間性の修辞学(2)アイロニー』九九頁)

ポール・ド・マンは、まずアイロニーと呼ばれる「修辞学」と「近代小説の発展」との関係を紹介しながら、アイロニストたち(キルケゴール、ホフマン、ボードレール、マラルメ、ニーチェといった)のテクストのもつ「アフォリズム的で、テンポが速く、短く終わる傾向」について言及している。そしてアイロニーについて語ることは、「歴史」についてではなく、「自我に内在する問題」を扱うことであると述べて、ボードレールのテクスト「笑いの本質について、および一般に造形芸術における滑稽について」のなかで語られている「絶対的滑稽」と「二重性の実存」を取り上げて、アイロニーと「即時性」の問題へと論をすすめてゆく。

「絶対的滑稽の方は〔……〕直観によって把握されることを欲する相をとって現れる。〔……〕突然の笑いだ。

〔……〕

――滑稽が成り立つためには、つまり、滑稽の発露、爆発、発出が行われるためには、二つの存在がその場にいなくてはならないということ。――滑稽がひそんでいるのは、特に笑うものの裡《うち》、観《み》るものの裡《うち》にであること。――しかしながら、この無知の法則に関しては、一つの例外を設《もう》けなければならない。すなわち、自らの裡《うち》に滑稽の感覚を発達させ、それを自分自身から抽出して同類たちの娯楽に供することをもって業《なりわい》と化した人々は別であって、けだしこの人々の現象は、あらゆる芸術上の現象と軌を一にして、人間存在の中に、恒久的な二重性の実存、同時に自己であり、一人の他者であり得る力を、指示するものである」（ボードレール「笑いの本質について、および一般に造形芸術における滑稽について」(24)）

ボードレールの「二重性の実存」は、「突然の笑い」におけるように瞬間的に発露する。その「突然の笑い」を、ボードレールは「絶対的滑稽」と呼んでいる。その「絶対的滑稽」においては、「直観」の作用、つまり即時性が問題になる。ボードレールは、その「絶対的滑稽」を〈アイロニー〉とみなしていたとポール・ド・マンは書いている（『時間性の修辞学（2）アイロニー』一〇一頁）。ボードレールにおける「絶対的滑稽」・「直観」・「突然の笑い」といった言辞は、デュラスの文学の包含する語り手のもつ自己客体化の視座と、小説の女性人物たちにおける「多重なる意識への分化」の契機となる「転倒 a fall」（ポール・ド・マン同前一〇二頁）と「狂気」を想起させる。ボードレールにおける「絶対的滑稽」としての〈アイロニー〉は、デュラスの文学には生きて作用している。次の断章は、デュラスの『戦争ノート』のなかの「ベージュ色のノート」に書き記された「サンブノワ街『ドダン夫人』」の草稿からのものである。

「ある日、私の敬うべき母親、人から敬われていた恐ろしい母親が、私の目の前で、地下鉄の入口から階段全段をころがり落ちていった。尻もちをついた恰好で始まり、私の方は、彼女の尊厳性が尻の上にのっかかって、思いもかけない姿勢でころがってゆくのを見て、突然、抑え切れない笑い声をあげた。そして母親は、起き上がるのを助けてくれと頼みながら私をどなりつけた。そしてまわりの人たちは、自分の母親をそんなふうに笑う娘に憤慨した。

そして最後には、笑いに対して私同様の特効を認めている母親が、今度は私といっしょになって群衆にむけて笑い声をあげた」（デュラス『戦争ノート』三二七頁）

小説『ドダン夫人』——短編集『木立の中の日々』（一九五四年刊）所収——の草稿の断章は、ボードレールのいう「絶対的滑稽」としてのアイロニーを直截的に想起させる。

デュラスの女性人物たちの「転倒」、それは「狂気」の顕在化の契機であるとも捉えられるのだが、実際は、より「賢明」に存在しつづけるためのひとつの契機だともいえる。そうした「狂気」は、人間がより「賢明」に生きるためにはむしろ避けることのできないものだとさえいえる。たとえば、『ヒロシマ、私の恋人』の女主人公は、「一九四四年八月二日、ロワール河」における「転倒」と、「一九五七年八月、ヒロシマ」における「転倒」とのふたつの「転倒」を経て、「英知」を培いつづけるのだ。

「（ここで、ビー玉のシーン全部がはいる。そのビー玉は、地下室の中にはいりこみ、それを彼女は拾う。それは温かい。それを、彼女は握りしめる。〔……〕そして、彼女はそれを、戸外へと、子供たちの方に返してやる。〔……〕）

彼女——……それは、温かかったわ……。

彼は理解しないままに、彼女に勝手にしゃべらせる。彼女はまた始める。

彼女――（しばしの間。）その瞬間だと思うのよ。私が悪意から脱け出たのは」（デュラス『ヒロシマ、私の恋人』一〇二頁）

『ヒロシマ、私の恋人』において、真の「狂気」は、戦争を惹き起こした人たちの側のものであり、真の「悪意」は、ドイツ兵との関わりを断罪するために女主人公の髪を刈り、彼女を地下室に幽閉した側のものである。その「狂気」・「悪意」から彼女を救ったものは、「子供たち」であった。女主人公における「狂気」は、戦争という外部の狂気の惹き起こした事象ではなく、〈愛〉の喪失――〈瞬間的〉な「転倒」を惹き起こす――に由来するが、その「転倒」は、より深い〈愛〉と〈知〉とを「狂気」の女主人公に付与することになる。

デュラスは、「狂人」について次のように語っている。

「ペンと紙をとることのないまま、内部の影のすべてを、そのまま光のもとにさらしだしてしまうなら、ひとは狂ってしまうことでしょう。狂人たちというのは、じっさいに体験された生を、外において変換してしまうものなのです。かれらをつらぬく光は燦々と輝いて、内部の影を追いたて、ついには内部の影にとってかわってしまうことになる。ですから、ただ狂人たちだけが完璧に書くのだといわなければなりません。

ペンと紙をとることのないまま、かといって狂ってしまうこともないままでいるのだとしたら、ひとはそのときどこかで、『ふり』をしていることになります」（デュラス、ジャン・シュステル「ただ狂人たちだけが完璧に書く」五二頁、五三頁）

デュラスの女性人物たちの多くは、「沈黙」の人であり、「言葉」をもっていない。が、彼女たちは、一人の人間として「内部の影」を外部へと開いていく「英知」をもっている。

さて、ポール・ド・マンは、ボードレールの「絶対的滑稽」としての「アイロニー」の問題から、アイロニーの「即時的なプロセス」とアレゴリーのもつ「持続」の「連続的な様式」の問題へと論をすすめる。


「アイロニーは、すみやかに、突然に、一瞬のうちに起こる即時的なプロセスのようにおもわれる。〔……〕アイロニーは「爆発」のように即時で、転倒は突然に起こるのだ。〔……〕アイロニーは事実的な経験のパターンに接近し、人間存在が負っている作為性のなにがしかを、分裂した自我によって生きられた一連の孤立的な一瞬一瞬としてとらえ返すのだ。〔……〕一方アレゴリーは、全面的に、ここやいまとは無縁の、つねに過去であったり無限の未来であったりする理想的な時間のうちに存在している。アイロニーが共時的《シンクロニック》構造であるのに対し、アレゴリーは、持続を連鎖の幻影として――それがあくまで錯覚であることを承知しながら――産出する連続的な様式である」（ポール・ド・マン『時間性の修辞学（2）アイロニー』一一二頁、一一三頁）

ポール・ド・マンは、「アイロニー」における、「転倒」を惹き起こす「即時的なプロセス」と、「アレゴリー」における、「持続を連鎖の幻影として産出する連続的な様式」に言及した後、「アイロニーのアレゴリー」という言辞を用いてこの小説論の最後を締め括っている。

「小説とは、通時的《ダイアクロニック》なアレゴリーに属する語りの持続性と語りの現在がはらむ即時性とを同時に実践しなければならないという、まことに一筋縄ではいかぬ責務を担わされており、〔……〕、本当に難しい事態は、われわれが次のような作家の存在を想定した場合に起こってくる。つまり、〔……〕アレゴリストであると同時に成熟したアイロニストでもあって、アレゴリカルな持続のうちにアイロニックな契機を、いわば、封印せねばならないような作家である。

〔……〕

『パルムの僧院』こそ、数少ない小説の小説と呼びうるもののひとつ、アイロニーのアレゴリーとして、選びだされねばならない小説なのである」（ポール・ド・マン『時間性の修辞学（2） アイロニー』一一三頁、一一五頁）

ポール・ド・マンは、「アレゴリストであると同時に成熟したアイロニスト」として、スタンダールを挙げ、『パルムの僧院』に言及して「結果として断絶を引きおこすような瞬間こそが重要である」と述べている。

マルグリット・デュラスは、ポール・ド・マンのいう「アレゴリストであると同時に成熟したアイロニスト」である作家として挙げることはできるだろうか。デュラスの作品においては、まずスタンダールにおけるように「結果として断絶を引きおこすような瞬間こそが重要である」といえる。そして「夢想や予感や回想に満ちたゆるやかで瞑想的な運動が生じている」ということもできる。たとえばデュラスの『愛人《ラマン》』。この作品では、「アイロニー」の様式のもつ「即時性」に属する「断絶を引きおこすような瞬間」の時間よりは、むしろ「アレゴリー」の様式に属する「夢想や予感や回想に満ちた」持続の時間がより多くを占めている。が、「瞬間」の時間は随所に嵌め込まれている。『愛人《ラマン》』の最後の箇所は、「断絶」による瞬間性と、回想に満ちた「ゆるやかで瞑想的な運動」に由る持続性とが綯い交ぜになったかたちで仕上げられている。

「出発の時刻が近づくと、船は汽笛を三回、長く長く、恐ろしい力で鳴らす、その音は町じゅうで聞えた、そして港のほうの空はしだいに暗くなっていった。
船が最初の別れの声をあげて、懸け橋があげられ、タグボートが船を曳いて大地からひきはなしはじめたとき、彼女も泣いた。涙を見せずに泣いた、彼が中国人で、そんな種類の愛人に涙をそそいではならぬときまっていたからだ。

中央甲板の大サロンで、突如、ショパンのワルツが鳴りひびいた。〔……〕その夜、いくたびもの夜また夜のなかに溶けこみ見失われてしまった夜なのだが、〔……〕彼女は突然、自分があの男を愛していなかったということに確信をもてなくなった、——愛していたのだが彼女には見えなかった愛、水が砂に吸いこまれて消えてしまうように、その愛が物語のなかに吸い込まれて消えていたからだ、そしていまようやく、彼女はその愛を見出したのだった、はるばると海を横切るように音楽の投げかけられたこの瞬間に。

ちょうどのちに、死を横切って、下の兄の永世を見出したように。

戦後何年かたって、何度かの結婚、子供たち、何度かの離婚、何冊かの書物のあとで、男は妻を連れてパリに来た。男は女に電話した。〔……〕男は女に言った、以前と同じように、自分はまだあなたを愛している、あなたを愛することをやめるなんて、けっして自分にはできないだろう、死ぬまであなたを愛するだろう。

ノーフル＝ル＝シャトー　――パリ

一九八四年二月―五月」

（デュラス『愛人《ラマン》』一八一頁、一八二頁、一八五頁、一八六頁、一八七頁、一九一頁）

これは『愛人《ラマン》』の終わりの数ページからの抜粋である。ここには、ヴェトナムの地で十八歳まで過ごしたフランス人わたしの帰国の時の別れと、帰国の途上でのある夜の出来事、そしてその出来事から長い時間を経過したパリでの出来事が語られている。『愛人《ラマン》』のこの断章は、時間の持続性が断続的に截断される瞬間性を包含していることを思わせる。ポール・ド・マンの言う「アイロニーのアレゴリー」とは、小説の形式においては、小説の語りが、持続に支盤を置いていることを前提として、「持続のうちにアイロニックな契機」が封印されていることを意味すると思われる。小説『愛人《ラマン》』の語り手は、「通時的《ダイアクロニック》なアレゴリー」に属する語りの持続性と語りの現在がはらむ即時性とを同時に実践」するという小説のもつ責務を担っていると思われる。

ところで『愛人《ラマン》』という小説の内部には、日付と場所――「ノーフル＝ル＝シャトー　――パリ　一九八四年二月―五月」――が書き記されている。小説の内部に書き記されているこの日付と場所は、何を語るものか。スタンダールの小説におけるように、「筆名のアイデンティティー」と「本名との間に介在しているアイロニックなへだたり」（ポール・ド・マン）までもが小説の内部に書き記されていると読むこともできる。小説とは「虚構 mensonge」（『破壊しに、と彼女は言う』六七頁）の文学作品の一つの形式を意味するといえる。

デュラス的語彙〈partir〉は、和泉式部の歌ことば〈憧《あくが》る〉を想起させる。前者は第二次世界大戦時の、そして後者は「平安時代の危機的な」心象風景とそれぞれ結びついてはいる。が、〈時代〉の危機的な精神現象とどのように繋がっていようとも、両者における〈partir〉・〈憧《あくが》る〉は、より根源的には「自分がほかの種類の人間ではなくこの種の人間だってこと」（『辻公園』）にかかわる内的な危機、つまり「自我に内在する問題」（ポール・ド・マン）としての〈アイロニー〉と本質的にかかわると思われる。そのことは、デュラス的語彙〈partir〉と和泉式部の歌ことば〈憧《あくが》る〉には、「実存そのものから脱け出したい」思い、「自己に従わず、自己から切り離されて――〈自我（moi）〉が自己（soi）から脱臼を起こして――瞬間のなかで自己に重なることができないままなお永遠に瞬間に絡めとられている」（レヴィナス『実存から実存者へ』五〇頁）孤独な思いが、色濃く反映されていることに由る。自己同一化することのできる何ものをももたない孤独な存在者は、「身と心の相克」に苛まれながら「唯一無二の出来事」としての瞬間の時間、〈恋《こひ》〉という「転倒」を惹き起こす時間へと誘われる。その「転倒」は死にも等しいが、実際には死は存在者からは遠いものであり、持続する時間は存在者を現実《いま・ここ》の世界へと否応なく取り込む。そうして存在者は、「主体の無限遡行的な自己反省の意識」（『岩波哲学・思想事典』）としての〈アイロニー〉から逃れることができなくなる。

和泉式部の歌集における〈アイロニー〉は、デュラスの小説における〈アイロニー〉に同じく、持続性を截断する瞬間性に認めることができる。膨大な数の歌を収めた『和泉式部集　和泉式部続集』は、瞬間性を随所に刻みながら総体としてロンドのように果てしなく続く持続性を保持している。それは、ポール・ド・マンの言う「即時性」を包摂する「無限のプロセス」を思わせる。和泉式部集は、〈アイロニーのアレゴリー〉の歌集ということができそうである。

和泉式部における〈アイロニー〉を見出したのは、浪漫派・日本浪曼派の作家の読みであった。――「反語的感情」（与謝野晶子[25]）・「現実の生活や愛情の生活と、その生活の内部、基底にある別の生活の世界との間の、不即不離の浪曼精神のもつイロニー」（保田與重郎[26]）といった〈アイロニー〉の捉え方を踏まえて参照すべきは、ボードレールにおける「絶対的滑稽」としての〈アイロニー〉――「同時に自己であり一人の他者であり得る力」である。和泉式部の「寝《ぬ》る我」を内省し、「魂《たま》なき骸《から》」を凝視する歌は、実際デュラスの「自分の亡骸《なきがら》」を視つめる女主人公ロル・V・シュタインという人物を直截に喚び起こす。

「はかなしとまさしく見《み》つる夢の世《よ》をおどろかで寝《ぬ》る我は人かは（九六三）

寝し床《とこ》に魂《たま》なき骸《から》をとめたらば無《な》げのあはれと人も見《み》よかし（三一一）

諸共《もろとも》にいかでひるまになりぬれどさすがに死《し》なぬ身をいかにせん（一〇一八）」

「彼女は肉と肉、形と形が結ばれるように、目を自分の亡骸《なきがら》に釘づけにして、その行為とともにあるのだ」（デュラス『ロル・V・シュタインの歓喜』四八頁）

和泉式部の歌における「魂《たま》なき骸《から》」は、デュラスの小説における「自分の亡骸《なきがら》」に対応する。そのことは作中に描出される女性人物たちが「骸《から》」・「亡骸《なきがら》」を常に感覚する人物であることを語っている。そうした女性人物は、また、エミリー・ディキンスンの詩における女性像にも繋がる。エミリー・ディキンスンは、デュラスの小説『エミリー・L』の女主人公のモデルになったアメリカの詩人であり、デュラスとは縁の深い作家である。次の詩の断章は、ディキンスンの〈死〉の感覚と、私を客体化して語る視座とを表出している。

「私が『死』のために立ち止まれなかったので
『死』がこころよく立ち止まってくれた

馬車には私たち二人
そして『不滅』とだけ」
（エミリ・ディキンスン『エミリ・ディキンスン詩集』）[27]

『和泉式部幻想』（沓掛良彦）の最終章「死を見つめる眼」には、エミリー・ディキンスンの「みずからの死を想像した詩」に触れて、「死んだおのれの姿をまざまざと幻視して、あたかも第三者の視線を借りたかのごとく見つめる視線」（二七三頁）において、和泉式部の歌と似た面のあることを述べた箇所がある。「第三者の視線」とは、ボードレールのいう〈アイロニー〉――「同時に自己であり一人の他者であり得る力」――にほかならない。エミリー・ディキンスンは、「形式が詩の内容の本質的一部であるような作品をつくること」を目指したという。そして「からだじゅうが冷たくなって火で暖めることもできないようになれば、私はそれを詩だと認めます[28]」と述べたという。ディキンスンのこのことばは、ボードレールが「絶対的滑稽」に必要だという直観の作用を思わせる。

「恋愛では死なないことを知っている」女性人物たちが、「その人生の途中で、恋愛によって死ぬ素晴らしい機会を経験」し、死の感覚を抱きながら生を全うする、そんな〈アイロニーのアレゴリー〉は、やはり「時代や言語体」を超えている。

「男《をとこ》のもとより、『消《き》えぬ水の泡《あわ》かな』といひたるに
吉野川《よしのがは》おのがみの泡《あわ》にあらねども岩うつ波はいかがくだくる（七五八）」

「消えぬ水の泡」——和泉式部の歌の詞書《ことばがき》に用いられたこのことばは、〈アイロニーのアレゴリー〉を直截想起させる。このことばは、和泉式部という詩人が、その人生史において「死ぬ素晴らしい機会」を経験しては、けして「死なない」で、即時的な「転倒」を超えて歌を創りつづけたことを物語っている。

和泉式部集は、瞬間の時間を持続の時間に繋げて繰り返される「アイロニーのアレゴリー」の歌集と呼ぶのにふさわしい。和泉式部の歌には、現実に在《あ》ることにたいする疑いをもって存在する主体の、生と死の感覚が露わに表出されている。形式上の句切れが、「存在する努力であり、息切れや喘ぎのようなもの」（レヴィナス『実存から実存者へ』一三〇頁）として刻まれているといった陰翳の深くさす歌が多くある。これらの歌には在《あ》ると無《な》いの存在感覚が歌のかたちに観想として優美に表出されている。短歌の甘さとして指摘される、「円環的に閉じられるようなところ・回帰的な自己肯定性」（寺山修司[29]）を微塵もうかがわせることのないこれらの歌は、「アイロニーのアイロニー」——「世界への回帰となるどころか、虚構の世界と現実世界とを和解させることなど依然として不可能であることを言明する」（ポール・ド・マン『時間性の修辞学（2）アイ

ロニー』一〇六頁）ところの――を想わせる。

和泉式部の歌の世界には、もとより「世界への回帰」（ポール・ド・マン）などはあり得ない。そしてマルグリット・デュラスの小説においてもそれはあり得ない。二人の文学の世界に「回帰」への希求が見られるとするなら、それは〈恋（愛）〉そのものにたいする志向においてである。〈アイロニー〉は、「一時的なものではなく、反復的なものであって、意識の自己拡大活動の絶えざる再現というべきものなのである」（ポール・ド・マン『時間性の修辞学（2）アイロニー』一〇八頁）――二人の作品に〈恋（愛）〉が繰り返し語られる由縁はその〈アイロニー〉にかかわるといえる。デュラス的語彙〈partir〉、和泉式部の歌ことば〈憧《あくが》る〉は、無限の時間を想わせる。デュラスの小説、そして和泉式部集は、瞬間性を随所に刻みながら、総体としてロンドのように果てしなく続く持続性を保持している。文学作品のもつそのような様相は、「即時性」を包摂する「無限のプロセス」そのものといえる。マルグリット・デュラスと和泉式部は、「アレゴリストであり同時にアイロニスト」であるということは可能ではないか。

デュラス的語彙〈partir〉・和泉式部の歌ことば〈憧《あくが》る・憧《あくが》れ出《い》づ〉の意味と機能の探求は、その〈partir〉と〈憧《あくが》る・憧《あくが》れ出《い》づ〉の語の含意する、「おのれを超えた外部に出ようと苦闘するまぎれもなく不幸な意識」（ポール・ド・マン『時間性の修辞学（2）アイロニー』一一〇頁）の問題を措いて行なうことはできない。二人の作家は、そうした「不幸な意識」を言葉の内に籠め、言葉のかたちに表出する営みを反復行いつづけた。デュラス的語彙、そして和泉式部の歌ことばの繰り返しの用法は、文学の文体の問題にのみ還すことはできない。それは〈アイロニー〉が、「自己破壊と自己創造」の「無限のプロセス」であることとかかわっている。生の時間の過程において幾度倒れても立ち上がる人があるように、「転倒」を契機に、――「転倒」はたびたび起きるが――言葉の内に沈潜してゆく作家たちがいるのだ。マルグリット・デュラスと和泉式部はそういう種類の作家に属している。そういう種類の作家にとって真の出来事は、言葉によって虚構の形式をもって書かれた世界においてこそ出来《しゅったい》するのではないか。

〈アイロニー〉の神秘は、「人間が倒れるのは、その真の自我がたち上がったときである」(ポール・ド・マン『時間性の修辞学(2)アイロニー』一〇六頁)という。それを、デュラスと和泉式部の文学世界に即して言い替えてみると、〈人間が喪失の悲しみに暮れるのは、真の愛がたち上がったときである〉、そう言うことはできないか。マルグリット・デュラスと和泉式部の作品世界においては、終わりはひとつの始まりであり、その終わりこそ〈愛に対する期待〉の契機となるのだから。

終章

1 デュラスの文学をめぐる背景

デュラスの文学作品の読みの締め括りとして、デュラスの作品の受容にかかわる、作家を取り巻いていた学問の潮流について考えてみたい。学問の潮流は、作家の創作とそれについての批評にどのようなかたちであれ影響を行使するはずである。文学をめぐる背景には序章で触れた、作家の人生史にかかわるもののほかに、より直截的に文学作品に影響を与える学問の潮流が存在する。

デュラスの文学をめぐる背景としてまず想起されるのは、作家が一九五〇年代後半以降フランスの〈新小説《ヌーヴォー・ロマン》〉(1)、〈新しい波《ヌーヴェル・ヴァーグ》〉と呼ばれた文学と映画の潮流のなかに身を置いて創作活動を行ったことである。

デュラスの作品に変容の跡を刻むといわれる『モデラート・カンタービレ』（一九五八年刊）の時期、折しもフランスでは〈新小説《ヌーヴォー・ロマン》〉と呼ばれる小説が書かれるようになっていた。〈新小説《ヌーヴォー・ロマン》〉の呼び名は、サルトルが「『小説が小説自身について反省しつつある』その傾向に注目して」名付けた「反小説《アンチロマン》」という呼称を継ぐかたちで、「一九六三年頃から」用いられるようになったという（『新版フランス文学史』三〇七頁）。また、映画における〈新しい波《ヌーヴェル・ヴァーグ》〉は「一九六〇年ごろから数年間、フランスに輩出した型破りの新しい作家たちの作品活動がうみだした潮流の総称」（山田宏一[2]）を指すという。

デュラスの『モデラート・カンタービレ』刊行の経緯に、〈新小説《ヌーヴォー・ロマン》〉の旗頭的存在として作家活動を展開し、ミニュイ社の文芸部長でもあったアラン・ロブ＝グリエが関与していたことは興味深い。『モデラート・カンタービレ』は、ロブ＝グリエの度重なる依頼によって書かれた小説であり、この小説刊行の時期、デュラスは、「書き過ぎた小説」を出版社からたびたび拒否されており、作家としてデュラスを認めたレイモン・クノーの「小説を信用してはいけない」という忠告を念頭においていたと語っている（『外部の世界　アウトサイドⅡ』二九頁、三〇頁）。作家は、まさに〈新小説《ヌーヴォー・ロマン》〉の潮流のなかで創作活動を展開したといえる。

アラン・ロブ＝グリエは、雑誌『すばる』（一九九六年十月号）の「ヌーヴォー・ロマンの新たな地平へ」という題の平岡篤頼との対談で「ヌーヴォー・ロマンとして歴史的存在になった一人」としてマルグリット・デュラスの名前を挙げている。しかし一方では「ヌーヴォー・ロマンを定義するのは難しい」と述べ、デュラスを含めて、ヌーヴォー・ロマンの作家たちは、当時の批評家たちから「リアリズムの小説家でない」という非難を受けていたと証言している。さらにそうした批評家たちは「フォークナーやカフカ、ジョイス、ボルヘスの作品、さらにプルーストの作品すら読んでいなかった」とロブ＝グリエは、厳しい口調で語っている。

「日本の読者がヌーヴォー・ロマンをよく知らないからといって、彼らを非難できませんし、意外でもありません。ヌーヴォー・ロマンを定義するのは難しいからです。たしかに私を含めて、マルグリット・デュラス、ナタリー・サロート、クロード・シモン、ロベール・パンジェらは、ヌーヴォー・ロマンの作家として歴史的な存在になったわけですが、それはある総合的な理論の下に、一つにまとまった作家たちの流派というのではありません。〔……〕彼らの共通点はただ一つ、当時の有力な批評家たちから、〈ほんとうの〉作家ではないと批判され、排除されているという実感を抱いていたということです。〔……〕その友愛《フラテルニテ》はみんなが同じ非難を受けることで深まっていったのです。つまりわれわれがリアリズムの小説家でないという、リアリズムの理念とは似通っていない叙述構造で小説を構築しているから、〈ほんとうの〉小説家ではないという非難です。〔……〕とりわけ私にとって驚きだったのは、この伝統的なリアリズムとの相違が顰蹙《ひんしゅく》を買った理由の一端が、当時のフランスの批評家の大方がフォークナーやカフカ、ジョイス、ボルヘスらの作品、さらにはおおむねプルースト

の作品すら読んでいなかったからということです」（アラン・ロブ＝グリエ　対談「ヌーヴォー・ロマンの新たな地平へ」(3)）

デュラスと同時代の作家であり、ミニュイ社の周辺に作家たちを集めていたロブ＝グリエのことばは、デュラスの文学作品の読みに重要な示唆を与えてくれる。ヌーヴォー・ロマンと呼ばれる小説を書いた作家たち――「ナタリー・サロート、アラン・ロブ＝グリエ、クロード・シモン」との関係を問われてデュラスは次のように語っている。

「みんな、わたしにはあまりにも頭でっかちすぎました。ひとつの文学理論をもっていて、それにしがみつき、すべての想像力をそこに帰着させる。わたしは違いました。わたしはこの点に関して、考えを、教えるべきものをもったことは一度もありません」（デュラス『私はなぜ書くのか』七二頁）

デュラスのこのことばは、デュラスを含めたヌーヴォー・ロマンの作家たちを括る共通の「文学理論」はなかったことを伝えている。さて、ロブ＝グリエのフランスの批評家たちに対する批判は、ヨーロッパの現代作家アルベルト・モラヴィアとミラン・クンデラの小説について述べた言説を想起させる。

「十九世紀に人びとが目指していたのは、一般的には社会の描写であり、特殊的にはブルジョア世界の描写でした。〔……〕一八七〇年以降、物語芸術に革命が生じたのです。小説の現実は直接的に社会的ではなくなり、いわば内在化したのです。この内在化の理由はいろいろあります。精神分析学、市民的内省、形式概念の危機、《日常性》の発見、社会的・階級的価値の崩壊、等々です。内在化は、ズヴェーヴォ、プルースト、ジョイス、ベケット、カフカ、ムシール、そして一般的に実存主義小説の中に表現されています。〔……〕それの行きつくところは、ピランデッロの戯曲の戯曲のように、小説の小説です。小説の技法が真の主題となります」（アルベルト・モラヴィア『王様は裸だ』一二九頁、一三〇頁）

アルベルト・モラヴィアが、一八七〇年以降に「内在化」した小説を書いた作家として挙げている名前は、ロブ＝グリエの批判する、フランスの批評家たちが読んでいなかったという作家たちの名前――「フォークナーやカフカ、ジョイス、プルースト」といった――と重なっている。またこの文章に照らしてデュラスの小説を考えると、「戯曲の戯曲」・「小説の小説」といういい方が注目される。デュラスの作品のなかには、小説論・物語論を作中に包含する『ロル・V・シュタインの歓喜』、『破壊しに、と彼女は言う』、『インディア・ソング』などがある。

「小説 Roman（および詩 poésie） 一八五七年、十九世紀の最も重要な年。『悪の華』。抒情詩がその固有の領域、その本質を発見する。『ボヴァリー夫人』。小説がはじめて詩の最高度の要求〔……〕を引き受ける用意ができる。一八五七年以降、小説の歴史は〈詩と化した小説〉の歴史になるだろう。しかし詩の要求を引き受けるとは、小説を叙情的にする（小説の本質的なイロニーを断念する、外部世界から顔をそむける、小説を私的告白に変質させる、小説をごてごて飾りたてる）こととはまったく別のことである。〈詩人になった小説家〉のなかでもっとも偉大な小説家たちは徹底して反叙情的である。すなわち、フローベール、ジョイス、カフカ、ゴンブローヴィッチ。小説＝反叙情的な詩」（ミラン・クンデラ『小説の精神』(4)）

ミラン・クンデラの小説論の断章は、デュラスの小説論――「ほんとうの小説は詩です」――を想起させる。クンデラに拠るとボードレールの『悪の華』が刊行された「一八五七年」は、小説の歴史にとって特別な年ということになる。ここで〈詩人になった小説家〉のなかに入っている作家たちには、モラヴィアの挙げる「カフカ、ジョイス」も採られている、

モラヴィアとクンデラの小説論に採られている作家たちのなかには、フランスの批評家たちが読まなかったとロブ＝グリエの指摘する作家たちに重なる人たちが少なくない。モラヴィアとクンデラの小説論に参照させてロブ＝グリエの批判を読むと、フランスの批評家たちは、十九世紀の後半に生じたという小説の変容には気づいていなかったという事情が浮き彫りになる。ロブ＝

グリエのフランスの批評家たちに対する批判は、一九四〇年代、一九五〇年代のフランスの文学批評に対するポール・ド・マンの批判を想起させる。

「フランスの文学批評は、わずかの、まったく非学問的な例外を除いて、読むことの問題を完全に迂回することによって発展し、繁栄したのだと言っても誇張ではない。ごく最近までフランスの批評家たちはテクストを読もうともしなかったし、この問題が注意に価すると考えたこともなかった」(ポール・ド・マン『理論への抵抗』七五頁)

「フランスの文学批評」における「読むこと」をしないという問題は、一九四〇年代、一九五〇年代に顕著であったという。しかしその「読むこと」をしないという「フランスの文学批評」は、やがて批判を受けるようになり、一九六九年には、ロラン・バルトが「読み」をしない「批評家」として、「フランス・フォルマリズム」という学会で公に批判されるという経緯をポール・ド・マンは伝えている。その批判の主旨は、「文学のメッセージの知覚のされ方を隠蔽している」というものである。(5) マルグリット・デュラスの作家活動は、第一作『あつかましき人々』(一九四三年刊)に始まり、『これで、おしまい』(一九九五年刊)・『書かれた海』(一九九六年刊)でひとまず括られる。デュラスの作品は、そうしてみると、「読むこと」をしないとポール・ド・マンの批判する「フランスの文学批評」界に晒されつづけていたという文学的背景が浮上してくる。ポール・ド・マンのこの批判は、ヌーヴォー・ロマンの作家たちを、「リアリズムの小説家でない」と非難していたというフランスの批評家に対するロブ＝グリエの批判と呼応している。

デュラスは、「文芸批評における構造主義の代表者」（『新版フランス文学史』三一五頁）といわれるロラン・バルトと直接かかわりをもっていた。

「ある日わたしの家へ来たロラン・バルトが、『太平洋の防波堤』、『タルキニアの小馬』、『ジブラルタルの水夫』みたいな《至極単純で、至極魅力にあふれた》初期の作品ジャンルに《もどってゆくこと》を親切に忠告してくれた話をした。わたしは笑った。あなた「ヤン・アンドレア」は、もう彼の話は打ち切りにしようと言った。それでわたしは、この輝かしい作家にあなたも飽き飽きしているのを悟った」（デュラス『ヤン・アンドレア・シュタイナー』二一頁、二二頁）

デュラスは、『ヤン・アンドレア・シュタイナー』（一九九二年刊）のなかで、ロラン・バルトについてこう書いている。バルトの評価するデュラスの「初期の作品」は、「リアリズム」の跡を色濃く残している。デュラスは、『太平洋の防波堤』では、「調和」と「統一」が念頭にあったこと（『語る女たち』一六一頁）、そして『タルキニアの小馬』は、「心理主義に属している面もある」こと（『語る女たち』六六頁）を省みている。バルトは、デュラスの否定する、小説における「リアリズム」・「調和」と「統一」・「心理主義」をむしろ肯定的に捉えているといえる。

ロラン・バルト——記号学者、構造主義者、文芸評論家といった名称をもつ——の『零度のエクリチュール』の新しさは、「文学をその意味内容からではなく形式《フォルム》から考察した点にある」(『フランス哲学・思想事典』五七二頁)と認められてきた。「形式」[6]に由来するその方法は、ロシア・フォルマリズムの影響を受けるかたちで見出されたという経緯をもつ。その方法は、「文学の分野を他の言説様式から切り離して囲い込むための境界線を設定しなければならない」(ポール・ド・マン『理論への抵抗』六九頁)という、文学に内在する理論的な問題に応えるものではあったとされている。しかし、構造主義——「〈構造主義〉の仕事が依拠しているのは、あくまでも〈記号の体系〉としてある〈ラング langue〉である。それは確かに〈差異の体系〉ではあるが、しかしその〈差異〉はつねに体系の全体性に回収されてしまい、そのことによってはじめて〈意味〉が決定されるのである」(『フランス哲学・思想事典』四五六頁)——に拠る方法や記号論的分析は、やがて「瑣末な機械主義に陥る」(『新版フランス文学史』三一六頁)という状況を迎えることになる。

デュラスは、バルトが批判されたという「知覚のされ方の隠蔽」について「冷たい」ということばを用いて次のように語っている。

「ロラン・バルトが愛について書いたものをご覧なさい。魅力的で、綿密、知的、文学的な記述、でも冷たい。エクスタシー、衝動、痛みを知らず、愛を文字のうえでしか知らない、あるいは遠くから見たことしかない人間が書いたもの、彼のなかには、極限まで統制されていないものはなにもありません」(デュラス『私はなぜ書くのか』七〇頁、七一頁)

デュラスのこのことばは、「文学のメッセージの知覚のされ方を隠蔽している」という、「読み」をしない批評のあり方を指摘しているようだ。ロラン・バルトは、『太平洋の防波堤』、『タルキニアの小馬』、『ジブラルタルの水夫』といった初期の長編小説を「《至極単純で、至極魅力にあふれた》」作品として評価したのだが、デュラスはそれを受け入れることはできなかった。ロラン・バルトは、初期の長編小説以降、たとえば『モデラート・カンタービレ』におけるように、デュラス的な作風を徴す〈空白〉についてはほとんど興味をもっていなかったと思われる。デュラスの文学において、〈空白〉は、作品の読みの鍵を握っているともいえるほどに重要な問題《テーマ》のひとつである。

デュラスの文学における〈空白〉は、デュラス自身の文章感覚をまず思わせるが、それはまた「記号体系における空白」の実践にはちがいない。そうした文学的実践は、ロラン・バルトの構造主義に基礎を置く記号論となにかしらかかわりをもつということも考えられる。

「わたしは記号体系における空白を実験していた」(デュラス、グザビエル・ゴーチェ『語る

女たち』一五頁）

デュラスの文学における「記号体系における空白」の実験は、その作品の形式と内容との両方に関わっている。「空白」は、デュラスの作品においては、女性人物の〈転倒〉に関わるものであり、作品の形式と内容のふたつの面にわたって刻まれている。そしてその「空白」は、さらに「《不在＝語《モ・アプサンス》》」・「風」のような「認識」・「沈黙」の問題ともかかわっている。

「私は意味《サンス》とか語義《シニフィカシオン》などを、ぜんぜん気にしない。意味があるとしたら、それはあとから出てくるものなの。〔……〕単語のほうが措辞法《サンタックス》よりも大切ね。〔……〕しかも冠詞なしの。文法的な時制なんかは、それからずっとおくれて出てくるの。〔……〕まず前面に出てくるのが空白。〔……〕おそらく、措辞法をきびしく拒否するあおりで、現われてくるのが空白になるのよ」（デュラス、グザビエル・ゴーチェ『語る女たち』一一頁、一二頁）

デュラスの文学における「空白」は、「措辞法《サンタックス》」の「拒否」にもかかわる。それは本来作家のもつ文章感覚に由来するといえるが、あるいは作家の存在感覚、そして一種の政治感覚といったものをも思わせる。この「空白」は、「呼吸が停止されている」（グザビエル・ゴーチェ『語る女たち』一二頁）という。それは、「空白」を存在感覚として捉えたいい方である。そうした感覚に根ざした「空白」は、結果的には「記号体系」の截断という現象を生じさせることになる。

「なにかが生まれ得るのは、欠落、意味《シニフィエ》されるものの鎖に形成される穴、空虚からだけです」（デュラス『私はなぜ書くのか』五八頁）

ここに語られている〈空虚〉についてのデュラスのことばは、〈倦怠・退屈〉という〈無関心〉な情態においてこそ、「なにかがうまれ得る」ということを想起させる。そして〈穴〉は、「『穴の開いた』記憶」――「わたしは狂人たちだけが完全に書く、と言うのです。彼らの記憶は『穴の開いた』記憶であり、すべてが外に向かっています」（『私はなぜ書くのか』六八頁、六九頁）――を想起させる。

「わたしはもうできない、筋道のはっきりした物語を書くこと、〔……〕ある主題を口実にして、そのすべての帰結を、はじめから終わりまで、ちゃんと考えながら展開するなんてことは。〔……〕どうしても書かれたものや、それに構造を与えているさまざまな時間が明白な形で断片化してしまうことを受け入れなければならないし、とりわけ絶えずその構成要素の方向づけを狂わせてやるのでなければならない」（デュラス『緑の眼』一二頁）

デュラスの「筋道・主題」の「断片化」への志向は、「体系の全体性に回収される」ことによって「意味」を決定することに繋がる「テーマという概念」――「作品の言語素材を総計し、結合する概念である」[7]――に対するものとして読むこともできる。グザビエル・ゴーチェは、デュラスの書物における「空白」を、「記号体系の破壊」と呼んでいる。その「破壊」の実践の跡は、作家の個人的資質に由るものであると同時に、作家を取り巻いていた、学問の潮流に対するものであることをもうかがわせる。

デュラスの文学をめぐる背景としての学問の潮流を考えてみると、二十世紀後半、デュラスは、時代の学問の潮流に抗うようにして創作活動を展開していたという事態が浮かび上がってくる。デュラスは、その学問の潮流には〈無関心〉な態度で「ロマン」と呼ぶことのむつかしい小説を書きつづけたのではなかったか。

「心理学には流行があり、古くなる。形而上学はそうではない」（デュラス『外部の世界アウトサイドⅡ』二三〇頁）

デュラスのこのことばは、デュラスと同じく〈愛〉の小説を書きつづけたモラヴィアの「形而上的なもの」についての言説を想起させる。

「愛は、心理的なものではなく形而上的なものであり、〔……〕これはフロイトによってはまったく扱われていないのです」（アルベルト・モラヴィア『王様は裸だ』一九四頁）

ひとつの〈愛〉とともに〈愛〉そのものについて書きつづけたモラヴィアは、デュラスの思いを代弁するものとして読むことができる。この二人のことばは、文学者は、時代の学問の潮流とは異なる次元に身を置いて、自己の文学の世界を構築していく者だということを教えてくれる。デュラスは、二十世紀後半の時代において、文学をめぐる学問の潮流を超えるようにして書きつづけた文学者の一人だったと思われる。

2　文学作品の読みの方法

文学作品の読みの方法はむつかしい問題を抱えている。そのひとつは、一般的な文学作品の読みの方法の問題。そしていまひとつは、それぞれの文学作品の作風に適う読みの方法の問題。デュラスの文学作品の読みに関しては、後者の問題が課題として残されていると思われる。

ポール・ド・マンは、文学作品の「読みそのもの」と「批評の言説」とのかかわりについて次のように語っている。

「どんな理論にもまして、読みそのものが、文学教育を神学、倫理学、心理学、思想の歴史などの教育の代用品として考える者たちにとって非常に転覆的にみえるかたちで、批評の言説を変えることができるのである」（ポール・ド・マン『理論への抵抗』六一頁）

ポール・ド・マンは、「読みそのもの」が「批評の言説を変えることができる」と述べている。それは、「読みそのもの」によって「批評の言説」を変えなければならないというふうに読むこともできるし、「文学理論」の不在という状況を語り出していると読むこともできる。——「文学理論は、文学へのアプローチが言語外的な、すなわち歴史的、美学的考察にもはやその基礎をおかなくなったときに、〔……〕誕生するのだと言える」（『理論への抵抗』三二頁、三三頁）。ポール・ド・マンは、「言語外的」な学問に「基礎」をおかない「文学理論」の必要性を説いている。

「文学教育に内在する最も大きな理論的困難は、文学の分野を他の言説様式から切り離して囲い込むための境界線を設定しなければならないことにある。〔……〕文学の理論家〔……〕は自分たちが何を話しているかを完全には知っていないのであり、それは文学の本質、文学の存在論が明らかにし難いという形而上学的な意味においてばかりでなく、文学について話しているると思っていると、文学ではないことがらについて話してしまうという、よりいっそうとらえ難い意味においてそうなのである。〔……〕この境界線をさす最も伝統的な用語が「形式」である。

〔……〕

フォルマリズムは記述的学問として大変効果的なものとなるが、しかし、その代償として理解を犠牲にしているのである。〔……〕フォルマリズムは文学の解釈学ではなく文体論（あるいは詩学）しか生みだせないし、この二つのアプローチの関係を説明しようとすると、不完全なままになる。〔……〕はたして文学形式の詩学は読むことの解釈学と両立可能なのか」（ポール・ド・マン『理論への抵抗』六九頁、七一頁）

「文学について話していると思っていると、文学ではないことがらについて話してしまう」といった現象は、遍在していると思われる。ポール・ド・マンは、「形式」・「文体論（詩学）」に文学を「囲い込むための境界線」を求める。そして、「形式」・「文体論（詩学）」と「解釈学」との両立の問題を考察する。

「解釈学とは、その定義からして、意味の決定をめざす過程のことであり、〔……〕判断力が超越論的な機能をもつことを前提とし、〔……〕文学テクストが言語の外にもつ真理に関わる問題を提起しなければならない。他方詩学は、〔……〕意味作用から切り離された言語的存在そのものの形式的分析に関わるのであり、言語学の一部門として、歴史のなかでの具体化に先立つ理論的モデルをあつかうのである。〔……〕

解釈学的結論に到達するためには、あらかじめテクストを詩学の見地から『読む』ことが必要なのだということが明らかになる。〔……〕解釈学と詩学は、異なった別個のものではあるのだけれども、複雑に絡み合う余地をもっているし、実際アリストテレス以前においても以降においても絡み合っていたということなのである」（ポール・ド・マン『理論への抵抗』一一九頁、一二〇頁、一二一頁）

ここには、「意味の決定」に関わる「解釈学」と、「言語的存在そのものの形式的分析」に関わる「詩学」は、「絡み合う余地」をもっていることが述べられている。ポール・ド・マンは、「文体論（詩学）」と「解釈学」は、「複雑に絡み合う余地をもっている」といういい方に、文学教育・文学批評のもつ可能性を籠めている。文学の可能性は、文学作品の読みのもつ可能性、そして文学批評のもつ可能性ともいえる。ポール・ド・マンの一般的な文学作品の読みの方法についての言説は、文学に未来のあることを教えてくれる。

さて、いまひとつ残された問題は、デュラスの文学作品の読みの方法の問題、つまりデュラスの作品の作風に適う読みの方法の問題である。それは、デュラスの文学をめぐる学問の潮流という背景を超えた問題に思われる。そのことは、たとえばデュラスの文学における〈空白〉が、より根源的には学問の〈理論〉というよりは、〈言葉〉そのものに対する疑いを包含することに因っている。デュラスは、その〈言葉〉に対する疑いを〈言葉〉によってあらわしつづける小説家であったと思われる。

「現実の存在に対する疑い、そして言葉に対する疑い」（デュラス、ミシェル・ポルト『マルグリット・デュラスの世界』一四二頁）

「言葉は出来事を創造する」（『デュラス、映画を語る』七七頁）

ここには「言葉に対する疑い」と同時に「言葉」にたいする信頼が表明されている。「言葉に対する疑い」を抱いて「言葉」を用いて創造する、文学者のそうしたあり方こそデュラスの文学における根源的なアイロニーを語り出している。

デュラスの文学作品の読みにおいてもっとも困難なことは、その小説そのものが、ポール・ド・マンの言う「言語自体に対する」抵抗の問題《テーマ》を包含していることに因るといえる。その問題は、「空白」・「《不在＝語《モ・アプサンス》》」・「沈黙」といったデュラス的語彙の解読とかかわっている。

「理論に対する抵抗は、言語に関して言語を使用することへの抵抗である。それゆえ、それは言語自体に対する、あるいは言語が直観に還元することのできない要素や機能を含んでいるかもしれないということに対する、抵抗なのである」（ポール・ド・マン『理論への抵抗』四二頁）

文学者が「言語を使用すること」への抵抗を抱きながら書く。それは究極のアイロニーといえる。この問題は、文学における記述的、形式的次元、つまり文体の次元を超えている。ボードレールは、「二重性の実存、同時に自己であり、一人の他者であり得る力」をもつ者こそ、「芸術家」の名に値すると書いている。デュラスは、ボードレールのいう「芸術家」の名に値する作家だといえる。

「書くということが、すべてを混ぜ合わせ、区別することなどやめて空なるものへと向かうことでなくなったら、そのときには書くとは何ものでもない」（デュラス『愛人《ラマン》』一二三頁）

『愛人《ラマン》』のこの一節は、この小説が、「空」――「本質的に形容不可能なただひとつのもの」へと向かうことを意図して書かれたことを思わせる。この小説の基底には、「物語をつくりあげるための中心」は存在しないという。『愛人《ラマン》』の女主人公の人生に「中心」がないように。デュラスの文学作品は、たしかに作品そのものによってなにかのための解決法を求めたり、意味を決定し、判断するという作風をもっていない。いずれにしてもデュラスは、「理論への抵抗」を抱きながら「理論への抵抗」を言葉によって実践した文学者だったということができる。デュラスの文学における〈空〉は、その困難な実践とかかわるといえる。デュラスの文学作品の読みの方法は、一般的な文学作品の読みの方法とは異なり、それぞれの読み手に課せられる重い問題だといえる。

最後に、〈序章〉のはじめに提示した、デュラスの人生史にかかわる「あのときの何か」、ヴェトナム時代から「変質せずに後まで残ってる」ものとは何かという問題に還りたい。

「幼年期、青春、家族の絶望的な物語、戦争、占領、強制収容所がなければ、わたしの人生はたいしたものではなかっただろう、と思います」（デュラス『私はなぜ書くのか』一二九頁）

デュラスの人生史において、作家デュラスを育んだと思われる出来事を連ねたこのことばは、二十世紀の激動の時期を作家として生き抜いた人の強靭な精神を思わせる。「変質せずに後まで残ってる」ものとは、文学・学問といった次元を超えたより根源的な生そのものにかかわるものかもしれない。「雨・森・ハンセン病患者・メコン河・貧困」にまつわる十八歳までをすごしたヴェトナム時代の体験が、作家に根源的な影響を与えたことについてデュラスはこう語っている。

「わたしを取り巻いていたあの人間を超越した静謐、あの口では言い表わせない優しさは、わたしに消しがたい痕跡を残しました。
いまでもまだ、わたしのなかにあるなにか野性的なもの。生に対する一種の動物的な執着」（デュラス『私はなぜ書くのか』一六頁、一八頁）

ヴェトナム時代から「変質せずに後まで残ってる」という「あのときの何か」とは、デュラス自身のことばに拠ると「人間を超越した静謐・口ではいいあらわせない優しさ」・「なにか野性的なもの・生に対する一種の動物的な執着」と読むことができる。デュラスの文学における〈沈黙〉・〈空白〉には、あるいはヴェトナム時代に肌で感じていた「静謐・優しさ」の痕跡を見ることができるともいえる。そして、「野性的なもの」・「生に対する一種の動物的な執着」は、優しくて控え目なデュラスの女性人物たちの風貌に秘められた生の強靭さに繋がるものでもあるともいえる。

「お前はハンカ・リソヴスカヤみたいにきれいだ。彼女みたいに野性的だ」（『夏の雨』一三五頁）

デュラス的な〈知〉の根源に潜むものは、「野性的なもの」ということができるのではないか。それは文明化された社会のなかで失われたかに見える生の力だといえる。

デュラスの文学の包含する「静謐」、そして「野性的なもの」は、和泉式部集にも綯い交ぜになって表出されている。「静謐」な歌のつづくなかに「野性的なもの」の表出された歌に突如出会うと、驚きのようなものを覚えさせられる。たとえば「野飼《のが》ふ」（相手の男を暫く放っておく）とか、「人に従《したが》ふ歩《あゆ》みすな」（他人の命令に従っての歩みはするな）とか、王朝時代の女性歌人のことばとは思えない野性味を感じさせる歌のことば(8)が和泉式部集には見られる。

和泉式部集から「静謐」な姿と内容を感じさせる歌。

「影《かげ》にさへ深《ふか》くも色のみゆるかな花こそ水の心《こころ》なりけれ（三一五）」

ついで「野性的なもの」に根ざす生の強靭さを表出した歌。

「語らふ人多かりなどいはれける女《をむな》の、子生《こう》みたりける、『たれか親《おや》』といひたりければ、程経《ほどへ》て、『いかが定《さだ》めたる』と人のいひければ

此の世にはいかが定《さだ》めんおのづから昔《むかし》を問《と》はん人に問《と》へかし」（八〇六）

「ある人の、扇《あふぎ》を取りて持給《もたま》へりけるを御覧《らん》じて、大殿《との》［藤原道長］、『誰《た》がぞ』と問はせ給ひければ、『それが』と聞《きこ》え給ひければ、取《と》りて、『うかれ女《め》の扇《あふぎ》』と書《か》きつけさせ給《たま》へるかたはらに

越《こ》えもせむ越《こ》さずもあらん逢坂の関守ならぬ人なとがめそ」（二二六）

〈生まれたわたしの子供が誰の子か、それは自然のなりゆきとして行く来世で、生前の行為を審問判定する人にお聞き下さい〉・〈わたしが誰に逢ったか、逢わなかったか、逢坂の関の番人でない人は、咎め立てをなさいますな〉これらの歌に、いわゆる主題としての政治、政治性を求めることは措いて、男と女の間に作用する権力関係における政治感覚はうかがうことができる。その感覚は、「野性的なもの」に根ざす生の強靭さを思わせる。

〈時代や言語体〉を超えて二人の女性文学者を繋げるものは、転倒という「ひとつの終わり」をはじまりとして生き存《なが》らえていく生の力だといえる。その生の力は、「学ばない」というあり方で習得される〈知〉に由来する。その〈知〉は〈無関心〉なものであるから、体系化することはむつかしい。

二十世紀後半のフランスの文化的土壌においては、「女だという事実」から免れて創作活動を

することはできなかったとデュラスは語っている。――「わたしは自分のことを、フランスにいる限り、地下運動家だと思っているのよ」（『語る女たち』四〇頁）――十一世紀前半の日本の文化的土壌にも、「女だという事実」から免れて創作活動をすることはあり得べくもなかったはずである。和泉式部はそんな土壌において大らかになにはばかるという風もなく歌を詠みつづけた詩人だった。

デュラスの文学には、結末のない時間、終わることのない時間が書かれている。その時間において知的な輝きを放つ女性人物たちは、女性のもつある内的な力を秘めている。デュラスの〈詩の小説〉は、そんな魅惑的な女性人物たちによって彩られているといえる。和泉式部の歌に詠出される女性像は、そんな魅惑的な女性人物の物語を読み解くひとつの鍵を与えてくれるものといえるかもしれない。

注

●序章

(1) マルグリット・デュラスの〈作品〉と〈年譜〉に関しては、"DURAS"(Gallimard, 1977)に付された〈MARGUERITE DURAS "VIE ET ŒUVRE"〉、『マルグリット・デュラス』(クリスチアヌ・ブロ＝ラバレール、谷口正子訳、国文社、一九九六年)に付された〈文学作品・劇作品〉と「年譜」、『世界文学全集Ⅰ―04 太平洋の防波堤/愛人ラマン/悲しみよ こんにちは』(河出書房新社、二〇〇八年)に付された〈マルグリット・デュラス年譜/主要著作リスト〉(田中倫郎)に拠っている。

(2) マルグリット・デュラス グザビエル・ゴーチェ、田中倫郎訳『語る女たち』河出書房新社、一九七五年、四〇頁、四一頁。「もの書きになった最初の女性というのは、文学界でのやんちゃ坊主《アンファン・テリーブル》の役を演じたのだと思わない? 彼女たちは、男を楽しませる道化師をやったのよ。〔……〕わたしは、自分の書いているものがロマンだとは思っていませんから。とにかく、出版業者たちのうちで目につくのは、そういう傾向で、それがまたすごく殖えているの」。

(3) ロラン・バルト、渡辺淳 沢村昂一訳『零度のエクリチュール』みすず書房、一九七一年、一三頁、一六頁。ロラン・バルトは「文体」と「エクリチュール」について次のように書いている。「文体はつねに何か生《なま》なものをもっている。それは宛先のない形式であり、意図からではなく圧力から生まれ、思考の垂直で孤独な次元にたとえられる。〔……〕社会には無関心で何の底意もない、個人の閉ざされた歩みであって、選択とか文学についての反省の所産ではけっしてない。〔……〕文体は必然的に深部を暗示する。〔……〕言語体と文体は盲目的な力だが、エクリチュールは歴史的な連帯行為である。言語体と文体はオブジェだが、エクリチュールは機能である。すなわち、エクリチュールは創造と社会との間の関係であり、社会的用途によって変形された文語であって、人間的意図においてとらえられ、こうして歴史の大きな危機にむすばれる形式なのだ」。

（4）Madeleine Borgomano,Moderate Cantabile de Marguerite Duras,Bertrand-Lacoste,1990,p.9.〔マドレーヌ・ボルゴマーノ『マルグリット・デュラスのモデラート・カンタービレ』九頁〕拙訳。

（5）Michel Foucault et Hélène Cixous《A propos de Marguerite Duras》cahiers Renaud Barrault 89,Gallimard, 1975,. p.10.〔ミシェル・フーコー、エレーヌ・シクスー「マルグリット・デュラスについて」一〇頁〕拙訳。

（6）ミハイル・バフチン、伊東一郎訳『小説の言葉』平凡社ライブラリー、一九九六年、七八頁、七九頁。「小説というジャンルのこの特性に見合う文体論は、ただ社会学的文体論としてのみ存在しうる。小説の言葉の内的な社会的対話性は、言葉の具体的な社会的コンテキストの開示を要求するのである。〔……〕詩の形式が反映するのは、より持続性を持った社会的過程、いわば社会生活の〈永遠の傾向〉である。〔……〕社会的な、また歴史的な声たちは、小説の中で秩序ある文体論的体系へと組織されるが、その体系はその時代の諸言語の中で作者がとっている細分化された社会・イデオロギー的な立場を表現しているのである」。

（7）イヴ・シュヴレル、福田陸太郎訳『比較文学』白水社、二〇〇一年、一四頁、一五頁。

（8）イヴ・シュヴレル、小林茂訳『比較文学入門』白水社、二〇〇九年、七頁、九頁。

（9）ロラン・バルトは、『零度のエクリチュール』のなかで「時代や言語体を共有する」ことについて次のように書いている。「メリメとロートレアモン、マラルメとセリーヌ、ジッドとクノー、クローデルとカミュはそれぞれほとんど同時代人で、同じ歴史的状態でわれわれの言語体を語ったし、また語っているが、使用しているエクリチュールは大変にちがう。かれらのコトバの調子、話ぶり、目的、モラル、自然、すべてがかれらを隔てている。だから、時代や言語体を共有するということは、かくも対立し、それらの対立自体によってかくも限定されたエクリチュールにくらべるとまことにとるに足りない」

（一六頁）。文学作品の読みにおいて比較という方法をとる場合には、「時代や言語体を共有するということ」がどのような意味をもつかもたないかは大きな問題になる。バルトの『零度のエクリチュール』のなかのこの断章は、その問題に示唆を与えてくれる。
(10) マルグリット・ユルスナール、岩崎力訳『目を見開いて』白水社、二〇〇二年、一三七頁。
(11) 正岡子規『歌よみに与ふる書』岩波文庫、一九五五年、八頁。
(12) 窪田空穂『和泉式部』創元社、一九四七年、一頁、二頁。「正述心緒」は、「作者の感動を、他の何物にも托することなく、赤裸々に披瀝するもの」、「寄物陳思」は、「感動を何物かに托し、その物を通じて現さうとするもの」を意味している。
(13) 大岡信『紀貫之』ちくま文庫、一九八九年、七五頁。
(14) 与謝野寛　正宗敦夫　与謝野晶子編纂校訂『日本古典全集　和泉式部全集』日本古典全集刊行会、一九二七年、一頁、三三頁。
(15) 紫式部「紫式部日記」伊藤博校注『新日本古典文学大系24　土佐日記　蜻蛉日記　紫式部日記　更級日記』岩波書店、一九八九年、三一〇九頁。
(16) 比較文学には、文学作品そのものに寄せる愛好の心と「他者性の認識」が必要だと思われる。比較において、それらのものが欠けると主情主義的、文化主義的、民族主義的なものになり、「文学研究の一つの視座」を保つことはできない。和泉式部論のなかに『和泉式部私抄』（保田與重郎）があるが、そこで展開される比較――「私は日本の民族文化の偉大な血統を明らかにするために、その一人として、この和泉式部のことも以前に述べたのであるが、〔……〕彼女はハイネの如きと同日に云ふべき詩人ではない。十八世紀より十九世紀にかけてのイギリス浪曼派詩人でさへ、彼女に比しては、明星に対する淡い群星と云ふべきであった」（保田與重郎『和泉式部私抄』日本ソノ書房、一九六九年、三頁、四頁）には、比較に必要な「他者性の認識」が欠けている。しかし、「はしがき」に書き記された「昭和十七年新春」の日付の示す時局とは乖離する本文の内容――「感覚の記憶」・「瞬間を願った『ものの恋』」・「永遠の恋」（同前一四頁、一五頁）といったことばを用いて書かれた――は読むものを魅きつけるものがある。

（17）藤原道綱母「蜻蛉日記」今西祐一郎校注『新日本古典文学大系24　土佐日記　蜻蛉日記　紫式部日記　更級日記』岩波書店、一九八九年、四六頁。

●第一章　眺める regarder

（1）マルグリット・デュラス、田中倫郎訳「トラック」『ユリイカ』一九七八年七月号、一三五頁。この作品のなかに「悩み」をめぐる二人の人物の対話があり、そこに「労働者階級」における「物質的次元に属する悩み」と、「階級の特権」としての「悩み」という発話のことばがある。

「G・D
『悩みといえば物質的なものでしかない。
悩みとは労働者階級の悩みのこと。
この物質的次元に属する悩みだけが考慮に入れる価値がある。
ほかの人たちの悩みは？』

「M・D
『ほかの人たちの悩み、そんなものは存在しない。階級の特権なのよ』」。

（2）マルグリット・デュラス、吉田加南子訳「言いたかったのだ、あなたたちに」『ユリイカ』一九八五年七月号、六九頁。

（3）水野忠夫編、北岡誠司・小平武・大西祥子訳『ロシア・フォルマリズム文学論集2』せりか書房、一九八二年、四七頁。

（4）マルグリット・デュラス／ミシェル・ポルト、舛田さおり訳『マルグリット・デュラスの世界』青土社、一九八五年、一二六頁、一二七頁。デュラスは、アンヌ＝マリー・ストレッテルのモデルになった実在した女性について次のように語っている。「私たちは知ったの。彼女に対する愛、彼女への愛のために、ひとりの青年が自殺したことを。それを知って、ひどく動転したことを覚えている。〔……〕彼女は私にとって、長いこと二重の力のようなものの化身だった。死の力と、日常的な力とのね。〔……〕ときどき思う、私は彼女がいたから書いたんだとね」。

（5）秋山虔校注「伊勢物語」『新日本古典文学大系17　竹取物語　伊勢物語』岩波書店、一九九七年、一二二頁。

（6）吉田兼好「徒然草」　西尾實校注『日本古典文学大系30　方丈記　徒然草』岩波書店、一九五七年、八九頁。

（7）パスカル、前田陽一・由木康訳『パンセ』中公文庫、一九七三年、一一五頁。

（8）佐藤春夫「『風流』論」『現代日本文学大系42』筑摩書房、一九六九年、三七七頁。「『古今集』の大宮人たちは生の不満から死を欲したのではなく、却って幸福な生の過剰的疲労からであってみれば、その安静にたいする希求は寧ろ生の喜びを新たにするためのものとしてであった筈である」。

（9）沓掛良彦「言語芸術としての『古今集』」『式子内親王私抄』ミネルヴァ書房、二〇一一年、二四三頁。「新古今には圧倒的に題詠の歌が多い。題詠とはつまりは現実や実感を基底にもたない「虚の世界」を、言語だけの力で詩として芸術的に結晶させたものだと言ってよかろう。〔……〕これに類するものはヘレニズムの詩にもあった」。

●第二章　待つ attendre

（1）マルグリット・デュラス、平岡篤頼訳『木立ちの中の日々〈解説〉』白水社、一九七九年、二九一頁、二九二頁。「彼女〔デュラス〕ほど、翻訳の限界ということを思い知らせる小説家もすくない。具体的な例をあげれば、たとえばこの作家は、《彼女は思い出した》Elle se souvint. とか、《彼は忘れた》Il oublia. とかといった、他動詞の破格的用法、文法用語でいう《他動詞の絶対的用法》をことのほか愛好する。〔……〕この用法の他動詞は、自動詞と似ていて、その実そうではない。〔……〕フランス語では《何》を思い出したとか、忘れたとかいうことははっきり察しがつく。ところが、日本語に訳してみると、かならずしもそうとは限らないのである」。

（2）ジャン＝ポール・サルトル、伊吹武彦訳『実存主義とはなにか』人文書院、一九五五年、一九頁、二〇頁、八四頁。

（3）マルグリット・デュラス、北代美代子訳『私はなぜ書くのか』河出書房新社、二〇一四年、七五頁。デュラスは、作家としてのサルトルと個人としてのサルトルに言及してこう語っている。「彼〔サルトル〕は自分をマルクスの相続人、その思考のただひとりの真の代弁者だと考えていた。実存主義の曖昧さはここから生まれている。だいいち、コンラッドを考えれば、サルトルを真の作家として語ることさえ、もはや不可能です。〔……〕戦争前、私自身がしたように、フランスの知識人は共産党に加盟する必要があった。あのときは闘うべきだったのに、サルトルはむしろ、いわゆる『知識人の罪』に助けを求めた」。

（4）H・R・ロットマン、天野恒雄訳『セーヌ左岸』みすず書房、一九八五年、三〇五頁。「サルトルのアパルトマンの近くのサン・ブノワ街にあったマルグリット・デュラスとディオニス・マスコロのアパルトマンは、いまや左岸の文学・政治の闘争におけるもう一つの司令部になっていた。〔……〕そこは、マルグリット・デュラスが女王のように君臨する蜜蜂の巣といった様相を呈していた。『彼女はぶしつけなくらい率直な心の持ち主で、自己表現については異様で時には滑稽なほど激しいところがあり、憤激、食欲、温か味、驚きといった能力には底知れないものがあった……』彼女は議論にはほとんど加わらなかった。当時の女性はそのような席にはそう参加しないことになっていたからである。だがデュラスは、料理をしたり、本を書いたり、子供を育てたりした。後になってみると、当時の社会慣習上女性が沈黙を強いられていたこと自体が、彼女を作家にする上でプラスになったのだとデュラス自身認めている」。

(5) 秋山虔校注「伊勢物語」『新日本古典文学大系17　竹取物語　伊勢物語』岩波書店、一九九七年、八〇頁。

(6) マルグリット・デュラス、清岡卓行訳「ヒロシマ、私の恋人」『ヒロシマ、私の恋人　かくも長き不在』筑摩書房、一九七〇年、一二頁。「〔原注〕この映画のある観客たちは、女主人公は《とうとう》ヒロシマにとどまってしまったと思った。それは可能である。私は意見をもたない。彼女を、ヒロシマにとどまることを拒絶できるぎりぎりの線にまでみちびいてきた私たちは、――映画が終って――彼女がその拒絶をひるがえす状態にまで達したかどうか、そうしたことを知ろうとは気づかわなかったのである」。

(7) 目崎徳衛「在原業平」『在原業平・小野小町』筑摩書房、一九七〇年、一六頁、三一頁。

(8) ジュリア・クリステヴァ、西川直子訳『黒い太陽』せりか書房、一九九四年、一五九頁。「治癒もなければ神もなく、価値もなければ、本態性の裂け目の場においてとらえられた病いそのものの美以外には、美もない。これほどにカタルシスをもたらすこと少ない芸術は、たぶん、かつて一度もなかっただろう」。

(9) 目崎徳衛『在原業平・小野小町』三三頁。

(10) 秋山虔校注「伊勢物語」『新日本古典文学大系17　竹取物語　伊勢物語』岩波書店、一九九七年、一七五頁。

(11) 加藤周一『日本文学史序説　補講』ちくま文庫、二〇一二年、六三頁、六五頁。「『万葉集』を全部読むと、たしかに「防人」の歌はちょっとあるけれども、恋愛また恋愛です。最も大きなテーマは自然でさえなくて、恋愛です。その意味では、根本的には『古今集』とそう違わない。『古今集』はもっと純粋化してほかの要素を全部捨てちゃった。『万葉集』にはほかの要素もたくさん入っています。しかしいちばん大きなテーマはあきらかに恋愛、相聞です。大伴家持は『万葉集』の編纂者らしいのですが、彼の歌に戦争と天皇への忠誠などを歌っているのはどこにもない。〔……〕それがナショナリズムに使われた『万葉集』です。〔……〕文学を研究している以上、私はそのことを一度いっておく必要があると思った」。

(12)佐伯梅友校注『古今和歌集』岩波文庫、一九八一年、一七五頁。

(13)エマニュエル・レヴィナス／フランソワ・ポワリエ、内田樹訳『暴力と聖性―レヴィナスは語る』国文社、一九九一年、八六頁。

(14)ボードレール、福永武彦訳『パリの憂愁』岩波文庫、一九五七年、一四頁。

(15)沓掛良彦『焔の女　ルイーズ・ラベの詩と生涯』書肆風の薔薇、一九八八年、一五二頁。

(16)リルケ、大山定一訳『マルテの手記』新潮文庫、一九五三年、二八九頁〜二九一頁。

(17)清水文雄校注『和泉式部集・和泉式部続集』岩波文庫、一九八三年。「影見《かげみ》たる人だにあらじ汲《く》まねどもいづみてふ名《な》の流《なが》ればかりぞ（二三七）」。「自分の影の映るのを見た人さへもないでせう。汲まないけれども、泉といふ評判が流れてゐるだけです」（窪田空穂『日本古典全書　和泉式部集　小野小町集』）。和泉式部の名は、女房として出仕したときの名で、その本名は不明であるといわれる。「いづみ」の幻影は、『マルテの手記』に書かれている「今も滾々《こんこん》と泉が湧き出ている」女性詩人像に繋がるといえる。

(18)清水文雄「和泉式部ノート」『衣通姫の流』古川書房、一九七八年、二〇五頁。

(19)清水文雄「和泉式部」『王朝女流文学史』古川書房、一九七二年、八一頁。

(20)西郷信綱『古代人と夢』平凡社ライブラリー、一九九三年、五六頁。

(21)寺田透「和泉式部論」『昭和文学全集17』小学館、一九八九年、九六二頁。

(22)保田與重郎『和泉式部私抄』日本ソノ書房、一九六九年、五頁。

(23) 三島由紀夫『私の遍歴時代』ちくま文庫、一九九五年、六二頁。

(24) 第二次世界大戦という非常事態の時期に、『和泉式部集』・『和泉式部日記』が、男性作家たちに読まれたことは何を物語るか。男性作家たちの抱えていた苦悩の一端は、日本の近代文学史におけるひとつの問題――浪漫主義と自然主義にかかわる問題に由来するということも考えられる。次の文章はいずれもその問題について語っている。「浪漫主義は弱き心の所産である。〔……〕自己主張的傾向が、数年前我々がその新しき思索的生活を始めた当初からして、一方それと矛盾する科学的、運命論的自己否定的傾向（純粋自然主義）と結合していた事は事実である。〔……〕今や我々には、自己主張の強烈な欲求が残っているのみである。〔……〕これは実に時代閉塞の結果なのである」（石川啄木『時代閉塞の現状　食うべき詩』岩波文庫、一九七八年、八九頁、一〇八頁、一一五頁、一一六頁）。「日本には啓蒙時代の歴史がない。日本人はかつて一度も理智のきびしい訓練を受けて居ないのだ。そこで今日の日本浪曼派は、発生的に西洋のそれと精神がちがって居る。日本の浪漫派運動の発生は、感情の虐殺者に対する反動の勃発ではなくして、全くむしろ前代自然主義文学に対する挑戦である。所でまた日本には、真の意味での自然主義文学といふものも過去になかった」（萩原朔太郎「日本浪曼派について」『萩原朔太郎全集　第十巻』九一頁）。

(25) 佐伯梅友・村上治・小松登美『和泉式部集全釈続集編』笠間書院、一九七七年、二六五頁。「女郎花が露もしとどなのにつけても、荒れはてたわが宿では、ひとしほ露を吹き払ふ風のおとづれが待たれますわ。――荒れ果てた家で、泣きぬれた女が一人、あなたの訪れを待ってゐますのよ」。

(26) 加藤周一『日本文学史序説上』筑摩書房、一九七五年、二一〇頁。「一三世紀のいわゆる「鎌倉仏教」は、現世利益的・呪術的な平安時代仏教に鋭く対立し、仏教の彼岸的・超越的な面を強調した。その画期的な意味は、すでに繰り返し述べてきた土着の世界観、その此岸的・日常的な現実主義を遂にうち破ったという点にある。日常的現実主義に超越する価値、――その価値への「アンガージュマン」は、日本史上はじめて、またおそらくは最後に、一三世紀において、時代思潮の中核となった。〔……〕比喩的にいえば、「鎌倉仏教」は、日本の土着世界観の幾世紀もの持続に、深くうち込まれた楔であった」。

(27) ミハイル・バフチン、伊藤一郎訳『小説の言葉』平凡社ライブラリー、一九九六年、七九頁。

(28) ミハイル・バフチン、望月哲男・鈴木淳一訳『ドストエフスキーの詩学』ちくま学芸文庫、一九九五年、一八頁。「ドストエフスキーの小説構造のすべての要素が、根本的に独自なものなのである。〔……〕その課題とは、すなわち、ポリフォニー的な世界を構築すること、そして既存のヨーロッパ的な形式、つまり本質的にモノローグ的（単旋律的）な小説を破壊することだったのである」。

(29) ポール・ド・マン、大河内昌・富山太佳夫訳『理論への抵抗』国文社、一九九二年、二一四頁。ポール・ド・マンは、「バフチンの著作の注意深い批判的な読みは、少なくとも西欧においては、やっと始まったばかりであり、しかも私のようにロシア語を解しない者がすぐさまそれに参加することは望み得ない。それゆえ私の論点は、バフチン、ヴォロシノフ＝バフチン、メドヴェジェフ＝バフチンの理論家、思想家としての意義に向けられるのではなく、なぜ対話の概念がかくも熱烈に、多様な流派の理論家たちによって受け入れられ、われわれを長く悩ましてきた多くの苦境から逃れるための妥当な方法のように見えてしまうのかというずっと狭い問題にかぎられる」と書いている。

(30) 貝澤哉・野中進・中村唯史編著「ロシア・フォルマリズム関連用語・人名集」『再考ロシア・フォルマリズム—言語・メディア・知覚』せりか書房、二〇一二年、二〇〇頁。「形式」は、文学作品における「手法や機能、リズムや話型」といった記述的な面にかかわるものを意味すると解釈されているが、広義には、「歴史的現実を観照の対象に転化することで超克する営為」（エイヘンバウム）・「歴史的な生の現実に由来する『内容』の超克」（バフチン）の意味で用いられることがあると紹介されている。

(31) エマニュエル・レヴィナス、西谷修訳『実存から実存者へ』朝日出版社、一九八七年。レヴィナスは、「自分の前に現前しているものとのいっさいの絆に縛られずにおり、自分に起こること、自分の対象あるいは自分の歴史とすら関わらずにいるというこの行為者の権能――それがまさしく光としての、志向としての知なのである」（七七頁）と書いている。

（32）寺田透「和泉式部論」九七三頁。「和泉が単に男女の愛欲ばかりでなく、さまざまな愛に向って熱し膨む博大な情緒を擁していたことが察せられるのである。〔……〕和泉の愛が、言ってみれば、バルザックの造型したモーフリニューズ公爵夫人のそれにさえ似た、娼婦型であることにおいて母性的なものであったと考えられて来る。〔……〕漁師の労働のつらさや、木樵の生活の侘しさに対する感情移入や、また旱魃《かんばつ》を歎く地方人に対して晩稲に期待せよと言って与えた励ましの歌〔……〕」。寺田透は、バルザックの女性人物の包含する「娼婦型であることにおいて母性的なもの」に比較して和泉式部の歌にあらわされた「博大な情緒」に言及している。実際、和泉式部集には、異なる次元のことば――〈粽《ちまき》・若菜・児《ちご》の衣・破子《わりご》・かりの子（卵）・草餅《くさもち》・糸・瓜《うり》・貝《かひ》・枕箱《まくらばこ》・挿櫛《さしぐし》・火桶《ひをけ》・味噌《みそ》・楤《たら》・蕨《わらび》・生海松《なまみる》・野老《ところ》・小豆《あづき》・樵《きこり》・海人《あま》〉といった――が入り混じり、歌集は、いわば「特権的会話」が「濃度の違う別の会話とまじり合ってしまう」（デュラス『インディア・ソング』六七頁）といった様相を呈している。

●第三章　憧れ出る partir

（1）マドレーヌ・ボルゴマーノは、デュラスの文学から映画への転換期について次のように書いている。「一九七一年『愛』――小説の名を与えることのむつかしい本――を書いた後、マルグリット・デュラスは映画に専念するために完全に文学を絶つ」（Madeleine Borgomano,L'Écriture filmique de Marguerite Duras,Paris, Albatros,1985,p.9.〔マドレーヌ・ボルゴマーノ『マルグリット・デュラスの映画的なエクリチュール』九頁〕拙訳）。

（2）ヤン・アンドレア、田中倫郎訳『マルグリット・デュラス』河出書房新社、一九九三年、二二二頁、二一二頁。
(3) ボードレール、福永武彦訳『パリの憂愁』岩波文庫、一九五七年、一五頁。
(4) 同右、二三頁。
(5) マルグリット・ユルスナール、岩崎力訳『空間の旅・時間の旅』白水社、二〇〇二年、三五一頁。
(6) 同右、三五二頁。
(7) ボードレール、村上菊一郎訳『悪の華』角川文庫、一九五〇年、二一八頁。
(8) ボードレール、福永武彦訳『パリの憂愁』五七頁、五八頁。
(9) デュラスは、チェホフの『かもめ』を基に書いた《La Mouette de Tchekhov》(チェホフのかもめ)(拙訳)の〈まえがき〉に次のように書いている。「私は削り落とし、書き直した。そして、人生の変化に重きを置く、この新しいチェホフの暗示的な哲学をも、私はさらに寡黙で、要求するものがより少ないもの、とりわけより具体的でよりおおらかなものに仕上げることにした。つまり私は『桜の園』や『ワーニャ伯父さん』と同じ声をもつおおらかな作品に戻すようにした」(p.10. 拙訳) デュラスの『かもめ』のまえがきに書かれたこの引用箇所は、チェホフの『かもめ』を脚色して、デュラスの『かもめ』を書いた意図をうかがわせる。いずれにしてもデュラスは、チェホフの作品の読者であり、『ワーニャ伯父さん』の女性人物エレーナ像も含めてチェホフ的な人物像には精通していたと推察される。
(10) 利光哲夫「チェーホフとデュラス」『ユリイカ』一九八五年七月号、一五四頁。筆者はこの文章のなかでチェホフとデュラスの『かもめ』の興味深い比較を展開している。「チェーホフとマルグリット・デュラスを並べて論じるのは、別段目新しいことではない。『ヌーヴォー・テアートルの歴史』の著者ジュヌヴィエーヴ・セローは、前衛劇の新しい世代のサミュエル・ベケットの系列としてパンジェやピンターなどと共に、デュラスの名を挙げ、ベケットとチェーホフの類似性に触れてデュラスの作品を分析しているし、フィガロ紙の劇評家だったジャン＝ジャック・ゴーティエは、デュラスの作品『ラ・ミュジカ』

を、チェーホフの『イワーノフ』に比較している」。
(11) アントン・チェホフ、神西清訳『かもめ・ワーニャ伯父さん』新潮文庫、一九六七年、一五〇頁、一五一頁。
(12) 紫式部「源氏物語」柳井滋・室伏信助・大朝雄二・鈴木日出男・藤井貞和・今西祐一郎校注『新日本古典文学大系22　源氏物語四巻』岩波書店、一九九六年、一七〇頁。「こよなう痩《や》せ細《ほそ》り給へれど、かくてこそあてになまめかしきことの限《かぎ》りなさもまさりてめでたかりけれと、来《き》し方《かた》あまりにほひ多《おほ》く、あざ〳〵とおはせし盛《さか》りは、中〳〵この世《よ》の花のかほりにもよそへられ給《たまひ》しを、限《かぎ》りもなくらうたげに、おかしげなる御さまにて、いとかりそめに思《おもひ》給へるけしき、似《に》る物なく心ぐるしく、すゞろにものがなし」。語り手は、「御法《みのり》」の巻で、この上なく痩せ細った死の間際にある紫の上の美しさを、気品があり優美さもこの上なくまさってすばらしいと讃え、蘇《あざ》やかだった盛りの頃に比べてむしろ病み衰えた姿に優しい美しさを認めている。ユルスナールは、「時の移ろいに対する深い感覚」を『源氏物語』のもつ繊細さに触れて指摘しているが、病に伏す紫の上の美しさを語るこの箇所からは、「時の移ろいに対する深い感覚」を読み取ることができる。
(13) アルベルト・モラヴィア、河盛好蔵　脇功訳『倦怠』河出書房新社、一九八〇年、四頁、七頁。
(14) アルベルト・モラヴィア、大久保昭男訳『王様は裸だ』河出書房新社、一九八一年、一七九頁。「当時（十四、五歳ごろ）わたしは研ぎすまされたような感受性をもっていて、しかも現実に密着することができずにいたのです。この無能力、それがまさに倦怠であり、不安でさえあるのです。〔……〕たぶんそこには、生きることの拒否があるのです。〔……〕ボードレールはこれをスプリーン（憂鬱）と呼んだのです。〔……〕倦怠は現実との関係の断絶であり、このとき現実は現実であることをやめ、分解してしまうのです。精神分析の用語では、これを《現実喪失《デレアリザシオン》》と呼ぶのです」。
(15) パスカル、前田陽一・由木康訳『パンセ』中公文庫、一九七三年、一一五頁。

(16)〈魂《たま》〉は、「最も古くは物の精霊を意味し、人間の生活を見守りたすける働きを持つ。いわゆる遊離霊の一種で、人間の体内からぬけ出て自由に動きまわり、他人のタマと逢うこともできる。人間の死後も活動して人をまもる」(『岩波古語辞典』)の意味をもつ。

(17)西郷信綱『古代人と夢』平凡社ライブラリー、一九九三年、五四頁、五五頁。

(18)『新日本古典文学大系19　源氏物語一巻』一九九三年、一一八頁、一一九頁。

(19)西郷信綱『古代人と夢』五六頁。

(20)同右　五六頁。

(21)ヴァージニア・ウルフ、川本静子訳『自分だけの部屋』みすず書房、一九八八年、四頁。「私がせいぜいできることは、一つの小さな点について或る意見——すなわち、女性が小説を書こうとするなら、お金と自分自身の部屋を持たねばならないということ——を述べるだけなのです」。

(22)ジャック・ラカン、若森栄樹訳「マルグリット・デュラス讃—ロル・V・シュタインの歓喜について」『ユリイカ』一九八五年七月号、二四八頁。「文字の実践は無意識というものの使用とともに一点に収斂していくこと、このことこそ私が彼女を称賛しながら証言したく思うすべてである」。

(23)「マルグリット・デュラスの作品において、作品は、明晰な意識の次元に達していると思われる。なぜならそれは、ほとんど偏執的に繰り返し書き直されているのだから」(Madeleine Borgomano, Duras, p.113.〔マドレーヌ・ボルゴマーノ『デュラス』一一三頁〕拙訳)。

(24)ボードレール、阿部良雄訳「笑いの本質について、および一般に造形芸術における滑稽について」『ボードレール批評1』ちくま学芸文庫、一九九九年、一三三頁、二四五頁。

(25)与謝野晶子「和泉式部の歌」『近代浪漫派文庫13　与謝野鉄幹／与謝野晶子』新学社、二〇〇六年、三二八頁。

(26)保田與重郎『和泉式部私抄』日本ソノ書房、一九六九年、九六頁。

(27) エミリ・ディキンスン、中島完訳『エミリ・ディキンスン詩集』国文社、一九六四年、一六二頁。
(28) トーマス・H・ジョンスン、新倉俊一・鵜野ひろ子訳『エミリ・ディキンスン評伝』国文社、一九八五年、二四六頁。
(29) 「ツリーと構想力」『柄谷行人対話集　ダイアローグII 1980-1984』第三文明社、一九九〇年、八三頁、八四頁。
「柄谷　五七五と五七五七七――七七がついただけで、どうしてこうも違っちゃうんだろうか。俳句的な気持で短歌をつくったとしても、五七五七七になると違っちゃうんじゃないですか。
寺山　〔……〕短歌は、七七っていうあの反復のなかで完全に円環的に閉じられるようなところがある。同じことを二回繰り返すときに、必ず二度目は複製化されている。〔……〕短歌ってどうやっても自己複製化して、対象を肯定するから、カオスにならない。〔……〕短歌ってのは回帰的な自己肯定性が鼻についてくる」。

●終章

(1) 『新版フランス文学史』白水社、一九九二年、二四三頁、二四四頁。「50年代に入るとフランス文学は様相を一変する。〔……〕文学的に重要なのは50年代後半から70年前後までの『ヌーヴォー・ロマン』である。これはシュールレアリスムなどとはちがって文学運動ではなく、共通の主義主張をもつグループがあったわけでもないが、およそいっさいの文学作品の素材である言語とその機能に新しい照明を与えた」。
(2) 山田宏一『友よ映画よ、わがヌーヴェル・ヴァーグ誌』平凡社ライブラリー、二〇〇二年、一〇頁、一一頁。「一九五〇年代後半のフランスで始まった、20歳代の映画作家たちによる自由奔放な映画作りの動き、〝新しい波〟の意味。〔……〕六八年の五月革命を契機に終息へと向かった」。

（3）アラン・ロブ＝グリエと平岡篤頼の対談「ヌーヴォー・ロマンの新たな地平へ」『すばる』一九九六年一〇月号、集英社、一六一頁、一六二頁。

（4）ミラン・クンデラ、金井裕・浅野敏夫訳『小説の精神』法政大学出版局、一九九〇年、一七〇頁、一七一頁。

（5）ポール・ド・マン、大河内昌・富山太佳夫訳『理論への抵抗』国文社、一九九二年、七六頁。「一九六九年にUCLAで開かれた「フランス・フォルマリズム」という学会において発表された論文において〔……〕リファテールはバルトと当時の『テル・ケル』誌の執筆者たちに対する批判を公にしており、そのなかで、〔……〕文学の知覚における読者の参与を無視することによって「文学のメッセージの知覚のされ方を隠蔽している」と非難している。知覚というのは適切な用語である」。

（6）貝澤哉・野中進・中村唯史編著「ロシア・フォルマリズム関連用語・人名集」『再考ロシア・フォルマリズム―言語・メディア・知覚』せりか書房、二〇一二年、二〇〇頁。「**形式**『フォルマリズム』という名称は、この語に由来している。哲学的、社会的、あるいは思想的なアプローチを排して、文学作品をもっぱら手法や機能、リズムや話型といった『形式』面から考察するように見えた詩的言語研究会《オポヤズ》やモスクワ言語学サークル関係者の論考を、反対者たちが揶揄をこめて『形式主義』と呼んだのが、本書の対象となっている人々の総称の起源だった」。

（7）水野忠夫編、北岡誠司・小平武・大西祥子訳『ロシア・フォルマリズム文学論集2』せりか書房、一九八二年、一五頁。

（8）清水文雄校注『和泉式部集・和泉式部続集』岩波文庫、一九八三年。「夏草《なつくさ》のかりに立《た》つ名《な》も惜《を》しければただその駒《こま》をいまは野飼《のが》ふぞ（二〇七）」「いはましをわれが手馴《てな》れの駒《こま》ならば人に従《したが》ふ歩《あゆ》みすなとも（二五七）」。

テクストと主要参考文献

マルグリット・デュラス

〈テクスト〉

Les Impudents, 1943.『あつかましき人々』田中倫郎訳、河出書房新社、一九九五年

La Vie tranquille, 1944.『静かな生活』白井浩司訳、講談社、一九七〇年

Un barrage contre le Pacifique, 1950.『太平洋の防波堤』田中倫郎訳、集英社文庫、一九七九年

Le Marin de Gibraltar, 1952.『ジブラルタルの水夫』三輪秀彦訳、早川書房、一九六七年

Les Petits Chevaux de Tarquinia, 1953.『タルキニアの小馬』田中倫郎訳、集英社文庫、一九七七年

Des journées entrières dans les arbres:《Les Chantiers》,1954.「工事現場」『木立ちの中の日々』平岡篤頼訳、白水社、一九九七年

Le Square, 1955.「辻公園」『アンデスマ氏の午後　辻公園』三輪秀彦訳、白水社、一九八五年

Moderato Cantabile, 1958.『モデラート・カンタービレ』田中倫郎訳、河出文庫、一九八五年

Hiroshima mon amour, 1960.「ヒロシマ、私の恋人」清岡卓行訳、『ヒロシマ、私の恋人　かくも長き不在』筑摩書房、一九七〇年

L'Après-midi de Monsieur Andesmas, 1962.「アンデスマ氏の午後」『アンデスマ氏の午後　辻公園』三輪秀彦訳、白水社、一九八五年

Le Ravissement de Lol V. Stein, 1964.『ロル・V・シュタインの歓喜』平岡篤頼訳、河出書房新社、一九九七年

L'Amante anglaise, 1967.『ヴィオルヌの犯罪』田中倫郎訳、河出書房、一九九五年
Détruire, dit-elle, 1969.『破壊しに、と彼女は言う』田中倫郎訳、河出書房新社、一九七八年
India Song, 1973.「インディア・ソング」『インディア・ソング　女の館』田中倫郎訳、白水社、一九七六年
Le Camion, 1977.「トラック」田中倫郎訳、『ユリイカ』一九七八年七月号所載
Les Yeux verts, 1980, 1987.『緑の眼』小林康夫訳、河出書房新社、一九九八年
Agatha, 1981.「アガタ」吉田加南子訳、『死の病・アガタ』朝日出版社、一九八四年
L'Homme atlantique, Paris, Éditions de Minuit, 1982.〔大西洋の男〕（拙訳）
La Maladie de la mort, 1982.「死の病」小林康夫訳、『死の病・アガタ』朝日出版社、一九八四年
L'Amant, 1984.『愛人《ラマン》』清水徹訳、河出書房新社、一九八五年
La Mouette de Tchekhov, Paris, Gallimard, 1985.〔チェホフのかもめ〕（拙訳）
La Vie matérielle, 1987.『愛と死、そして生活』田中倫郎訳、河出書房新社、一九八七年
L'Homme atlantique, Paris, Éditions de Minuit, 1985.〔大西洋の男〕（拙訳）
Emily L., 1987.『エミリー・L』田中倫郎訳、河出書房新社、一九八八年
La Pluie d'été, 1990.『夏の雨』田中倫郎訳、河出書房新社、一九九〇年
Le Monde extérieur. Outside Ⅱ, 1993.『外部の世界　アウトサイドⅡ』谷口正子訳、国文社、二〇〇三年
Écrire, 1993.『エクリール　書くことの彼方へ』田中倫郎訳、河出書房新社、一九九四年
Cahiers de la guerre et autres textes, 2006.『戦争ノート』田中倫郎訳、河出書房新社、二〇〇八年

〈共著〉

Une aussi longue absence, 1961.「かくも長き不在」坂上脩訳、『ヒロシマ、私の恋人　かくも長き不在』筑摩書房、一九七〇年

Les Parleuses, 1974.『語る女たち』田中倫郎訳、河出書房新社、一九七五年
Les Lieux de Marguerite Duras, 1977.『マルグリット・デュラスの世界』舛田さおり訳、青土社、一九八五年
Marguerite Duras tourne un film, Albatros, 1981.〔マルグリット・デュラス　映画を撮る〕（拙訳）
Marguerite Duras à Montréal, Montréal, Spiral, 1981.〔モントリオールのマルグリット・デュラス〕（拙訳）
La Couleur des mots, 2001.『デュラス、映画を語る』岡村民夫訳、みすず書房、二〇〇三年
Marguerite Duras, Paris, Albatros, 1988.〔マルグリット・デュラス〕（拙訳）
La passion suspendue, 2013.『私はなぜ書くのか』北代美和子訳、河出書房新社、二〇一四年

〈主要参考文献〉

Madeleine Borgomano, L'Écriture filmique de Marguerite Duras, Paris, Albatros, 1985.〔マルグリット・デュラスの映画的なエクリチュール〕（拙訳）
Madeleine Borgomano, Duras, Paris, Cistre, 1987.〔デュラス〕（拙訳）
Madeleine Borgomano, Moderato Cantabile de Marguerite Duras, Paris, Bertrand-La coste, 1990.〔マルグリット・デュラスのモデラート・カンタービレ〕（拙訳）
ポール・ド・マン「時間性の修辞学［2］アイロニー」保坂嘉恵美訳、『批評空間』第2号、一九九一年
ポール・ド・マン『理論への抵抗』大河内昌・富山太佳夫訳、国文社、一九九二年
エマニュエル・レヴィナス『時間と他者』原田佳彦訳、法政大学出版局、一九八六年
エマニュエル・レヴィナス『実存から実存者へ』西谷修訳、朝日出版社、一九八七年
アルベルト・モラヴィア『不機嫌な作家』大久保昭男訳、合同出版、一九八〇年
アルベルト・モラヴィア『王様は裸だ』大久保昭男訳、河出書房新社、一九八一年
ロラン・バルト『零度のエクリチュール』渡辺淳・沢村昂一訳、みすず書房、一九七一年

饗庭孝男・朝比奈誼・加藤民男編『新版フランス文学史』白水社、一九九二年
『岩波哲学・思想事典』岩波書店、一九九八年
小林道夫・小林康夫・坂部恵・松永澄夫編『フランス哲学・思想事典』弘文堂、一九九九年

和泉式部

〈テクスト〉

清水文雄校注『和泉式部集・和泉式部続集』岩波文庫、一九八三年
久保田淳・平田喜信校注『新日本古典文学大系8　後拾遺和歌集』岩波書店、一九九四年

〈主要参考文献〉

窪田空穂校注『日本古典全書　和泉式部集　小野小町集』朝日新聞社、一九五八年
窪田空穂『和泉式部』創元社、一九四七年
野村精一校注『新潮日本古典集成　和泉式部日記　和泉式部集』新潮社、一九八一年
野村精一「『身』と『心』の相克―劈かれたる存在について」『國文学』一九七八年七月号所載
野村精一「歌ことばのみちびくもの―又は、歌ことばをみちびくもの」『國文学』一九九〇年年一〇月号
清水文雄『王朝女流文学史』古川書房、一九七二年
清水文雄『衣通姫の流』古川書房、一九七八年
与謝野寛・正宗敦夫・与謝野晶子編纂校訂『日本古典全集　和泉式部全集』日本古典全集刊行会、一九二七年

与謝野晶子「和泉式部の歌」『与謝野鉄幹／与謝野晶子』新学社、二〇〇六年
萩原朔太郎『萩原朔太郎全集第七巻』筑摩書房、一九七六年
萩原朔太郎『萩原朔太郎全集第十巻』筑摩書房、一九七五年
寺田透『和泉式部』筑摩書房、一九七一年
寺田透「和泉式部論」『昭和文学全集17』小学館、一九八九年
沓掛良彦『和泉式部幻想』岩波書店、二〇〇九年
沓掛良彦『式子内親王私抄』ミネルヴァ書房、二〇一一年
加藤周一『日本文学史序説上』筑摩書房、一九七五年
加藤周一『日本文学史序説補講』ちくま文庫、二〇一二年
『岩波古語辞典』岩波書店、一九七四年
『新選古語辞典新版』小学館、一九六三年

あとがき

マルグリット・デュラスは、二〇一一年から始まった『プレイヤード叢書　マルグリット・デュラス全集』刊行の完結を機に、古典的作家として認められることになった。デュラスは、フランス文学の枠を越えて、二十世紀最大の作家の一人、そして二十世紀最後の作家の一人として位置付けられることになったといえるのではないか。

古典といわれる作品は、日本の古典もそうであるように、作者の固有名詞が作家の文体と内容とをそのままに語っている。古典は、固有名詞と文体と内容とが一体化しており、文体は内容であり内容は文体であるような作風をもっている。デュラスの小説には、そういう意味において古典的作風が備わっているといえる。

『プレイヤード叢書　マルグリット・デュラス全集』刊行に関しては、ニース大学の博士課程前期課程において、私に最初に指導をして下さった、デュラスの文学の専門家クリスチアヌ・ブロ・ラバレール先生が、この全集の編集委員の一人として指導的な役割を果たされた由、その経緯は、この本に取り組んでいた私に期せずして力を与えてくれることになった。一九九二年春、ニース大学で親しく指導をして下さったラバレール先生は、控え目な方だったという印象がある。

一九九二年といえば、その年がどんな年だったかを伝えてくれる一本の映画がある。グルジア出身のオタール・イオセリアーニ監督のフランス映画『蝶採り』が、ヴェネツィア国際映画祭新聞記者協会賞を獲得したのはちょうど一九九二年のことだった。この『蝶採り』の一場面――フランスのユートピア的な共同体の中に入り込み古城を買収しようとする日本人男性たちの姿を映し出す場面は、ニース滞在当時、時折フランス人から私が受けた穏やかではない視線を思い起こさせた。私がこの映画を東京で観たのは、フランス公開の一九九二年からしばらく経った頃のことだった。

デュラスは、一九八四年刊行の本のなかで「日本のイデオロギー」について次のように語っている。――「西洋のヘゲモニーは終わり、いまや、おぞましいイデオロギーがその後を継ごうとしている。私が言っているのは、中国やソビエトのファシズム・イデオロギーとともに、剥き出しのナショナリズムである日本のイデオロギーのこと」(『デュラス、映画を語る』一八四頁)――デュラスのこのことばは、イオセリアーニ監督の『蝶採り』公開前後のフランス、あるいはヨーロッパの人たちの抱いていた日本観を伝えている。映画『蝶採り』に映し出される、日本人男性たちの古城を買収する姿は、デュラスの警告と無関係ではないと思われる。

長い間にわたり細々と書き継いできたこの本の背景には、一人の日本人にかかわるものと、それを超えたより広がりのある背景のあったことを、私は今にしてはじめて思う。

最後に、せりか書房の船橋純一郎さんには、この試みを本にすることをほとんどあきらめかけていた私を後押しして、デュラスの小説論として一冊の本を作るよう励ましてくださったことに心からお礼を申し上げたいと思います。船橋純一郎さんは大学時代の仏文科の級友に当たりますが、その船橋純一郎さんへと私を導いて下さった、同じく級友の岩手県立美術館館長の原田光さんにもこの場を借りてお礼を申し上げたいと思います。四十年ぶりのなつかしい二人の旧友との出会いが、この本の刊行への道を拓いてくれることになったということ、それもまたニース大学における経緯に似て、旧友との再会がもたらしてくれた思いがけない恵みのように思われます。

二〇一五年　初冬

著　者

付論：マルグリット・デュラス『ヒロシマ・モナムール（Hiroshima mon amour）』

――日本における受容

はじめに

マルグリット・デュラスの『ヒロシマ・モナムール（Hiroshima mon amour）』（一九六〇年刊）の日本における受容の跡を辿るというこのささやかな試みは、『ヒロシマ・モナムール（Hiroshima mon amour）』の刊行五十周年を迎えた時期に当たる二〇〇九年に書いた文章に加筆したものである。

フランスにおいては、この本をシナリオとして用いたアラン・レネの映画『ヒロシマ・モナムール』の撮影五十周年を機に二〇〇九年に《Tu n'a rien vu à Hiroshima》が刊行された。そして日本においては二〇〇八年に『HIROSHIMA 1958』が刊行されて、主演女優エマニュエル・リヴァが、撮影地広島で撮った写真展が東京で催された。

デュラスの本というよりは、レネの映画を中心にして編まれたこの二冊の本は、デュラスの文学作品『ヒロシマ・モナムール』が、レネの映画とともに受容されてきたという経緯を物語っている。そうした状況にある飽き足らなさを覚えた私は、この本の刊行五十周年という節目の時にこの本の日本における受容の跡を辿ってみようと思い立った。その受容の跡を辿るという試みは、わたしにさまざまなことを教え、また新たな課題を与えてくれることになった。

〈1〉

マルグリット・デュラスの『ヒロシマ・モナムール（Hiroshima mon amour）』（一九六〇年刊）──『ヒロシマ、私の恋人』・『ヒロシマ、わたしの恋人』・『広島、わが愛』・『ヒロシマ、わが愛』、などの邦訳がある──は、アラン・レネ監督の仏日合作映画『ヒロシマ・モナムール（Hiroshima mon amour）』（邦題『二十四時間の情事』）のシナリオとして書かれた文学作品である。デュラスの『ヒロシマ・モナムール』は、フランス語版は約五十年、そして日本語版『ヒロシマ、私の恋人』（清岡卓行訳）は約四十年の受容の歴史をもっている。

アラン・レネの映画『二十四時間の情事』は、一九五九年に仏日同時公開されている。この映画は、〈キネマ旬報一九五九年度内外映画ベスト・テン〉[1]の外国映画部門で第七位に順位づけされ、デュラスはその映画のシナリオ作家として日本で知られるようになる。そのシナリオは、フランスにおいては文学作品『ヒロシマ・モナムール（Hiroshima mon amour）』として映画公開の翌年一九六〇年に刊行され、それと同時に本の受容は始まったはずである。しかしその本の日本語版刊行は、一九七〇年まで待たなければならず、『ヒロシマ、私の恋人』[2]の邦題をもつその本の受容は、フランスより十年遅れたという経緯がある。

マルグリット・デュラス（一九一四年—一九九六年）は、第一作『あつかましき人々』（一九四三年刊）から最後の『これで、おしまい』（一九九五年刊）、『書かれた海』〔拙訳〕（一九九六年刊）まで、二十世紀後半にフランスで作家活動を行った現代作家である。そして折しも〈新小説《ヌーヴォー・ロマン》〉[3]・〈新しい波《ヌーヴェル・ヴァーグ》〉[4]と呼ばれたフランスの文学と映画の潮流が、広く世界に影響を及ぼしていた時期に、文学ばかりではなく映画、演劇にわたって創造活動を行った作家でもある。

マルグリット・デュラスのシナリオによる、アラン・レネの映画『二十四時間の情事』は、一九五九年のカンヌ映画祭で国際映画批評家大賞を獲得したが、そのことは、「ヌーヴォー・ロマンとヌーヴェル・ヴァーグは、おなじ芸術的気候のなかにそだっていたのである」[5]というフランスにおける映画と文学をめぐる潮流を想起させる。

デュラスの『ヒロシマ・モナムール』の日本における受容の跡を刻む批評の多くは、一九五九年公開のレネの映画『二十四時間の情事』の批評に重なるかたちで書かれている。それは、『ヒロシマ・モナムール』の日本語版刊行の遅れにも由ると思われるが、一九七〇年の日本語版の刊行以降もそうした事情はあまり変わらない。映画のシナリオを文学作品として読むという受容のし方は、「文学のコンテクストを考慮してのシナリオ史」として書かれた『映画のなかの文学　文学のなかの映画』（飯島正）[6]のような本の刊行を待たねばならなかった。デュラスの『ヒロシマ・

モナムール』は、作品の形式と内容においてばかりでなく、映画のシナリオのもつ高度な文学性を映画の観客に伝えたという点においても大きな意義をもつと思われる。

《Tu n'a rien vu à Hiroshima》

《Tu n'a rien vu à Hiroshima》(「きみは、ヒロシマで何も見なかった」)——これは、レネの映画『二十四時間の情事』撮影の五十周年を記念してフランスで刊行された本(二〇〇九年刊)の題であるが、主要登場人物の一人である日本人男性の発話から採られている。この本は、映画の女主人公彼女を演じたフランスの女優エマニュエル・リヴァが、一九四五年八月六日の原子爆弾の投下から十三年後の一九五八年に、映画のロケ地広島で撮った写真を主にして、その他貴重な文章を併せて作られている。このフランス語版の〈序文〉には、その本が「この歴史的な映画撮影の五十周年記念が、世界的な映画の傑作としてすぐに認められた、この映画にたいする新たな視線を、広く観客に示す機会になる」[7](拙訳)ことを意図して作られたことが書き記されている。《Tu n'a rien vu à Hiroshima》(「きみは、ヒロシマで何も見なかった」)——この日本人男性の発話は、『ゴダール 映画史 テクスト』[8]のなかでも引用されている。ゴダールは、『ヒロシマ・モナムール』の刊行当時からデュラスの文学のよき理解者であったらしい。デュラスは、ゴダールについて次のように書いている。

「私が彼［レネ］にすべての指示と着想をあたえ、レネはわたしに従い、私を補佐しました。この映画がなによりもまずわたしの映画であること、それはすぐにわかりますが、そのことを最初に見抜いたのはゴダールでした」（デュラス『私はなぜ書くのか』[9]）

《Tu n'a rien vu à Hiroshima》は、『ヒロシマ・モナムール』の女主人公フランス人女性彼女の発話「私はすべてを見たの。すべてを」に対する日本人男性彼の発話である。『二十四時間の情事』の撮影五十周年を記念して刊行された本の題になったこの発話の意味するものは何か。それは、『ヒロシマ モナムール』というよりは、デュラス的な語法をもつ〈見る〉とは何を意味するか、という問題と直截かかわっている。

〈2〉

デュラスは、アラン・レネの依頼を受けて映画『ヒロシマ・モナムール』（邦題『二十四時間の情事』）のシナリオを一九五八年に書いた後、文学作品として、『ヒロシマ・モナムール』を一九六〇年に刊行する。『ヒロシマ、私の恋人』（清岡卓行訳）の〈まえがき〉に作者は次のように書いている。

「私の役目は、レネがその映画を作りだす出発点となったところの、基本的な材料を報告するということに限られている。〔……〕私は、映画に取り入れられなかったいくらかの数の事項を、それらが最初の意図を有効に照らしだすかぎり、保存しておくことはいいことだと思った。〔……〕私は、彼ら［アラン・レネとジェラール・ジャルロ］の忠告なしに済ませることはどうしてもできなかった。私が、私の仕事におけるなんらかのエピソードに取組むのは、いつも必ず、それに先行するエピソードを、彼らの判断と選択に従わせ、要求がきびしくもあれば、明晰でもあり、また実り豊かでもある彼らの批評に、耳をかたむけたのちであった」（デュラス『ヒロシマ、私の恋人』〈まえがき〉一五頁、一六頁）

作者デュラスは、この本の刊行に当たり、〈まえがき〉のなかでデュラスのシナリオとアラン・レネのデクパージュ（撮影台本）[1]とが同一のものではないこと、そしてシナリオがアラン・レネとジェラール・ジャルロの「忠告・批評」を取り入れながら書き上げられた経緯を語っている。デュラスの『ヒロシマ・モナムール』は、映画のシナリオとして映画作家アラン・レネとの共同作業を経て書かれた作品であることはまちがいない。デュラスにとってアラン・レネは、「心を許して、対等に仕事をした」本当の意味で「唯一の人間だ」（ドミニク・ノゲーズ「『ヒロシマ・モナムール』の青春」[2]）という。そのことはデュラスの『ヒロシマ・モナムール』の読みには重要なことである。
デュラスの『ヒロシマ・モナムール』の日本における受容の跡を残すものとしてまず想起されるのは、デュラスとレネを同時に捉えた批評「記憶のなかのデュラス」（岩崎力）[3]である。折しもレネの映画『二十四時間の情事』の撮影されていた一九五九年、パリに滞在していた筆者（岩崎力）は、この映画の撮影現場に偶然立ち会う機会に恵まれる。フランス文学研究者としてパリに滞在中であった筆者は、デュラスやレネと親しくかかわった体験を基に、「記憶のなかのデュラス」という文章を書いている。そこには「一九五九年、四十九歳」当時のデュラス像が描き出されている。

「『広島・わが愛』は〔……〕台詞の響きが美しかった。なかには、意味よりも音の美しさのために書かれたように思える台詞さえあった。〔……〕あの映画ではじめて接したぼくには、なによりもまず新鮮で詩的な台詞として迫ってきたのだった。〔……〕彼女〔デュラス〕もその日は録音作業に立ち会ったように思う。〔……〕いずれにせよスタジオのなかのデュラスの印象はさほど鮮明ではない。おそらく、この段階とこの場のデュラスは寡黙だったのだ。差出がましいようなことはいっさい言わなかった。レネとデュラスのあいだには完全な信頼関係が成り立っていたのだ」（岩崎力「記憶のなかのデュラス」二三二頁）

映画の撮影当時のデュラスは、「《chaleur humaine》（人間の温かさ）」を感じさせる人だったという。映画の主人公《ヒロイン》を演じたエマニュエル・リヴァは、『HIROSHIMA 1958』のなかで、「デュラスは現場に来たことは一度もなかった」(4)と語っているが、「記憶のなかのデュラス」には、撮影現場ではなくスタジオの録音作業の現場に姿を現したデュラス像が描かれている。
デュラスのふたつの住まい、サン＝ブノワ街とノーフル・ル・シャトーの住まいを訪ね、親しくデュラスに接する機会を持った筆者（岩崎力）は、個人的に映画の場面転換——岡田英次の手のクローズアップにオーバーラップしてヌヴェールのロワール河畔で狙撃されたドイツ兵の手が映し出される——について直接デュラスに質問したことを書いている。

「当時プルースト一辺倒だったぼくには、その転換が《無意志的記憶》の映像表現に思えたのだった。〔……〕返事は予想通りだった。あの場面では、シナリオの段階ですでにプルーストを意識していたという。〔……〕翌年の『かくも長き不在』では、その《無意志的記憶》を逆手に使って、浮浪者の記憶を取り戻させようとする。〔……〕感覚に残っているはずの記憶に訴えることによって、意識的記憶まで取り戻させようと試みるのである」（同、一二三五頁）

一九五九年、筆者は、映画の台詞の録音のやり直しのための協力と岡田英次の通訳を偶然の成り行きで依頼され、映画の成立過程の一部を三週間にわたり目撃する機会に恵まれたばかりではなく、プルーストの研究者の目をもって、デュラスのシナリオの核心に触れることを作者自身に質問するという稀有な時間をもつことにもなった。当時筆者は、「給費だけの貧しい留学生活の二年目」を迎えていたという。

一九五九年から十一年目の一九七〇年――日本語版『ヒロシマ、私の恋人』(清岡卓行訳)の刊行の年――に再び筆者は、デュラスにインタビューをする機会をもつことになる。その折のデュラスのことば――「キリストの愛にとってかわるものはあらわれていない。いま人間は愛の使い道を、惜しみなく与える心の使い道を見失っているのだ」(「記憶のなかのデュラス」一二三七頁)――を筆者は、印象深かったものとして書き記している。『二十四時間の情事』の撮影当時から十数年ぶりに見るデュラスは、「むしろ若返った感じさえした」という。

「彼女は連帯を求めはしない。そして孤立を恐れない(……)。むしろ、ぼくの記憶のなかのデュラスは、連帯の可能性は孤(個)に徹することによってはじめて生まれると信じ、その確信に支えられて探求の道を歩み続けている」(同、一二三七頁)

「記憶のなかのデュラス」の最後の文章は、小説家デュラスの毅然とした風貌を伝えていると同時に、デュラスの文学における「孤(個)」と「連帯」という本質的な問題にも触れて、一枚のデュラスの肖像画を描き出しているようだ。

さて、この「記憶のなかのデュラス」（一九八五年）から十八年を経過して、筆者（岩崎力）は、『早稲田文学』の「《特集》何度でも、新しい小説《ヌーヴォー・ロマン》のために」（二〇〇三年）のなかの、「シンポジウム　回帰不能点への道」で再び一九五九年当時を回想して語り、『二十四時間の情事』の映画制作に直接関与したことを明かしている。それは、筆者の「咳払い」が映画に使用されたことにまつわる愉しい話題である。筆者は、「咳払い」の声で映画出演をしたという。

「アラン・レネの『ヒロシマ・モナムール』は、日本では『二十四時間の情事』という、じつに情けなく、なんともうすぎたないタイトルで発表されたのですが、そのなかにぼくの咳払いが録音されているんです。〔……〕世界の映画史にぼくの咳が残った」[5]。筆者の「咳払い」は、たしかに「映画史」に残るにちがいない。たとえばゴダールの映画『映画史』、そして『ゴダール映画史　テクスト』という本には、デュラスの『ヒロシマ・モナムール』の、「あなたは見なかった　ヒロシマで」[6]の台詞が採られているのだから。

映画の邦題『二十四時間の情事』を「うすぎたないタイトル」と感じる観客は、当時も現在も少なくないのではないか。〈amour〉の意味する〈恋・愛〉が当時の日本人には理解不能だったのか。デュラスとレネは、この邦題を知らされていただろうか。

日本のフランス文学者（岩崎力）の「咳払い」が録音されたという箇所は、『ヒロシマ、私の恋人』第一部のなかの次の場面である。

「街路を一人の男が通り過ぎて行き、咳をする。（その男の姿は見えない。その歩く音や咳が聞こえるだけである。）彼女はまた起きあがる。

彼女――ねえ……、今は四時よ……。

彼　――どうして、そんなことを？

彼女――あのひとが誰だか知らないんだけれど。毎日、四時に、あの男のひとは通って行くのよ。そして、咳をするの。

沈黙。二人はお互いに視つめあう。

彼女――あなたはそのときいたのかしら、あなたは、ヒロシマに……。

〔……〕

彼は突然、真剣に、そしてためらいながら、彼女を視つめ、とうとう彼女に次のことを言ってしまう。

彼　――ぼくの家族はね、ヒロシマにいたんだ。ぼくは、戦争に出かけていたんだ」（マ

ルグリット・デュラス『ヒロシマ、私の恋人』、三六頁、三七頁）

『ヒロシマ、私の恋人』は、全五部で構成されている。この「咳」は、第一部「一九五七年の夏、八月、ヒロシマ」における、フランス人女性彼女――「平和にかんする映画」に出演する女優としてヒロシマの地を訪れているが、帰国前日に日本人男性彼と偶然出会うことになる――の発話のなかで用いられている。

これは、彼女と彼のはじめての親密な出会いの場面からの断章である。彼女の発話に彼は応答するが、彼女の発話は独白的であり、二人の対話は出会いの当初からズレを孕《はら》んでいる。「あなたはそのときいたのかしら、あなたは、ヒロシマに……」。彼女の「そのとき」とはいつのことか彼にはわからないはずである。二人の対話に包含されるズレは、この作品の終わりまで解消されることはない。この場面においては、彼女の発話のもつ内的独白性が明白なかたちで表出されている。内的独白――それは、デュラスの文学において重要な機能をもつひとつの形式である。

日本人男性彼は、フランス人女性彼女の内的独白性を帯びたことば――彼女の記憶から紡ぎ出される脈絡のない断片的なことば――を聴き取り、彼女の内なる独りの記憶を共有しようとする。彼女と彼の発話のやりとりにかみ合うものとかみ合わないものが混じり合うのは、彼女の内なる記憶の幻影を彼がそのまま見ることができないことに因っている。彼女の記憶を共有したいという日本人男性のフランス人女性にたいする〈愛〉は、偶然の短い出会いの時間の経過とともに深まってゆく。

二十四時間の短い〈愛〉の物語を通して顕在化してくるのは、記憶の共有の困難と、時間は過ぎるという事象である。たとえば時刻をあらわす「四時」は、過ぎてゆく時間に亀裂を刻むかのような瞬間の感覚を覚えさせる。——ホテルの場面で彼女が「咳」を耳にする朝の「四時」、二人が分かれた後、彼が彼女を再び見出すのは「午後四時」、彼女と彼が永久に別れるであろう「夜の終わり」、つまり朝の始まる「四時」。「四時」は時間の進行と二人には時間のないことを告げる時刻である。「ヒロシマ」の地で展開される二十四時間の〈愛〉の物語は、時間の物語だということもできる。

さて、「記憶のなかのデュラス」の筆者（岩崎力）は、「咳」をするというかたちで映画に出演したという愉しいエピソードを『早稲田文学』の「シンポジウム」で明かしたわけだが、そのエピソードは撮影現場のなまなましい空気を感じさせる貴重な記録といえる。「咳」にまつわる愉しい思い出を加えて、デュラスという作家の生彩を放つ人物像を伝えながら、デュラスの『ヒロシマ・モナムール』にプルーストの《無意志的記憶》の映像表現を感受するというひとつの読みを語り出した「記憶のなかのデュラス」は、いま読んでも興味深い文章である。

ところで、『早稲田文学』の「シンポジウム　回帰不能点への道」に拠ると、「一九六〇～七〇年代、〔……〕一般の新聞や雑誌にヌーヴォー・ロマンについての言及がずいぶん多く出たし、その頃の文芸雑誌にも、たえずなんらかの反響が出ていた」（三四頁）とある。そうした反響のなかで特に「一九五九年の話」として「読書新聞」の文芸時評の書き手で、〈キネマ旬報・ベスト・テン〉において、『二十四時間の情事』を第一位に推したただ一人の選者、佐々木基一の名前が挙げられている。その文芸時評の筆者（佐々木基一）が「キネマ旬報1959年度ベスト・テン私の選んだ順位　および選出理由」について書いた批評を読むことができる。〈外国映画〉選者三十八名中、『二十四時間の情事』を十位以内に挙げている選者は十四名あるが、第一位に推したのはその筆者一人である。

「一九五九年の外国映画は、はっきりと新旧の波の交替を示している。〔……〕一九三〇年代に確立されたトーキー様式が、徹底的な改変期に入ったということを、一九五九年ほど明瞭に示した年はない。その意味で今年のベスト・テン選出は、映画史上の重要な事件になるだろうと予想される。日本映画では、まだこんな具合に明確な線は引けないだろうが……」（佐々木基一「キネマ旬報1959年度ベストテン」四二〇頁）

筆者が第一位に推す『二十四時間の情事』――第二位は『灰とダイアモンド』、第三位には『影』を筆者は挙げている――に具体的には言及せず、抽象的に語られているこの批評の内容を読み取ることはむつかしい。一九三〇年代に確立されたトーキー様式（音声を伴う映画）の「徹底的な改変期」とは、具体的にどのようなことを意味するのか。映画史における「新旧の波の交代」を惹き起こした作品としてレネの映画は挙げられているといえるが、レネの映画の新しさは、デュラスのシナリオの包含する文学性とかかわりがあるはずである。

「ヒロシマの惨劇は、この偶然の愛を、否応なく宿命と化してしまう。〔……〕それは宿命の糸をたどってリヴァを彼女自身の悲劇の中につれもどすのである。ヒロシマに深く入り込むこと、それは同時に自己の内なるヒロシマに到達することである。リヴァはこうして問わず語りに、夫にも告白したことのない自らの愛の苦痛と、身に受けた屈辱を、ヒロシマの男に向って語りはじめる。ヒロシマは、いま、彼女の過去を蘇らせるばかりでなく、彼女の過去と現在とをつなぐ糸となり、過去の体験の深い意味を悟らせる契機になるのだ」（佐々木基一「アラン・レネ『二十四時間の情事』」[7]）

筆者（佐々木基一）は、「ヒロシマに深く入り込むこと、それは同時に自己の内なるヒロシマに到達することである」と書き、フランス人女性の、「宿命」的な「偶然の愛」について語っている。レネの映画というよりは、むしろデュラスのシナリオのもつ文学性により深く言及したこの批評は、外国映画における「新旧の波の交替」とは何を意味するかという問題に示唆を与えてくれる。

フランス人女性彼女と日本人男性彼は、ヒロシマの地における偶然の出会いによって、忘却というかたちで内なる淵に沈んでいた記憶を想起することになる。そのことを筆者は「宿命」と呼んでいるのではないか。フランス人女性は、ドイツ人兵士を愛したことに因り髪を刈られて「地下室」に幽閉されたことを、そして日本人男性は、「戦争に出かけていた」ことを、それぞれ互いに告げ合う。そうして偶然の出会いの時は、二十四時間のうちに終局を迎えることになる。

さて『ヒロシマ・モナムール』は措いて、デュラスの文学作品の翻訳史は、『三田文学』（一九五九年三月号）に掲載された、『モデラート・カンタービレ』（田中倫郎訳）に始まるらしい。それに次いで《MODERATO CANTABILE》の翻訳本――『雨のしのび逢い』（河出書房新社、一九六一年刊）、『モデラート・カンタービレ』（河出書房新社、一九六一年）――が刊行されている。その事情については、『早稲田文学』の「シンポジウム　回帰不能点への道」、そして同じ訳者（田中倫郎）により刊行された『モデラート・カンタービレ』（一九七七年刊）のなかの〈解説〉[8]を読んでもわかる。ここで興味深いのは、『雨のしのび逢い』（一九六一年刊[9]）の題で刊行された本のなかに〈付録〉として、『ヒロシマ・モナムール』のなかに収められている「筋書《シノプシス》」がすでに翻訳されて収録されていることである。

「この名画がわが国でも公開された後、この作品のうちに反戦主題のみを読みとって随喜の涙を流す近視眼的批評が横行して失笑を禁じえなかったが、そういった見方を是正する上でも、一読の価値ある読みものだと思う」（田中倫郎「解説　付録について」『雨のしのび逢い』

一七一頁）

これは、『雨のしのび逢い』（一九六一年刊）の「付録について」からの引用である。筆者は、レネの映画から「反戦主題のみを」読み取ることを批判している。この批判は、一九六一年頃の日本におけるレネの映画『二十四時間の情事』の受容のあり方をうかがわせるが、日本の一部の批評家たちが、冷静にフランスのヌーヴェル・ヴァーグの作品を受容しようとしていたことを思わせる批評もある。

「フランスのヌーヴェル・ヴァーグの作品が入って、その傾向も見当がついた。連帯感のない孤独な精神があらわれて、掘下げかたには興味が持てる」（小倉真実）・「マス・コミ時代にあえて大衆に背を向けて映画の新しい可能性に大胆に切り込んでいった『二十四時間の情事』」（森満二郎）・「『二十四時間の情事』は、見た当座よく呑み込めなかった。しかし、時がたつにつれて印象が鮮明になって来る。その試みの大胆さよりは、いおうとすることの感覚的な表現の凄じさが鮮かになって来る」（押川義行）――「キネマ旬報1959年度ベスト・テン　私の選んだ順位　および選出理由」（四一七頁、四一九頁、四二五頁）からのこうした批評は、レネの映画と同時にデュラスの作品にたいするそれとして読むこともできる。「孤独な精神」・「大衆に背を向けて」・「感覚的な表現の凄まじさ」といったことばは、デュラスの『ヒロシマ・モナムール』のなかで、時間の経過とともに登場人物二人の「孤独」が浮き彫りにされること、彼女と彼の出会いの時間がなにかに結実することを願う「大衆」の期待に添うものではないこと、そして女主人公彼女の〈声〉が感覚の〈声〉としてあらわされていることの三つの点に言及しているといえる。一九五九年映画公開当時にすでにこうした批評のあったことは興味深い。

ところでヌーヴェル・ヴァーグは、「68年の5月革命を契機に終息へと向かった」（山田宏一『友よ映画よ、わがヌーヴェル・ヴァーグ誌』一一頁）という。デュラスはといえば、ヌーヴェル・ヴァーグの終焉とはかかわりなく、一九七〇年代には、文学作品よりはむしろ映画の制作に監督として本格的に取り組むようになる。その映画は、作家自身の文学作品をシナリオとして用いたもので、文学の映画ともいえる作風をもっている。『二十四時間の情事』の日本での公開の時期、この映画とシナリオは、なにかのための映画、なにかのための文学ではなく、映画そのもの、文学そのものについて考える契機を与える作品だったといえるのではないか。

〈3〉

デュラスの『ヒロシマ・モナムール』は、レネの映画『二十四時間の情事』の日本公開以降、映画のシナリオとして受容される時期がつづく。一般の新聞や雑誌にヌーヴォー・ロマンに関する言及が多くなるといわれる一九六〇年代、一九七〇年代には、デュラスの小説も翻訳刊行されるようになり、『ヒロシマ・モナムール』の日本語版『ヒロシマ、私の恋人』も一九七〇年に刊行の運びになる。
レネの映画『二十四時間の情事』は、公開当時（一九五九年）日本の観客に、なにかよくわからないが、新しいもの、不可解なものに触れたという印象を与えたらしかった。一九七〇年刊行の『ヒロシマ、私の恋人』の「あとがき」、そして『世界の映画作家5　ミケランジェロ・アントニオーニ　アラン・レネ』のなかに映画公開当時の反響を伝える文章がある。

「興行的には必ずしもあたらなかったが、日本の若い映画芸術の探求者たち、あるいはその愛好者たちを魅了したことにおいて、戦後の中でも、一、二を争う問題作ではなかったかと思われる」（清岡卓行『ヒロシマ、私の恋人』〈訳者のあとがき〉[1]）

「『二十四時間の情事』は、昭和三四年に日本で公開されたが、興業的には散々であった。記憶が正しいなら五日間で打ち切られたと思う。〔……〕日本でこの作品が正当に評価され出したのは、外国での評判が伝えられた後だった。〔……〕しかしレネの評価は、フランスばかりではなく、米、英両国でもきわめて高いのである。ジョン・フォードが『アラン・レネの世界』によって、レネの思想の根源をベルグソンと結び付けている論文は、すぐれた一つの考察である」（松井秀三「フランスでの評価[2]」）

『キネマ旬報誌』に拠ると、ヌーヴェル・ヴァーグに属する作品は、当時「得点がふぞろいで評価が一般化していない」のが実情だったとある。一九五九年度の〈キネマ旬報ベスト・テン〉のなかには、ヌーヴェル・ヴァーグに属する作品として、クロード・シャブロルの『いとこ同志』（第四位）、ルイ・マルの『恋人たち』（五位）が入っている。因みに一九五九年度の〈ベスト・テン　日本映画〉の部門で上位を占めた映画は、『キクとイサム』、『野火』、『にあんちゃん』、『荷車の歌』、『人間の条件』、『第五福竜丸』など、戦争・貧困・差別といった深刻な社会問題を扱ったものが多い。日本映画における「新旧の波の交替」を示す線引きの困難な事情がそこには反映されているようだ。日本映画においては一九五九年当時まだ遠かった「新旧の波の交替」は、日本文学においてはどうだっただろうか。

レネの映画『二十四時間の情事』は、こうして、日本映画界にある波紋を投げかけたといえる。が、その波紋は、デュラスのシナリオの投げかけたものでもある。レネの映画の与えた波紋の跡が、デュラスのシナリオの受容の跡に重なるものであることを証《あか》す文章がある。

レネの映画『二十四時間の情事』は、仏日合作映画として制作され、一九五八年ヒロシマでの撮影が行われた。デュラスは、その撮影に先立って日本側のスタッフに宛ててある書き物を送ったという。その書き物の読解を迫られた日本側のスタッフは試練の時を迎えることになる。日本側のスタッフのなかで重要な責務を負うチーフ助監督（白井更生）の書いた「アラン・レネとヒロシマ」（一九七〇年）という貴重な文章は、仏日合作映画のチーフ助監督としてアラン・レネと直接対話するという試練、さらにはデュラスの「タイプ印刷の台本」を読解するという試練の時を生きたチーフ助監督のなまなましい声を伝えている。

「〈もし冒涜的ということばがあるとすれば、本当に冒涜的なのはヒロシマそれ自体ではないか。偽善を装い問題をすりかえる必要は少しもない〉
〈この日仏合作映画は日仏的に見えてはならない。むしろ、反日仏的に見えなくてはならない〉」（白井更生「アラン・レネとヒロシマ」[3]）

これは、デュラスが日本側のスタッフに宛てて書き送った「プロットと日仏両主役の描写」に関する書き物（「書類」）のなかの一節である。前者は『ヒロシマ、私の恋人』のなかの「筋書《シノプシス》」に、後者は「日本人男性の肖像」のなかに書き記されている。デュラスから送られたその書き物は、チーフ助監督をはじめとする日本側のスタッフを一様に「混乱」に陥れたという。日本側のチーフ助監督を務め、「アラン・レネとヒロシマ」という文章を書いた筆者（白井更生）は、日本滞在中のアラン・レネに、「作品の意図するもの」について直接説明を求めたという。それにたいしてレネは、「〈冒険〉ないしは〈試み〉といった言葉」を用いて語り、とりわけ「映画における〈時間〉と〈空間〉への冒険を強調していた」[4]という。仏日合作映画にかかわる日本側スタッフは、「何だか良くはわからないが、われわれはわれわれ流にベストを尽くすしかない」、そんな覚悟をもって映画制作に取りかかり始めたという。

日本側映画スタッフを「混乱」に陥れたもの、それはアラン・レネの作品の「意図」というよりは、デュラスの抱いていた作品の「意図」だといえる。レネは、デュラスの『モデラート・カンタービレ』を読み、その作者としてのデュラスにシナリオを依頼して、「文学を書いてください。私のことは気にしないで、カメラを忘れてください」[5]と言ったという。そして、レネは、「映画が文学を模倣したのか、文学が映画を模倣したのか」（山田宏一）という問いに応えて、「謙虚としか言いようのない慎ましやかな口調で」次のように語っている。

「自分は単なる演出家（metteur en scène）、つまりテクニシャンにすぎません。シナリオのすばらしさを映像に移しかえるのがわたしの仕事なのです」（山田宏一『友よ映画よ、わがヌーヴェルヴァーグ誌』二二九頁）

仏日合作映画の日本側のチーフ助監督を務めるため、筆者（白井更生）は、「シナリオのすばらしさを映像に移しかえる」という「演出家」レネの映画というよりは、むしろデュラスのシナリオと直接向き合い、「文学的な面から」作品に近づくことを考える。

「突然、旧来の映画概念、映画文法にまるで当てはまらない作品に直接タッチしなければならない状態に追いこまれたぼく自身の混乱は表現し難いものがあった。〔……〕助監督という仕事は完全な理解なしでは成り立たない。むしろ、ぼくは、この不可解な映画に取り組むよりは、原作者であるマルグリット・デュラスの立脚するアンチ・ロマンの側から、つまり文学的な面から、この作品にコンタクトすることを考えた。

〔……〕

あれやこれや考えてみると、『二十四時間の情事』でA・レネが目指していたものは、〈人間内部のドキュメンタリー〉であったと気づくのだ。ここで、〈内部〉という言葉を使ったのは〈意識〉ではない。〈新小説《ヌーヴォー・ロマン》〉の世界でいう意識以前の要素、構成状態〈マグマ〉を差しているからだ」（白井更生「アラン・レネとヒロシマ」一七〇頁、一七一頁、一七四頁）

「〈新小説《ヌーヴォー・ロマン》〉の世界」を念頭に置いて、シナリオと取り組んだ筆者（白井更生）は、レネとデュラスの意図していたものが「〈人間内部のドキュメンタリー〉」であったことに思いを致す。〈人間内部のドキュメンタリー〉、それは、映画作家ビクトル・エリセの語る「韻文的言語」・「最もひそやかな言語」ということばを想起させる。

「映画には散文的言語と韻文的言語があります。〔……〕散文は物事をつねに直接的な方法で語ります。一方韻文（詩）は世界の概念をまったく間接的な方法で表現するのであり、そしてたぶんこちらのほうが強力である。〔……〕『マルメロの陽光』でわたしが最も関心があったことの一つは、最も客観的な言語――ドキュメンタリーの言語――と最もひそやかな言語〔……〕とを結び合わせることでした。頭のなかにあったいちばんの映画はムルナウの『タブウ』です。この映画もドキュメンタリーとフィクションをミックスしています。映画史のなかのある重要な部分は、この緊張の上に築かれています。『タブウ』、ヴィゴの映画のいくつか、ロッセリーニの『戦火のかなた』『無防備都市』『ドイツ零年』、ルノワールの『河』、レネの『二十四時間の情事』」（ビクトル・エリセ「ビクトル・エリセとの対話(6)」）

ビクトル・エリセのこの映画論は、ひとつの文学論あるいはシナリオ論として読むこともできる。デュラスが日本側スタッフに宛てた書き物には、作家自身の文学論の直截的な反映が見られるが、そこには、エリセがより「強力である」という「韻文（詩）」・「最もひそやかな言語」が相対的に重いということが指示されていると思われる。

「彼ら自身の物語の方が、たとえそれがどんなに短くても、ヒロシマより重さを占めるだろう」（デュラス『ヒロシマ、私の恋人』六頁）

『ヒロシマ、私の恋人』の「筋書《シノプシス》」に書かれたこのことばは、「最もひそやかな言語」が「最も客観的言語」よりも優位に立つことを語っている。デュラスは「彼ら自身の物語」を、「最もひそやかな言語」を用いて書いたことを日本人スタッフに伝えようとしたと思われる。

しかし、デュラスのシナリオには「最も客観的言語」も用いられている。この作品のもつ「ドキュメンタリー」性は、なによりも日付と場所が克明に書き記された場面に顕われている。

「一九五七年の夏で、八月、場所はヒロシマである。

午後四時、ヒロシマの平和広場。

女たち、そして男たちは、歌う子供たちについて行く。
犬たちも、子供たちに従う。
猫たちは、窓にいる。（平和広場の猫は慣れており、平気で眠っている。）
プラカード。プラカード。
皆、非常に暑がっている」（デュラス『ヒロシマ、私の恋人』三頁、六一頁、七〇頁）

これは『ヒロシマ、私の恋人』のなかの「ヒロシマの平和広場」のデモの場面からの抜粋である。しかしこの場面における「ドキュメンタリー」性は、デュラスのシナリオにおいては、「子供」や「猫」が登場してどこか現実離れしている。この場面の後、再び彼女と彼という固有名詞をもたない男女の「フィクション」としての〈恋〉の物語の場面へと転換する。

日本側のスタッフを「混乱」させたというデュラスの書き物の指示が、一九五八年当時の日本の映画制作スタッフにそのまま受け入れられにくかった事情がこうして浮上してくる。当時の日本には、「個人の物語」は措いて、それに優先する物語が必要だったのかもしれないという事情が。ところで、チーフ助監督を務めていた筆者（白井更生）の、「アラン・レネとヒロシマ」という文章には、レネの指示した小道具、その他にかかわる「お祭り行列」をめぐるエピソードが書かれていて興味深い。日本側のスタッフには、反戦の「プラカード」をもつデモの「行列」に混じる「お祭り行列」がどうしても「理解できなかった」という。「子供たち」のお祭りの「行列」が現れるのは、「第三部　午後四時、ヒロシマの平和広場」の場面である。

「彼女が眺めている空が、画面に浮かぶ。雲がいくつも走っている……。歌声がはっきり聞える。ついで、行列（の最終）がはじまる。

彼らは後ずさりしている。〔……〕彼は彼女を行列から遠いところへ連れて行こうとするだろう。〔……〕、子供たちに出会い、〔彼女はまったく魅惑されて立ちどまるだろう。〕」

プラカードをもった若いひとびとの行列。
〔……〕
子供たちは数が多く、美しい。〔……〕
フランス人の女性は、眼を閉じ、そして〔行列の子供たちを眺めて〕歎息をもらす。すると、その歎息につけこんで、日本人の男性は、素早く、その瞬間を盗むように、言う。
〔……〕
行列がつづく。
子供たちは白くおしろいをつけている。汗が、その打粉をつらぬいて、玉となっている。彼らの中の二人が、一つのオレンジを取りやっこしている。その二人は怒っている」（デュラス『ヒロシマ、私の恋人』六七頁、七一頁）

第三部のこの場面で問題になるのは、反戦の「プラカードをもった若いひとびとの行列」に混じるようにして現われるお祭りの「子供たち」の「行列」である。日本人スタッフ側は、お祭りの「行列」を登場させるフランス側、というよりはデュラスの意図が「理解できなかった」という。

しかしその問題はひとまず措いて、この断章をよく読むと、「子供」の母親でもある彼女が「行列」を成す「子供たち」に「魅惑されて」いるその情態と、それを察するかのようにして「彼女を行列から遠いところへ連れて行こうとする」気配を見せる彼の情態とのずれが、細やかな心象の描写を通して浮き彫りになってくる。デモの「行列」に、「お祭り行列」が混じるのはたしかに不自然ではあるが、この場面でデュラスが伝えようとするのは、「子供」の母親でもある彼女の苦悩ではないか。

さて、日本人スタッフは、「お祭り行列」とともに「民謡のテープ」を指示したレネに対して、おきまりの「外国映画が常識的に持ち出す東洋趣味」を露わに出したという疑問を抱いたのだ。日本側スタッフの抱いた感情は、「国民感情的な義憤」そのものだったという。しかし、この疑問に対する応答はなく、「A・レネの説明、M・デュラスのプロットに関してもこの点だけは非常に曖昧だった」[7]と筆者は書いている。

『HIROSHIMA 1958』という本に収められたレネからデュラスに宛てた手紙に、次のような箇所がある。――「8月6日の記念日には、パレードの類は何もありません。〔……〕急拵えで架空の行進を用意できないかどうか美術係に相談してみます。私がでっちあげる架空の場面か、または広島の地元の祭りのシーンでもかまいません」（六七頁）――八月六日に、平和公園の集いしかないことにレネが物足りなさを感じたことをうかがわせる。手紙には、レネの見た一九五八年八月六日の広島には、爆撃のせいで子供たちの姿があまりなかったことも記されている。

「アラン・レネとヒロシマ」の筆者（白井更生）は、「文学的な面」から作品を理解するという立脚点から「〈人間内部のドキュメンタリー〉」という捉え方をして撮影に臨むことになったが、そのことは、この作品の現在の読者（観客）にとっても示唆的である。チーフ助監督としてこの映画の制作に加わり、貴重な体験を基に綴った文章には、自然な語り口で映画制作に関する詳細と批評とが述べられていて興味深い。何よりも「〈人間内部のドキュメンタリー〉」という言い方は、デュラスの意図するものを捉えていると思われる。

デュラスが日本側の映画スタッフに宛てた書き物の惹き起こした混乱の様相は、いまも『ヒロシマ・モナムール』という本の読みのむつかしさを思わせる。この映画の制作に直接携わった助監督（白井更生）の「アラン・レネとヒロシマ」という文章はいま読んでも面白い。一九五八年当時の日本側の映画スタッフの陥れられた混乱は、撮影終了まで収拾されることはなかったのだろうか。

〈4〉

デュラスの『ヒロシマ・モナムール』は、映画公開から十余年を経て一九七〇年に日本語版『ヒロシマ、私の恋人』（清岡卓行訳）として刊行されたが、この本は、その後も文学作品として読まれるというよりはレネの映画のシナリオとして、レネの映画の批評とともに受容される傾向にあったといえる。しかし一九七〇年代に書かれた『ヒロシマ・モナムール』の批評には、文体と内容とにわたり言及されたものが多く、それらの批評は、思想や歴史といったものから切り離されて、より文学的な読みの跡を刻んでいる。

「対話の占める重要性、場所の抽象性という二点において、これらの映画作品〔『広島、わが恋』と『雨のしのび逢い』〕はそれぞれデュラスの世界の理解のためにきわめて有用である。しかし映像を手段とする映画と、言語を手段とする小説との背離は、この点において逆に明らかになる。『広島、わが恋』において、デュラスの創造した美しい対話がいかにみごとな効果を与えても、それは所詮アラン・レネの前衛的な映像の流れを盛り上げる補足的なものにすぎず、また『雨のしのび逢い』においては、舞台の抽象性は、カメラの持つ極度の即物性のために、かえって裏切られることになり、それもまた結局は雰囲気を高めるためのひとつの効果にしかすぎなくなってしまうのである」（三輪秀彦『アンデスマ氏の午後　辻公園』解説[1]）

デュラスの小説の日本語版――『ジブラルタルの水夫』（一九六七年刊）、『ラホールの副領事』（一九六七年刊）、『アンデスマ氏の午後／辻公園』（一九八五年刊）――の訳者である筆者（三輪秀彦）は、「デュラスの創造した美しい対話」が、レネの映画において「補足的なもの」になっていることを嘆いている。そしてデュラスの『ヒロシマ・モナムール』は、映画ではなく、文学作品を読むことによって、はじめて「美しい対話」を聴くことができるということを語っている。

ところで『ヒロシマ、私の恋人』の日本語版刊行は、なぜ映画公開から十余年を待たなければならなかったのか。この本の翻訳は、日本の詩人（清岡卓行）によって果たされたのだが、本の「訳者あとがき」に書かれた『ヒロシマ、私の恋人』論は、やはりレネの映画とデュラスのシナリオとに同時に言及している。

「それ〔『二十四時間の情事』〕は、芸術作品で原子爆弾の惨害に取組むという至難の業を、人間の愛欲の最深部における戦争の内在批判という、微妙な主題の深さで追求していた。また、それは、〔……〕カット・バックの極限的な駆使〔……〕、ディアログとナラタージュを、それ自体の分裂的な緊張を通じて、さまざまな映像に浸透させようとするところの、いわば映画内部の言語の散文詩的実験によって、方法上の充実したアヴァンギャルド性を示していた。そうした、主題と方法との驚くほど緊密な結びつきが、そのとき、ほとんど衝撃的な魅惑をたたえていたということであったのだろう」（清岡卓行『ヒロシマ、私の恋人　かくも長き不在』〈訳者あとがき〉二七九頁、二八〇頁）

この批評は、映画とシナリオとを同時に扱う視座をもって、「主題と方法」の二つのものに言及している。「主題と方法との驚くほど緊密な結びつき」という言い方は、デュラスのシナリオの文学性と、レネの映画の映画性とに同時にかかわるといえる。「人間の愛欲の最深部における戦争の内在批判」という主題の捉え方は、この作品の訳者にしてはじめて可能な読みの深さを思わせる。また「映画内部の言語の散文詩的実験」という言い方は、ビクトル・エリセの言う「詩的映画」・「韻文的言語」を想起させると同時に、『ヒロシマ、私の恋人』の最初の翻訳が詩人によってなされたことの謂れを思わせる。

『ヒロシマ、私の恋人』の訳者（清岡卓行）の批評は、映画と文学とを同時に扱う視座をもつ『映画の中の文学　文学の中の映画』の筆者（飯島正）の批評を思わせる。

「この両者［彼と彼女のせりふ］がともに『叙唱的』であることが要求されている点に注目したい。これらは〔……〕すべて『オフ』の声である。それらはイメージに直接従属した同時的なせりふの声ではない。〔……〕一般の映画の『オフ』が、単なる『オフ』の人物のせりふか説明的なナレイション——たかだか伴奏的な詩的表現——であるのに対して、これは共生的な要素的統合である意味で、特筆すべき価値をもつものだといえるだろう。クレールがトーキー初期にとなえた音声とイメージの非同時的モンタージュの別の発展とみてもいい。しかもその叙唱的せりふの文学的性質からいって、これは映画における文学の浸透のあたらしい展開でもある」（飯島正『映画の中の文学　文学の中の映画』[2]）

この批評は、『映画の中の文学　文学の中の映画』の本の題の示すとおり、デュラスの文学とレネの映画に同時に触れているが、デュラスのシナリオ論として読むことができる。「『オフ』の声」

と「イメージ」との「共生的な要素的統合」が、「特筆すべき価値をもつ」という捉え方は、デュラスのシナリオに直截かかわっている。が、それは映画化された作品にもかかわっている。そして、「叙唱的せりふの文学的性質」も、デュラスの文学の問題である。が、レネの映画のそれでもある。

ここで重要なことは、『映画の中の文学　文学の中の映画』の筆者（飯島正）が抱いていたという「シナリオを『語』の点から根本的に——歴史的に——考えなおそうとおもいたった」（一三頁）という意図である。

「シナリオを映画とは独立のものと一応考えてもみたいということになる。それは演劇における戯曲とほとんど、等価のものである。〔……〕シナリオを独立のものとして考えた場合、そのト書き的な文章も文学になりうることは当然である。〔……〕デュラスのシナリオのようにト書きの部分を文学化することにぼくが賛成なのは、それ自身の文学性以上に、演出の手順を文学化する点を、彼女が重要視しているからである」（飯島正『映画の中の文学　文学の中の映画』一六頁、二一頁、三四四頁）

筆者（飯島正）は、デュラスのシナリオ——『かくも長き不在』、『ヒロシマ、私の恋人』、『女の館』、『ガンジスの女』、『辻公園』など——を扱い、そのシナリオのもつ文学性について考察している。そしシナリオ史的な観点に立ち、デュラスのシナリオの包含する文学性が画期的であったことを指摘している。

「鈍く、静かに、叙唱《レシタティヴ》の調子で、男性の声が告げる。

彼　――きみはヒロシマで何も見なかった。何も。

〔……〕

ヴェールをかぶったように非常に不明瞭で同じように鈍い、叙唱《レシタティヴ》的な読み方の女性の声が、句読のくぎりなしに、答える。

彼女――私はすべてを見たの。すべてを。

〔……〕

そのあと、静かで、同じように叙唱《レシタティヴ》的で艶のない女性の声が、またひびき始める。

〔……〕

ついで、女性の声が、さらに、さらに非個性的なものとなる。言葉の一つ一つを抽象的な価値のあるものとさせながら」（デュラス『ヒロシマ、私の恋人』一八頁、一九頁、二〇頁）

『ヒロシマ、私の恋人』に書かれたト書きは、作家の他の小説のもつ文学性をそのままもっている。ト書きとは、語り手を介することなく作者自身のことばを直截的に、しかも指示というかたちで書くことの許される形式である。その指示のつよさは、むしろ小説の地の文を超えている。デュラスの抱く文学的意図は、このト書きの形式に書かれたことばに、より明確にあらわされている。そのことは、デュラスのシナリオのもつ高度な文学性とかかわっている。

『映画の中の文学　文学の中の映画』は、一九七六年に刊行されている。映画のシナリオを文学作品として読むという視点をもって書かれたこの本からは、文学と映画のふたつのものにたいする深い愛好の思いを汲み取ることができる。そしてその批評には、文学作品の読みに欠くことのできない、文体と内容とのふたつの面にわたる考察がなされていて興味深い。

『映画の中の文学　文学の中の映画』の筆者（飯島正）は、「記憶のなかのデュラス」（岩崎力）にも書かれているプルーストに言及してその文学のもつ「映画性」にも触れている。[3] プルーストは、デュラスにとっては「男性文学ではない」重要な作家の一人である。――「男の小説」には「詩が欠如している」（『外部の世界　アウトサイドⅡ』二七八頁）、デュラスはそう語っている。デュラスの文学における「詩」は、「映画性」とかかわりがあるとも考えられる。

「映像の力をまったく犠牲にすることなく、映画館に文学言語の美徳を輝かせること。文学の映画をつくること」（ドミニク・ノゲーズ「文学の映画」[4]）

デュラスの文学における「映画性」を否定することはできない。デュラスは、「映画が文学を模倣したのか、文学が映画を模倣したのか」（山田宏一『友よ映画よ、わがヌーヴェルヴァーグ誌』二二八頁）というほどに、文学と映画との境域の薄らいだ時期に創作活動を展開した作家である。「文学の映画」、ドミニク・ノゲーズは、デュラスの創った映画をそう呼んでいる。

「デュラスの場合、彼女の文学活動を見ていると、その中心に具体的な『物』の描写とそれとは対位的な・目に見えない『抽象』の共生という意味で、もっとも映画に――シナリオに――傾くありかたが感じられる。最近特に彼女自身が映画をつくり、またシナリオを髣髴とさせる小説や戯曲を書く傾向が、それを証明するかのようにおもわれる。シナリオが映画であると同時に文学であるためには、まずデュラスのような作家の出現が必要であった」（飯島正『映画の中の文学　文学の中の映画』三一四頁）

筆者（飯島正）は、デュラスの作品のもつ文学性を、「具体的な『物』の描写」と、「目に見えない『抽象』の共生」という点において、もっとも「映画に――シナリオに――傾くありかた」を見ている。「具体的な『物』の描写」と、「目に見えない『抽象』の共生」、つまり具体性と抽象性の「共生」は、デュラスの文学の包含する本質的な文学性だといえる。具体性と抽象性との「共生」が、「映画」・「シナリオ」に傾くありかたを示す映画性であるという見方は、デュラス自身が映画監督として映画を撮り、シナリオ作家として戯曲的小説ともいえる作品を書いたことを思うと示唆的である。

デュラスがヌーヴォー・ロマンに属する作家であるかどうかの問題は措いて、フランスのヌーヴォー・ロマンと呼ばれた文学の潮流が、ヌーヴェル・ヴァーグと呼ばれた映画のそれとほぼ同じ時期、一九五〇年代中期に興ったことは興味深い。デュラスは、映画のヌーヴェル・ヴァーグの衰退する一九七〇年代に監督として自ら映画を制作するようになる。

ヌーヴォー・ロマンの潮流の中にあって、文学と映画の両方に携わり活動した作家は、デュラスのほかにも、たとえば映画『去年マリエンバードで』（アラン・レネ監督）のシナリオを書いたアラン・ロブ＝グリエ、映画『ミュリエル』（アラン・レネ監督）のシナリオを書いたジャン・ケロールといった人たちがいる。ヌーヴォー・ロマンの時代の作家たちは映画と深いかかわりをもっていたといえる。

「ヌーヴォ・ロマンとヌーヴェル・ヴァーグは、おなじ芸術的気候のなかにそだっていたのである。彼等の小説は、見かたによっては、まるでシナリオともいえるものがある。果たして彼等はシナリオを書きだした。〔……〕作者が視聴覚的なすぐれた文学者であるかぎり、

そのシナリオも自然に文学たらざるをえない」（飯島正『映画のなかの文学　文学のなかの映画』二九二頁、三二四頁）

文学作家でも映画作家でもあり得たデュラスは、優れて「視聴覚的」な作家だったということができる。デュラスの文学は、映画から受けた影響を無視することはできないが、その作品は、本来映画性を包含しているということもできる。いずれにしてもデュラスは、ヌーヴォー・ロマンとヌーヴェル・ヴァーグとを同時的に培った創造の風土に在って、映画を自らつくることを考えた。――「『モデラート・カンタービレ』を撮る。財源はとぼしいけど、あれをじっくり撮ってみたかった」（『語る女たち』[5]）。デュラスはそう語っている。映画にたいする作家の志向は、あるいは作家の抱く〈詩の小説〉を書くという意図とかかわるものかもしれない。「ほんとうの小説は詩なのです」[6]――デュラスのこのことばは、作家の抱いていた内なる文学論だったといえる。

ところでジャン＝リュック・ゴダールは、デュラスと同時代の映画作家であるが、映画『映画史』、そして『ゴダール　映画史　テクスト』という本のなかに、デュラスの『インディア・ソング』、『ヒロシマ・モナムール』、『緑の目』を採り上げている。デュラスは、作家の映画論集ともいえる『緑の目』のなかで、ゴダールについて、「偉大な監督の一人。世界の映画界のなかのもっとも偉大な触媒」[7]だと語っている。

「あなたは何も見なかった
ヒロシマで」（ゴダール『ゴダール　映画史　テクスト』[8]）

これは、『ヒロシマ・モナムール』のなかの日本人男性彼の発話である。ゴダールは『映画史』のなかになぜこの断章を採り上げたのか。読みのむつかしいこの発話は、同じく彼の「ぼくを、そうだ。ぼくを、君は見てしまったということだろうね」（『ヒロシマ・モナムール』三五頁）という発話に照らして読みをしなければならない。デュラス的語法をもつ〈見る〉を用いた「見なかった」の読みはむつかしい。デュラス的語法における〈見る〉は、瞬時に直観的に見抜くことを意味し、「最初の眼差」（『愛人《ラマン》』[9]）とかかわりがある。

ゴダールの映画『映画史』にデュラスの『ヒロシマ・モナムール』が採られた理由が、「歴史と映画とを結びつける一点がそこにある」（蓮實重彦「《討議》ゴダールの『映画史』をめぐって[10]」）というういい方に倣うなら、〈愛《アムール》〉と歴史と映画と文学を結びつける一点がこの作品にはあるということもできる。「ゴダールの『映画史』」についての「《討議》」のなかには、「あなたは何も見なかった」という日本人男性の発話をめぐり、「不毛な愛」ということばが用いられているが、レネの映画は措いて、デュラスのシナリオに関して重要なことは、デュラス的な語法をもつ「見る」が、直観の作用を含意することと、「忘却」が、「記憶」の想起を意味するということである。デュラスの『ヒロシマ・モナムール』は、「人間の記憶が常に現存して現在を証言することの確認をもとめるもの」である（飯島正『映画の中の文学　文学の中の映画』二九七頁）ことを語っているといえるのではないか。

ところでゴダールはデュラスの『ラマン』を撮ることを申し出たが、デュラスはそれを断ったという。[11]ゴダール監督が『ラマン』を撮っていたらどんな映画になっただろうか。またヒロシマを扱ったレネの映画のシナリオは、フランソワーズ・サガンかシモーヌ・ド・ボーヴォワールによって書かれる可能性もあったという。[12]もしサガンかボーヴォワールによってレネの映画のシナリオが書かれていたらどんな映画になっていただろうか。

さて『ヒロシマ・モナムール』の受容史の最後を日本の女性詩人の批評で締め括りたい。

「戦後になって、人間の欲望はすべて明るみに解放されたかに見えたが、意外に恋唄の方は開花していない。

〔……〕

しめくくりとして、私の恋唄の理想とも思っている作品について触れておこう。それは詩ではなくて、映画『二十四時間の情事』である。〔……〕ここに姿を現わす恋は、男女の姿を借りているにもかかわらず、本当はヒロシマとヌベールの恋なのだ。〔……〕植物の交配をすら思わせる。凡百のよろめきドラマと異るところは、この一見ありうべからざる恋が、見事な表現上のリアリティを獲得していることだろう。『二十四時間の情事』の台本を書いたのは、マルグリット・デュラ《ママ》という女のひとで、詩も書くひとらしい。テーマの扱りかたそのものが詩人の眼を感じさせるし、アラン・レネ監督もそれを百パーセント生かして前衛的な傑作を作った。〔……〕

他人の作品に嫉妬を感じるなどということは、めったにないが『二十四時間の情事』は、長くその対象となり、私のなかで反芻されている。

日本の恋愛詩もこれ位の水準で書かれないものか?」(茨木のり子「日本の恋唄」(13))

詩人(茨木のり子)は、「日本の恋唄」として『万葉集』などから多くの歌を引き、最後に「恋唄の理想」として映画『二十四時間の情事』を挙げて、デュラスを「詩人の眼」をもつ作家だと書いている。この批評にも映画の批評とシナリオの批評が混じり合っている。『ヒロシマ・モナムール』の日本語版刊行(一九七〇年)から二年後に書かれたこの批評は、やはり詩人の眼差しを思わせる。詩人は、デュラスを二十世紀の大きな詩人・作家として捉え、その作品が古典として永く読み継がれてゆくことを思っていたのではないか。

茨木のり子という詩人がデュラスの『ヒロシマ・モナムール』を最高の「恋唄」として捉えているということ、それは映画と文学における「新旧の波の交替」の線引きを考える上に示唆を与えてくれるものかもしれない。詩人は、短歌からは探し出すことのできる「恋唄」を日本の現代詩から探すことは不可能だと書いて、「人間の欲望」は「解放されたかに見えたが」、「恋唄」は開花していないと嘆いている。そんな詩人にとって映画『二十四時間の情事』は、理想の「恋唄」に映ったのだ。日本文学史には、フランス文学史におけるような「ロマン主義」(14)の時代がなかったという。その経緯は、近代において「恋唄」が開花しなかったわけとかかわりがありそうだ。日本の映画史における「新旧の波の交替」の線引きの問題は、日本の文学史の抱える問題とかかわりがありそうに思われる。「恋唄」は、実際いつでもどこでも誰にでも書けそうなものに思われるのだが、実際はそうではないらしい。

茨木のり子という詩人が、進歩主義とか清冽とかいった批評のことばから解放されて、「恋唄」に飢渇を訴えていた詩人として捉えられるとき、日本の映画史と文学史における「新旧の波の交替」の線引きはあるいは可能になるといえるかもしれない。

デュラスの『ヒロシマ・モナムール』は、二十四時間のあるひとつの〈恋〉と、〈恋〉そのものというふたつの〈恋〉を、詩のような時間の物語として語った「理想の恋唄」にちがいない。

〈5〉

デュラスの『ヒロシマ・モナムール』は、刊行約五十年（日本語版『ヒロシマ・私の恋人』は、刊行約四十年）を経たが、その受容の歴史は、世界中でいまなおつづいているはずである。ここに挙げた批評のことばは、レネの映画のシナリオとして知られるようになり、文学作品というよりはシナリオとして読まれるようになった、『ヒロシマ・モナムール』の日本における受容の跡をそのまま伝えている。その批評のことばは、どれもが感興をそそる。この短い受容史に編み入れることのできなかった批評のあることを思うと、デュラスの『ヒロシマ・モナムール』の受容史の全容は、より興味深い様相を帯びるにちがいない。

デュラスの『ヒロシマ・モナムール』（一九六〇年刊）は、レネを魅惑したといわれる『モデラート・カンタービレ』（一九五八年刊）などとともに、〈空白〉の広がりにデュラス的な作風を見ることのできる詩的な作品である。デュラスの文学作品が、アラン・レネの映画『二十四時間の情事』とともに日本に入ってきたという経緯は、デュラスの作品のもつ文学性について考える契機、ひいては映画のシナリオのもつ文学性について考える契機を与えてくれたといえる。

しかし厳密にいうと、デュラスの『ヒロシマ・モナムール』と、アラン・レネの映画『二十四時間の情事』のデクパージュ（撮影台本）[1]とは同一のものではない。つまり『二十四時間の情事』のシナリオは二種類刊行されている。「シナリオ」という場合、「完成された映画からとった採録シナリオ」と「作家の創作シナリオ」（飯島正『映画の中の文学　文学の中の映画』五頁）との二種類のシナリオがあるが、デュラスのシナリオは「創作シナリオ」であり、純度の高い文学性を保持している。そのことを考慮すると、デュラスの『ヒロシマ・モナムール』は、レネの映画『二十四時間の情事』とは切り離して読まれなければならないといえる。

「彼は彼女の手をとって連れて行く。彼女はされるままになっている。彼らは、行列と反対の方向に急いで歩きはじめる。観客に、彼らが見えなくなる。＊

＊レネは彼らを群衆の中に消えさせる」（デュラス『ヒロシマ、私の恋人』七四頁）

デュラスは、シナリオとレネの映画との違いを作品の内部に書き記し、レネの台本と同一ではないことをあらかじめ断っている。

デュラスの『ヒロシマ・モナムール』は、レネの映画との出会いを契機として書かれた作品ではある。が、デュラスの創造した詩的な文学作品は、その読みによってはじめて受容することができる。本として読むこと、レネの映画撮影五十周年記念にあたって待たれるのはそのことではないか。デュラスの『ヒロシマ・モナムール』の日本における受容は、ここで終わるわけではない。が、ここまでこの本の受容の跡を辿ってみると、この跡を継ぐものを探すことは実際むつかしい、というある複雑な感懐に浸される。文学作品『ヒロシマ・モナムール』の受容は、日本においてはこれからあらたに始まるということができそうである。

『ヒロシマ・モナムール』は、「ヌヴェールで髪を刈られた少女」の〈恋〉の物語である。――「一九四四年八月二日、ロワール河岸」で「十八歳」の時に、ドイツ兵士である初恋の男性を「狙撃」という死に方によって失った後、髪を刈られて、「地下室」に幽閉され、そこで「子供」の遊ぶ「ビー玉」を見て、「悪意」から抜け出し、やがてパリに出て女優になり、結婚して子供にも恵まれ「幸福」に過ごすが、「一九五七年の夏、ヒロシマ」で、一人の日本人男性との出会いを機に、初恋の「記憶」を想起し、「忘却」という自己の存在のし方を内省する知的な女性の物語。その物語は、永くひとびとの記憶に留められる「ひとつの歌」(2)、ひとつの古典になるだろうか。

おわりに

デュラスの文学作品『ヒロシマ・モナムール』の日本における受容は、まだその跡を鮮明に刻んではいない。それは、なによりも、デュラスのこの作品の読みのむつかしさに由るものと思われるが、それだけとはいえないさまざまな事情が背後に潜むようにも思われる。

この小さな試みを書き継ぎ、最後に茨木のり子という詩人の文章の紹介に到ったとき、私は二〇〇六年に亡くなったこの詩人の詩と生を思った。戦時下に学徒動員を経験して、戦後といわれる時期に詩を書きつづけたこの女性詩人は、いろいろな役割を担わなければならなかったのではないか。そして、現代詩のなかに〈恋唄〉を見つけたかった、というよりは、自ら〈恋唄〉を書きたかったのではないか。「飢渇を訴える」(「劇」)詩人の願いはその後叶ったのだろうか。

デュラスの『ヒロシマ・モナムール』の日本における受容を辿るという試みは、わたしに重い課題を残したような気がする。それは、デュラスの『愛人《ラマン》』のわたしの〈声〉と同じく、この作品のフランス人女性彼女の〈声〉のもつ〈公共性〉をどのように読むことができるかというむつかしい課題である。

注

〈1〉――――

(1)『キネマ旬報ベスト・テン全集　一九六〇―一九六九』キネマ旬報社、二〇〇〇年、四一一頁。

(2)マルグリット・デュラス、清岡卓行訳「ヒロシマ、私の恋人」『ヒロシマ、私の恋人　かくも長き不在』筑摩書房、一九七〇年。

(3)『新版フランス文学史』白水社、一九九二年、二四四頁。「50年代に入るとフランスの文学は様相を一変する。〔……〕文学的に重要なのは、50年代後半から70年前後までのヌーヴォー・ロマンである。これはシュールレアリスムなどとはちがって文学運動ではなく、共通の主義主張をもつグループがあったわけでもないが、およそいっさいの文学作品の素材である言語とその機能に新しい照明を与えた」。

(4)山田宏一『友よ映画よ、わがヌーヴェルヴァーグ誌』平凡社ライブラリー、二〇〇二年、一〇頁。「〝新しい波〟というフランス語。1960年ごろから数年間、フランス映画界に輩出した型破りの新しい映画作家たちの作品活動が生み出した潮流の総称。〔……〕撮影所の助監督育ちではない、型破りの若い作家が一挙に輩出して、自由な映画作りをはじめ、全世界の映画に大きな衝撃を与えた」。

(5)飯島正『映画のなかの文学　文学のなかの映画』白水社、一九七六年、二九二頁。

(6)同右　四頁。

(7)《Tu n'a rien vu à Hiroshima》, Gallimard, 2009, p.59. 日本語版は『HIROSHIMA 1958』（インスクリプト、二〇〇八年）の題で刊行されているが、フランス語版と同一のものではない。日本語版ではフランス語版の〈序文〉はカットされている。
(8)ジャン＝リュック・ゴダール、映画史翻訳集団２０００訳『ゴダール　映画史　テクスト』愛育社、二〇〇〇年、八四頁。
(9)マルグリット・デュラス、北代美和子訳『私はなぜ書くのか』河出書房新社、二〇一四年、一〇四頁。

〈2〉

(1) Alain Resnais, "Decoupage : Hiroshima mon amour", L'Avant-Scéne Cinema, numéro 61-62 juillet-septembre, 1966
(2)ドミニク・ノゲーズ、関口涼子訳「『ヒロシマ・モナムール』の青春」港千尋、マリー＝クリスティーヌ・ドゥ・ナヴァセル編『HIROSHIMA 1958』インスクリプト、二〇〇八年、一〇三頁。
(3)岩崎力「記憶のなかのデュラス」『ユリイカ』青土社、一九八五年七月号、一三二頁。
(4)『HIROSHIMA 1958』八八頁。
(5)「〈シンポジウム〉回帰不能点への道」『早稲田文学』早稲田文学会、二〇〇三年三月号、〈《特集》何度でも、新しい小説《ヌーヴォー・ロマン》のために〉五九頁。
(6)ジャン＝リュック・ゴダール、映画史翻訳集団２０００訳『ゴダール　映画史　テクスト』愛育社、二〇〇〇年、八四頁。

(7) 佐々木基一「アラン・レネ『二十四時間の情事』」『映像の芸術』講談社学術文庫、一九九三年、三三八頁。
(8) マルグリット・デュラス、田中倫郎訳『モデラート・カンタービレ』河出書房新社、一九七七年、一八八頁。「この翻訳は、一九五九年に「三田文学」のアンチ・ロマン特集号に特集企画者の白井浩司先生のおすすめで発表したのを元に改訳したものである」。
(9) マルグリット・デュラス、田中倫郎訳『雨のしのび逢い』河出書房新社、一九六一年。

〈3〉

(1) マルグリット・デュラス、清岡卓行訳「ヒロシマ、私の恋人」『ヒロシマ、私の恋人　かくも長き不在』筑摩書房、一九七〇年、二七九頁。
(2) 松井秀三「フランスでの評価」『世界の映画作家5　ミケランジェロ・アントニオーニ　アラン・レネ』キネマ旬報社、一九七〇年、一五四頁、一五八頁。
(3) 白井更生「アラン・レネとヒロシマ」『世界の映画作家5　ミケランジェロ・アントニオーニ　アラン・レネ』キネマ旬報社、一九七〇年、一七一頁。
(4) 同右　一七一頁。
(5)『HIROSHIMA 1958』インスクリプト、二〇〇八年、九九頁。
(6) ビクトル・エリセ「ビクトル・エリセとの対話（92〜93年）」『ビクトル・エリセ』エクスファイアマガジンジャパン、二〇〇〇年、一六四頁。
(7) 白井更生「アラン・レネとヒロシマ」一七五頁。

〈4〉

（1）マルグリット・デュラス、三輪秀彦訳「アンデスマ氏の午後」『アンデスマ氏の午後／辻公園』白水社、一九八五年、二八五頁。
（2）飯島正『映画のなかの文学　文学のなかの映画』白水社、一九七六年、三〇二頁。
（3）同右　三二頁、三三頁。「プルーストはディケンズとはちがい一九二二年まで生きたひとだから、映画の存在は十分に知っていたはずであるが、『失われた時をもとめて』の執筆をはじめたのが一九〇六年か一九〇七年ごろだとすると、当時ようやく単なる市《いち》や寄席の見世物から脱却しかけていた映画の影響を、果たして彼が受けただろうかということがまず問題である。〔……〕プルーストの映画観の一端〔……〕その大意は、映画のイメージは、真実の現実とは異なり、その感覚とそれと同時にわれわれを取巻く知覚とのあいだから生じたものだ、という点にあった。〔……〕プルーストがそのように映画を見ていたとすれば、プルーストの文学にクロウス・アップやトラヴェリング（移動撮影）を発見しても、すこしもふしぎはないのである。〔……〕これはプルーストの文学の本来もっていた映画性だといったほうが、真実にちかいとさえおもわれる」。
（4）マルグリット・デュラス／ドミニク・ノゲーズ、岡村民夫訳「文学の映画」『デュラス、映画を語る』みすず書房、二〇〇三年、一一頁。
（5）マルグリット・デュラス／グザビエル・ゴーチェ、田中倫郎訳『語る女たち』河出書房新社、一九七五年、六九頁。
（6）マルグリット・デュラス、谷口正子訳『外部の世界　アウトサイドII』国文社、二〇〇三年、二八四頁。
（7）マルグリット・デュラス、小林康夫訳『緑の目』河出書房新社、一九九八年、六七頁。
（8）ジャン＝リュック・ゴダール、映画史翻訳集団２０００訳『ゴダール　映画史　テクスト』愛育社、二〇〇〇年、八四頁。
（9）マルグリット・デュラス、清水徹訳『愛人《ラマン》』河出書房新社、一九八五年、三三頁。
（10）蓮實重彦・浅田彰「《討議》ゴダールの映画史をめぐって」『批評空間』第Ⅱ期第25号、四六頁、四七頁。「レネには『夜と霧』があり、『ヒロシマ、わが愛』があるわけですが、『ヒロシマ、わが愛』というのも、「君は、ヒロシマでは何も見なかった」という話でしょう。見られないと後に残るのは不毛な愛ということになる」（蓮實重彦）・「『ヒロシマわが愛』のほうは、「私はすべてを見たわ」「君は何も見ていない」という反復の中で不毛な愛だけが残るのということになり、〔……〕」（浅田彰）。
（11）「デュラスーゴダール」『ユリイカ』一九九九年七月号、一三〇頁。
「デュラス　『エミリー・L』を映画にするとしたら、どんなふうに撮る？
ゴダール　撮らないよ。前に『ラマン』を撮らせてくれないかって言ったとき、嫌がったじゃないか。
デュラス　ええ。でも仮定上の話をしているの。物語を捨てるんじゃない？ 多分、筋を追えないでしょう？ 三つも話があるのよ。
ゴダール　以前なら撮れたかもしれない、か、あるいは、撮りたいと望んだかもしれないけど、結局、撮らなかった。お互いにもう少し会って、知りあおうとしたこともあったね」。
（12）ドミニク・ノゲーズ「『ヒロシマ・モナムール』の青春」『HIROSHIMA 1958』インスクリプト、二〇〇八年、九五頁。「フィクションといえば小説家だ。シモーヌ・ド・ボーヴォワールにしようかと考えた後で、ドーマンは、フランソワーズ・サガンはどうかと提案し、レネは承知したので、早速ポン・ロワイヤルのバーでの打ち合わせの日取りが決まった。しかしサガンは約束を忘れる。その頃、『モデラート・カンタービレ』を読み、『辻公園』［の舞台］を観て、すっかり夢中になっていたレネは、マルグリット・デュラスの名をテーブルに載せた」。
（13）茨木のり子「日本の恋唄から」『わが愛する詩』思潮社、一九七二年、九三頁、一〇二頁、一〇三頁、一〇四頁。

（14）中村光夫『日本の近代小説』岩波新書、一九五四年、一一六頁。「フランスあるいはその影響をうけた国々で、自然主義とその根底をなした科学主義の思想は、ロマン主義とその内容をなした個人の感情解放にたいする反動であったのに対して、〔……〕わが国の場合は、自然主義がむしろロマン主義思想の一面をなし、のちにはそれを完成する役割を果したのは注意すべき特色です」。

〈5〉

（1）Alain Resnais, “Decoupage : Hiroshima mon amour”, L’Avant-Scéne Cinema, numéro 61-62 juillet-septembre, 1966

（2）マルグリット・デュラス、清岡卓行訳「ヒロシマ、私の恋人」一二二頁。

「ヌヴェールで恋のために死んだようになって。

ヌヴェールで髪を刈られた少女、私は今夜おまえを忘却にゆだねる。

取るに足りぬ、つまらぬお話。

彼についての場合のように、忘却はお前の眼からはじまるだろう。

同じように。

ついで、彼についての場合のように、忘却はおまえの声にとりつくだろう。

同じように。

ついで、彼についての場合のように、それはおまえを少しずつ、最後にはすっかり征服するだろう。

おまえはひとつの歌になるだろう」。

マルグリット・デュラス〈人生と作品〉

１９１４年　仏領インドシナに生まれる。
１９２１年　学校長を勤めた父親が死去、母親が教員の仕事をしてデュラスと二人の兄を養育。父親の死から５年後、母親が耕作不能の払い下げ地を購入し、一家は困窮。その家族の物語が『太平洋の防波堤』の題材となる。
１９３２年　フランスへ帰国、大学で数学、法学等を専攻。
１９３７年　植民地省に勤務。
１９３９年　ロベール・アンテルムと結婚。
１９４２年　最初の子供が出産直後に死亡。
愛する下の兄がサイゴンで死去。
１９４３年　『あつかましき人々』刊行。
ロベール・アンテルム、ディオニス・マスコロとともにレジスタンスに参加。
１９４４年　『静かな生活』刊行。
フランス共産党に入党。
１９４５年　１９４４年にゲシュタポに逮捕された夫ロベール・アンテルムが帰還。
１９４７年　ロベール・アンテルムと離婚。
ディオニス・マスコロとの間にジャン・マスコロが誕生。
１９５０年　『太平洋の防波堤』刊行。
１９５７年　シナリオライターのジェラール・ジャルロと出会う。ジャルロとの共著のひとつに『かくも長き不在』がある。
１９５８年　『モデラート・カンタービレ』刊行。アラン・レネはこの本を読み、映画『ヒロシマ・モナムール』のシナリオをデュラスに依頼。
１９６０年　『ヒロシマ、私の恋人』刊行。
１９６４年　『ロル・Ｖ・シュタインの歓喜』刊行。
１９７３年　『インディア・ソング』刊行。
デュラスが監督として制作した『インディア・ソング』が、カンヌ映画祭で大きな反響を呼ぶ。この時期、映画の制作に携わる。
１９８０年　文学と生活における終生の同伴者となるヤン・アンドレアと出会う。
１９８２年　『大西洋の男』刊行。
アルコール依存症の治療のために入院。
１９８４年　『愛人ラマン』刊行。ゴンクール賞を受賞。
１９９０年　『夏の雨』刊行。
１９９５年　『これでおしまい』刊行。
１９９６年　パリ、サンブノワ街の自宅にて死去。

著者紹介

蘇芳のり子（すおう のりこ）

1946年　岐阜県に生まれる
1969年　早稲田大学第一文学部仏文科卒業
1969年～1974年　岐阜県立高校勤務
1977年～1992年　東京都立高校勤務
1992年　ニース大学文学部博士課程前期課程修了
1997年　同大学博士課程後期課程修了
　　　　マルグリット・デュラスの研究で新制度による博士号取得
著書『フェニックスの窓』（文芸社　2003年）
　　『モンパルナスの少女』（矢立出版　2009年）

マルグリット・デュラス《幻想の詩学》

2016年2月10日　第1刷発行

著　者　蘇芳のり子
発行者　船橋純一郎
発行所　株式会社　せりか書房
〒101-0064　東京都千代田区猿楽町1-3-11　大津ビル1F
電話 03-3291-4676　振替 00150-6-143601
http://www.serica.co.jp
印　刷　中央精版印刷株式会社
装　幀　工藤強勝

ISBN978-4-7967-0349-9